KB270859

옐로카드 받는 학교

옐로카드 받는 학교

엄대용 지음

KSI 한국학술정보㈜

　『옐로카드(Yellow Card) 받는 학교』를 집필하면서 책 출간에 마음의 갈등이 밀려온다. 그것은 학교 교육에 대한 민감한 얘기들이 주제가 되고 학교를 홍보거나 비난할 수도 있다는 의구심이 들기 때문이다.

　망설임 끝에 필자의 무의식 세계에 묻혀 버릴지도 모르는 주제를 끄집어내어 학교의 숨소리를 전달하기로 하니 마음이 후련하다.

　되돌아보면 40년 교육 활동은 대죄만 지은 느낌이다. 이제 내가 할 수 있는 일은 험준한 산길에서 삼보일배를 하며 수행의 길로 가던지 시골 성당에 가서 고해성사를 보고 새롭게 태어나야 한다.

　나는 아이들을 작은 신(神)이라고 생각한다. 그들은 지금 작고 보잘 것없지만 교육을 통해 무한한 가능성을 지닌 신(神)으로 쑥쑥 자란다.

　이 책은 무지개 뜨는 학교, 살아가는 힘을 기르는 교육, 가정교육의 불씨 지피기, 교육 강국의 길, 학교 교육의 진화, 교단산책, 교육 연수 보고순으로 집필하였다.

　주제에 대한 기술은 읽는데 지루함을 피하기 위해 길지 않게 쓴 것이 특징이다.

　　교육은 인간의 위대한 변화를 이끌어 내는 고도의 전략과 지혜가 필요하다. 또한 청년의 꿈·열정이 나를 빛내고 우리 민족의 미래를 결정하기 때문에 학교 교육은 역동성이 있어야 한다. 교육이 난해하다고 단물만 주어서는 학교는 곧 사망한다. 이 책이 작은 밀알이 되어 교육의 건실한 싹을 틔우고 교육 활동의 신문고 역할을 하길 기대한다. 만약 그리된다면 억새풀 돋은 광야에 맨발로 뛰어나가 덩더꿍 춤이라도 추고 싶다.

　　이 책이 나오기까지 조언과 도움을 준 지인들과 여러 선생님들에게 감사드리고 졸저의 출판을 승낙해주신 한국학술정보(주)에 고마움을 전한다.

2010년 초여름에
엄 대 용

차례

Part 1 무지개 뜨는 학교

Part 2 살아가는 힘을 기르는 교육

Part 5 _ 학교 교육의 진화

Part 6 __ 교단 산책

Part 7 __ 교육 연수 보고

Part 1

무지개 뜨는 학교

교정의 나무들아

　춘삼월이면 교정의 나무들이 겨울 추위를 이기고 새싹을 틔우기 위해 물을 힘차게 빨아들인다. 나무들이 겨울을 나는 것은 전쟁터에서의 전투와 흡사하다. 곤하게 겨울잠에 빠져 있으면 살을 에는 겨울 추위를 이길 수 없다. 최소의 에너지원을 계속해서 공급해야만 가지들은 활력을 유지하고 불만도 아우성도 사라진다. 언제 보아도 나무들은 멋진 풍채를 뽐내며 개선장군처럼 우뚝 서서 제자리를 지킨다. 오늘도 가는 나뭇가지로 빨아들인 물에 기를 더해서 연신 공급하는 소리가 들린다. 자연의 오묘한 신비는 누가 앞서거나 뒤지고 할 것도 없이 땅속에 뿌리는 대단한 위력을 발휘한다. 신이 우주의 중심인 지구를 창조하면서 생물체에게 생명의 원천인 기를 넣어준 것은 영원한 걸작품이리라. 기는 생명의 에너지원이고 살아가는 힘이 된다. 사람도 기의 제어에 의해 살아가고 정신활동을 이어간다.

봄이 오면 햇빛에 힘이 실리고 교정에 나무들이 재빠르게 부지런히 움직인다. 겨울이 오면 나무들은 숨을 죽이고 생명을 이어가는 데 필요한 작은 에너지만 공급한다. 숨을 몰아쉬고 죽은 듯이 수면 상태로 돌입한다. 삼라만상에 흩어진 기를 한데 모아 새싹을 틔울 준비를 한다. 겨울에서 봄으로 이동하면서 싹을 틔울 새 눈은 살이 오른다. 수줍은 봄 처녀의 작은 젖가슴처럼 살을 찌워간다. 신록이 부활하면서 화려한 여름을 겨우내 설계했으리라. 구름이 햇빛을 가리더라도, 밤하늘에 빛나는 별이 뜨지 않더라도, 가뭄이 괴로움을 안겨주더라도, 병해충이 위협하더라도, 날씨가 심술을 부리더라도, 사람들이 구박을 하더라도, 그들의 꿈이 손상을 입더라도, 유전자를 담아놓은 열매를 빼앗기더라도, 나무들은 기의 마술을 부리면서 햇빛을 마음껏 구가할 수 있는 여름을 손짓하고 있다.

교정에 있는 나무들은 희로애락을 겉으로 드러내지 않는다. 내적으로 소화하고 흡수하고 외부에는 노출시키지 않는다. 신의 피조물인 동물들이 희로애락을 밖으로 드러내는 것과는 상이하다. 태어나서 죽음을 맞이할 때까지 누워서 쉬거나 잠자지 않고 우뚝 서서 모든 것을 해결한다. 아파도 투정부리지 않고 벌레들과 새떼들이 귀찮게 해도 저항하거나 내쫓지 않고 무조건 받아준다. 나무들은 천적들이 자신을 구박하고 할퀴더라도 불만 한 마디도 없이 따뜻하게 그들을 받아주는 호인이다. 교정의 나무들은 아이들에게 희망을 주고 그늘을 주고 신록의 푸름을 주고 열매를 주고 예쁜 경관을 선물한다. 교정의 나무들은 교육가족을 닮아 간다.

산정의 샘

  산에는 가을, 봄, 여름 없이 꽃이 피네 산이 좋아 산에서 산다고 소월은 노래한다. 산은 누구에게나 동경의 대상이다. 경사가 급한 산정에도 샘터가 있다. 산정에서 발원한 샘물은 계곡을 이루며 긴 여정을 시작한다. 높고 경사가 급한 계곡을 벗어나 내를 이루며 냇가주변은 예쁘고 아름다운 꽃들이 피어나고 아이들의 놀이에도 안성맞춤인 환경을 제공해준다. 냇가는 평화 그 자체이다. 초등학교 교육을 냇가에 비유할 수 있다.

  냇물은 흐르고 흘러 여행을 계속하면서 하천에 진입하게 된다. 하천의 폭이 넓어지면 수량도 많아지고 작은 배를 타고 노를 저으며 속도감도 느끼게 된다. 이때 발달정도의 차이는 있지만 사춘기라는 인생의 폭풍기를 경험하는 학생들이 늘어난다. 혹독한 시련을 겪는 학생과 쉽게 넘어가는 학생들 때문에 부모들은 대응정도에 혼란을 느끼게 된다. 하천은 예측불허의 상태이다. 중학교 교육은 하천에 비유할 수 있다.

  하천은 점점 물의 깊이와 폭이 커지고 제법 큰 배가 아니면 다닐 수 없는 강을 만든다. 강에는 젊음을 맘껏 노래하고 춤출 수 있는 낭만도 존재한다. 개인의 지혜도 필요하고 팀 간의 끈끈한 유대관계도 있어야 강에서의 멋진 생활을 즐길 수 있다. 강은 아름다운 젊음을 향유하고 갖가지 변수에 따라 그 모습이 달라진다. 고등학교 교육은 강에 비유할 수 있다.

계곡에서 발원한 물의 긴 여정은 강의 끝자락에서 바다에 섞여 절정에 다다르게 된다. 넓고 넓은 바다에는 항해에 따른 위험이 상존하고 항해기법도 있어야 한다. 태풍도 발원하고 거대한 폭풍우를 이겨내야 하며 무서운 상어와의 한판승부도 치를 준비가 있어야 한다. 교육의 바다는 지금까지 갈고 닦은 경험과 기술을 바탕으로 응용의 세계로 접어들게 된다. 그 규모가 광대하고 심층적이기 때문에 얻는 것도 많고 잃는 것도 많다. 이제 우리는 편협한 교육에서 탈출해서 교육의 바다에서 거대한 세계를 상대로 세계 어느 곳에 내놓아도 손색이 없는 대단한 인재를 만들어가야 한다.

산정의 샘에서 솟아나는 물방울이 모이고 모여 냇가를 이루고 하천을 거쳐 강으로 흘러가 끝없는 바다를 이룬다. 그 긴 여정에는 소음도 있고 저항도 크지만 자연스레 이어진다. 학교도 같은 맥락에서 보면 된다. 초등학교 교육이 바로서야 중학교 교육이 온전하게 큰다. 중학교 교육이 화려해야 고등학교 교육은 꽃 피울 수 있다. 고등학교 교육이 믿음직해야 대학교 교육 또한 완성교육으로 큰 인재를 만들 수 있다.

세계를 손에 넣고 여러 부분에서 좌지우지 할 수 있는 글로벌 인재 육성이 학교가 해야 할 과제이다. 산정에서 샘솟는 작은 물방울 하나, 그것은 미미하지만 큰 인재가 될 우리들의 작은 아이들이다.

교육의 숨바꼭질

어린 시절 놀이 중 숨바꼭질에 대한 추억을 꺼내본다. 숨바꼭질은 내용이 단순하면서도 흥미를 돋우는 놀이이다. 그 당시에는 오늘날처럼 놀이의 종류가 다양하게 보급된 것도 아니고 컴퓨터 게임이나 오락시설이 우후죽순처럼 돋아난 것도 아니다. 술래잡기를 기억하며 과거로 회귀해 보면 저절로 웃음이 난다. 또래 친구들이 모여 들면 가위 바위 보를 해서 진 사람이 술래가 된다. 술래를 정할 때에 술래가 안 되려고 손을 호호 불며 가위 바위 보를 한다.

그러나 술래가 되면 손등으로 눈을 가리고 열을 세는 동안 눈에 띄지 않게 주변에 숨어 정황을 살핀다. 술래가 숨은 사람의 이름을 호명하며 얼른 진 사람을 찾아가 손을 짚으면 술래를 면하는 숨바꼭질 놀이는 꽤나 선호도가 높았던 것으로 기억한다. 친구들과 올망졸망 모여 동네를 돌아다니며 숨바꼭질 놀이를 통해 우정도 두텁게 쌓고 친구들의 성격도 파악한다. 그 역할도 바꿔 가면서 공동체 생활의 윤곽도 어림잡아 보고 저녁밥 먹을 시간도 잊으며 웃고 떠들고 그렇게 커왔던 시절이다.

이밖에도 어린 시절 재미있었던 놀이를 헤아리면 꽤 많다. 제기차기, 썰매타기, 자치기, 굴렁쇠 굴리기, 숨바꼭질, 고무줄놀이, 윷놀이, 토끼사냥하기 등 마을과 산야를 누빈다. 이제까지 우리가 해 온 교육활동이 술래잡기 놀이를 연상할 때가 더러 있다.

오래전에 "누구를 위해 종을 울리는가"라는 전쟁영화를 본 적이

있는 데 우리의 교육활동과 견주어 많은 시사점을 던지고 있는 작품
이다. 우리는 정말 교육이 누구를 위해 종을 울리는지 생각해야 한다.
우리는 숨바꼭질식 교육에서 벗어나야 하고 이러한 교육도 강력한
옐로카드의 대상이다.

교육의 목표와 방법, 그리고 교육의 내용을 이제는 모두 공개하고
더 발전적인 방향에 대해 의견을 모아나가야 한다. 의사는 환자의 병
을 진맥하고 투약을 해서 진행과정을 관찰한다. 치료과정이 만족스럽
지 않을 때는 대안을 찾아보고 재구성해서 환자의 병이 완치되도록
최선을 다한다.

교육은 의사가 환자의 병을 치료하는 과정보다도 더 복잡하고 세
심한 주의를 필요로 한다. 신비에 감싸여 있는 인간을 대상으로 사람
다움의 길로 이끌기 때문이다. 오늘날의 학교교육이 숨바꼭질을 닮아
가서는 아니 된다. 숨바꼭질은 숨고 찾고 숨기를 반복한다. 교육은 단
순한 활동이 아니고 복잡한 기법을 필요로 하며 미래지향적이어야
한다. 학생에게 책임지지 않으면서 학부모를 기만하고 있지는 않은
지, 또한 열심히 하고 있다고 속이고 있지는 않은지 세심하게 주의를
기울이고 반추해보아야 한다.

학교를 향해 시끄러운 사이렌이 울리고 있다. 옐로카드가 쏟아지
고 있다. 학교 교육활동에 대해 책임을 지라는 요구이다. 숨바꼭질식
교육은 백해무익하고 교육현장에 발붙이지 못하도록 감시해야 한다.

골동품 된 운동장 조회

우리의 고교교육의 가장 큰 착오는 대입에 초점을 맞추고 교육이 이루어지는 것이다. 좋은 대학, 원하는 대학에 합격을 하기 위해서는 교육과정을 변형시켜 운영해도 그 누가 무어라 하지 않는다. 교육방법도 주입식 교육이 대세를 이룬다. 그 까닭은 짧은 시간에 많은 지식을 넣어줄 수 있다는 장점을 최대한 이용하자는 것이다. 교사나 학생이나 무언의 동의하에 오랜 시간 뿌리를 내려온 관행이다. 인간교육은 제쳐두고 목적을 위해 수단은 크게 문제가 되지 않는다고 보는 것이다.

학생조회는 교장의 훈화를 들으며 인생의 쓴맛, 단맛, 신맛을 다 겪은 나이 먹은 교장의 삶의 과정에서 뼈저리게 느껴온 경험의 세계를 아이들과 접목하는 소중한 시간이다 인생의 미래를 설계하는 어린 학생들과 교감이 이루어지는 진지한 자리이다. 또한 나라사랑하는 마음도 다짐하고, 표창이나 칭찬도 듣고, 질책의 잔소리도 듣는다. 용의 두발 점검도 하며, 선·후배 간 교류의 시간이기도 하다.

그런데 인문계 고교에서의 학생조회는 가뭄에 콩 나듯 어쩌다 한 번 행사로 끝나고 만다. 그나마 운동장 조회는 구경조차 할 수 없게 되어나간다.

이 또한 옐로카드를 받아야 한다. 왜 그리 되었을까? 학생조회를 모두가 싫어하고 거부한다는 데 문제가 숨어 있다. 조회를 서서 시간을 허비하느니 공부하는 시간을 더 확보하는 게 낫다는 생각이 우선하는 것이다.

　운동장 조회 후 교실에 입장하는 모습은 자유분방하고 꼴불견이다. 꼭 일본 학생들처럼 절도 있게 입장하고 질서 있게 퇴장하라는 것은 아니지만 어떤 것이 교육적인 것인지는 곰곰이 생각해 볼 필요가 있다. 물론 훈화를 담당하는 학교장의 준비 정도에 따라 조회의 의미는 크게 바뀌지만 학교장 훈화는 진한 감동이 있어야 한다. 훈화 후의 우뢰와 같은 박수를 받는 학교장의 이미지 관리도 필요하다. 학생들은 잔소리 그만하라고 박수 치는 경우도 많긴 하다. 나는 그것도 모르고 박수에 고무되어 내 마음이 하루 종일 구름에 둥둥 떠다니듯 생활했다.

　학창시절은 지적 만남도 중요하지만 정적 만남도 중요한 것이다. 학생조회와 학급조회가 흐지부지 된다면 인성교육도 사람 됨됨이 교육도 비례해서 맥을 못 추게 되는 것이다.

　사람다움의 추구는 교실에서 수업시간을 통해서도 충분히 할 수 있지만 공동체 간의 나를 확인하는 시간은 집단 활동을 통해서 조성되는 것이다. 나, 너 우리를 단단하게 엮어주는 교육 활동을 소홀히 할 수 없으므로 꼭 챙겨야 한다. 필자가 서울로 중학을 다닐 때 한 달에 한 번 운동장에서 교련조회가 있었다.

　학교장인 김석원 장군님은 일본육사 출신답게 군인정신으로 무장하신 학생에게 엄격한 분이셨다. 한국전쟁 시 서부전선에서 후퇴를 권유하는 정부의 말을 듣지 않아 예비역으로 전역하신 참다운 군인이셨다.

　지금 생각하면 군에서나 있는 사열, 분열을 운동장 조회에 도입하신 것이다. 분위기는 딱딱하고 군대가 연상되었지만 그러한 의식행사를 통해 나라사랑정신, 협동정신, 진취적인 정신, 자기제어 정신을 뚜렷하게 각인시켜 주셨던 걸로 기억한다. 딱딱하다고 거부하는 것이 능사는 아니다. 딱딱한 것은 부러지지만 부드러운 것은 쉽게 휘어져 이것도 저것도 아닌 비참함을 낳는다.

운동장 조회의 주인역할은 학교장이 담당한다. 학교장은 학급조회에서 얻지 못하는 또 다른 그 무엇을 아이들의 머리에 열어주고 심어주고 김매는 일도 해야 한다.

인류에 빛을 남긴 분들의 생애, 학교의 미래와 발전전략, 국가의 융성과 개인 번영의 상관관계, 학습 전략, 현재와 미래의 삶의 방법, 내 몸값을 높이는 방법, 나를 벗겨놓고 볼 수 있는 자아성찰과 미래를 내다보는 혜안이 조회의 메뉴가 된다. 조회의 열기가 듬뿍 묻어나도록 목청도 높이고 때론 호령도 하며 감동도 받도록 이끌어 내야 한다.

귀찮고 시간 없다고 운동장 조회를 생략하고 학급조회나 방송조회로 돌린다면 온실 속에서 핏기 없이 자라는 연약한 아이들을 양산하는 것이다. 골동품이 되어버린 운동장 조회를 살려야 한다.

교육의 온도 차이

오랜 학교생활에서 뼈저리게 느끼는 것은 학교경영자인 교장과 교육활동 실무 책임자인 교감, 각 부서업무를 구안하고 학교교육 정책을 조율하는 부장과 선생님들의 교육적 온도차이이다. 또한 교육활동을 지원하고 있는 행정실, 학생들의 보호자인 학부모, 피교육자인 학생들 나아가 지역사회의 인사들 모두가 학교교육에 대해 온도차이가 심하다는 것 또한 문제이다.

인간의 정상체온은 36.5℃이다. 그러나 체온은 컨디션의 높낮이에 따라 반응히는 정도는 오르락내리락 다르게 나타난다. 나는 이따금씩 선생님들이나 학부모·학생들과 대화를 나누다보면 너무나 큰 온도차이에 충격에 휩싸일 때가 많다. 교육을 놓고 벌어지는 이 온도 차이를 줄이는 방법은 무엇인지 답을 찾아 밤잠을 설칠 때도 많다. 세대 간의 갭을 줄이고 공감대를 형성해서 교육의 큰 발자국을 남기는 일은 매우 중요한 과제이다. 교육에 참여하는 사람들의 온도 차이를 줄여야 한다. 같은 곳을 바라보고 어깨동무를 하고 활력을 더할 때 교육의 성과는 크고 아름답지 않을까 반문해본다.

기상의 변화에 따라 우리들의 삶도 반응하는 정도가 달라진다. 우리들의 신체는 기상의 변화에 민감하게 반응하기 때문에 외적변화와 내적변화가 동시에 작용한다. 기상의 변화는 심리적으로 섬세한 변화를 가져오는 것은 물론이다. 우리들의 옷차림의 모습 자체가 달라지는 것은 당연하다. 기상이 바뀌면 제반 행사계획의 전부 또는 일부가 변경될 수도 있다.

세상사의 축소판이라 일컬어지는 학교에도 고기압일 때도 있고 저기압일 때도 있다. 바람이 몹시 심한 태풍이 불 때도 있고 교정의 나뭇잎을 가볍게 흔드는 미풍일 때도 있다. 열이 펄펄 끓는 고온으로 혼미백산할 때도 있고 저온으로 찬바람이 불고 침체된 상태를 보일 때도 있다. 그러나 중요한 것은 학교구성원 모두의 심리적 온도 차이를 극복하는 것이다. 비슷한 온도로 같은 방향을 향해 무섭게 정진할 수 있는 공감대가 중요하다. 어느 한쪽에서는 불구경하듯 의미 없이 바라만 보고 체념하는 데 문제가 있는 것이다.

학교가 정상 체온을 유지하면서 모두가 교육의 달인이 되어 미친 듯이 앞으로 달려가야 한다. 학교 교육의 온도 차이를 줄이는 방법은 학교장을 비롯한 관리 부문의 몫이다. 위에서 얘기가 아래로 내려가는 것이 아니라 아래에서 위로 얘기가 올라와야 한다. 의사소통이 되지 않고 불만이 누적되면 온도 차이는 커진다. 우리는 보지 않고 듣지 않고 말하지 않는 것을 미덕으로 잘못 인식하고 있다. 혈관에 불순물이 끼게 되면 터진다는 것은 누구나 알고 있다. 막힘없이 소통하는 일에 모두가 나서자.

피자와 부침개

내가 어린 시절에는 간식거리로 부침개를 부쳐 먹었던 기억이 난다. 까만 프라이팬에 기름을 둘러도 달라붙어 모양새는 흉했지만 그 맛은 일품이었다. 흔한 밀가루 부침개에서 입맛 도는 녹두부침개, 수수팥떡 부침개 등 그 종류도 많고 맛도 다양한 우리 조상들의 전통음식이다. 그러나 요즘 아이들 즉, 신인류는 피자에 열광한다. 피자와 부침개는 어떤 차이점이 있을까 곰곰이 생각해본다. 겉으로 드러나는 모양과 만드는 과정. 재료는 어떤 것이 투입되고 그 맛은 어떻게 다를까 저울질 해본다. 요즘 아이들이 피자를 선호하고 부침개를 홀대하는 이유는 뭘까? 나도 피자를 많이 좋아한다. 그 맛의 비밀에 대해서도 끊임없이 연구해본다. 내 방에도 냉동실에 피자가 떨어지질 않고 가는 학교마다 교장실에서 전자레인지에 피자를 데워 먹는다. 학부모님들은 중간, 기말고사가 끝나기 무섭게 전 교실에서 피자파티를 열어준다.

부침개와 떡이 오가는 것이 아니라 피자가 아이들의 지극한 사랑을 받고 있는 것이다. 나이 든 사람이 애들이나 좋아하는 피자에 열광하는 것에 대해 많은 사람들이 의아해 한다. 우리가 어린 시절에는 피자라는 단어 자체가 없었다. 눈 깜짝할 사이에 서양음식이 우리들 식탁에 오르면서 그 맛에 감동하고 대중성의 흐름을 타기 시작했다. 이제는 상당 부분 우리들 곁에 튼튼한 진지를 구축하고 한국인의 입맛을 바꿔가고 있다. 피자가게는 대박을 낳는 인스턴트 음식의 대표 자리를 차지하고 있다.

내가 미국을 방문해서 시카고의 호텔에 묵을 때의 일이다. 호텔 로비의 레스토랑에서 저녁식사를 마치고 팀 모임이 있었다. 그날의 일정을 반성하고 다음 일정을 알차게 진행하기 위해 많은 의견이 교환된 후이다. 이상하게 서양 음식은 거부반응이 적고 표현하기 어려운 매력이 있다. 중국음식은 향이 짙고 볶고, 튀기는 것이 먹기에 쉽지만은 않다. 미국인들이 먹는 피자를 꼭 한번 시식하고 싶은 욕망이 앞서 밖으로 나왔다. 미국 피자를 주문해서 혼자 먹는 그 맛, 지금도 침이 넘어감은 웬일일까? 어릴 때부터 구수한 녹두부침개를 먹고 자란 우리들인데 왜 이렇게 되었을까? 부침개의 종류도 여러 가지이고 우리네 부침개가 그 맛이나 영양가에서 피자보다 못한 이유는 없다. 피자는 학자들의 주장대로 성인병 발병의 일등공신이라는 사실을 잊어서는 안 된다.

우리는 너무 우리 것을 홀대한다. 서양 것에 대한 선호도가 너무 높고 지나치다. 맹목적으로 열광하는 경우도 종종 보게 된다. 잃어버린 우리의 것, 홀대받는 우리의 교육을 되찾아서 살을 붙여서 예쁘게 만들어서 후대에 이어주어야 한다. 서양 교육방법을 선별적으로 털어버리고 전통 한국교육의 장점을 발견하여 학교현장에 접목시킬 때이다. 특히 인성교육 부분에서는 우리의 전통적 교육방법을 흉내 낼 수 없다고 확신한다.

교훈은 영원한가

학교의 교훈은 학생교육의 중요한 덕목으로 학교교육의 지렛대 역할을 한다. 새로 부임하는 학교장은 이전보다 더 잘해 보려는 마음이 앞서고 의욕도 넘친다. 따라서 학교교육의 방향을 발전 지향적으로 설정하고 국가의 인재 양성에 팔을 걷어 부치고 이리 뛰고 저리 뛴다. 일반적으로 학교장은 정적인 자리라고 흔히들 말하지만 동적이고 분주한 자리이다.

학교의 교육내용을 자기 입맛에 맞게 수정 보완하고 그의 교육철학을 일부 반영하지만 현실적으로 대폭적 손질은 제약이 따른다. 물론 학교가 나아가야할 지향점인 학교교육 목표를 바꾸고 손질하는 것은 가능하다. 그는 교육에서 강조할 사항을 꿰뚫어 보는 식견을 가지고 있다. 또한 경험을 통해 얻은 노하우가 있어 학생이나 학부모들은 학교경영의 느낌을 다르게 받아들인다. 그러나 학교의 교훈은 손대지 않는다. 그만큼 교훈은 학교설립 당시 정해진 대로 그 학교가 존속하는 한 부동의 가치를 지니게 되고 이는 불문율로 통한다.

우리나라의 학교에서 교훈으로 정해지는 말은 천편일률적으로 비슷한 경향을 보였으나 요즘 들어서는 다양한 내용의 교훈이 우리들 곁에 선보인다. 필자가 신설교 교장으로 부임했을 때도 교훈을 정하는 데 날밤을 새며 고민에 빠진 적이 있었다. 약 한 달을 두고 곰곰이 생각한 끝에 얻어낸 말은 호학입례(好學立禮)였다. 즉, 배움을 즐겨하고 예를 행동의 기준으로 삼는다는 뜻이다. 색다른 교훈에 깊은 뜻이 있어 모두들 즐거운 마음으로 교훈 탑을 세웠을 때의 감회는 남달랐다.

남의 손에 이끌려서 억지로 학문의 길에 들어서면 학습의 효과도 적고 싫증도 나서 배움이 커가지 못하게 된다. 반면에 나의 필요에 의해 앎이 좋아서 흥미 있게 즐거운 마음으로 학습에 임하면 상승 작용을 일으켜서 그 효과는 두 배로 커지는 것이다. 학력이 높거나 열등한 아이들을 세심하게 관찰해 보면 호학의 정신적 두께에 따라 그들의 미래가 결정되어지는 것을 알 수 있다. 그러한 연유로 교훈이 태어난 것을 학생들에게 열심히 홍보한 시절이 그립다.

포천시에는 고등학교의 교훈이 모두 '성실'이다. 이유를 알아본 즉, 첫 번째 학교의 교훈이 성실이어서 신설교에 성실 도미노 현상이 일어난 것이다. 편의주의에 의해 생겨난 아이러니컬한 현상이다.

물론 성실이 인간의 행동덕목 중에서 으뜸이 되는 행동의 모습이리라. 이를 잘못 되었다고 꼬집으려는 것이 아니다. 획일성에 대해 문제를 제기해 보는 것이다. 학교의 교훈은 그 학교의 교육방향을 축약한 의미 있는 내용으로 함축성이 있고 영원불멸의 가치가 들어 있어야 한다.

그러나 신설학교를 맡은 교장은 그 학교의 교훈에 대해 고민하고 걱정하기보다는 남이 만들어 놓은 이웃 학교 것을 베끼기에 더 몰두한다. 얼마나 불행한 일인가. 아이들의 미래 모습을 그리며 교육 가족의 지혜를 모아 교훈을 결정하고 하위 항목으로 급훈을 만들어야 한다. 교훈은 그 학교의 얼굴이다.

보일 듯 말 듯

세계적인 정신분석학자인 프로이트가 저술한 『정신 분석학 입문』은 내가 애독하는 책이다. 읽을수록 책의 내용에 묘미가 있으며, 흥미를 더해주고 감칠맛이 나는 좋은 책이다. 인간의 난해한 정신세계를 파헤치고 정신과 행동을 연계하여 과학적 입증을 위해 연구를 거듭한 것은 놀라운 일이다. 그가 말한 무의식의 세계는 오늘날 학교에서 이루어지는 교육 활동에서 눈앞에 펼쳐지는 것보다 보이지 않는 그 무엇에 의해 교육되어지는 것이 매우 많다는 것을 시사한다.

아담 스미스의 이론에서 경제는 눈에 보이지 않는 그 무엇에 의해 조정되어진다는 것과 연관도 지어본다.

수면 아래에서 이루어지는 교육활동의 영향력은 개인의 내면세계를 형성하는 데 막대한 영향을 미치고 있다. 보이지 않는 부분이 개인에게 어떤 과정을 거쳐 교육적으로 흡수되는가를 살펴야 한다. 또한 그것을 수면 위로 떠올려서 교육적 힘이 작용할 수 있도록 하는 일은 적극적으로 연구하고 검토되어야 한다. 학교에는 정규 교육과정과 잠재적 교육과정이 동시에 존재한다. 정규 교육과정은 틀에 짜여 있어 누구나 똑같이 이수과정을 거치게 된다. 그러나 잠재적 교육과정은 눈에 잘 나타나지 않아서 받아들이는 정도가 개인 간에 커다란 격차가 있다. 학교에 보이지 않는 부분을 무시하는 것에 옐로카드를 주어야 한다.

프로이트는 빙산을 예로 무의식의 세계를 설명하고 있다. 의식의 세계가 30%라면 무의식의 세계는 70%라는 것이다. 그 무의식의 세계에 숨어 있는 보물을 찾는 일이 중요하다는 것이다.

지구가 온난화로 인해 생존하는 동식물들이 몸살을 앓고 있다. 북극과 남극의 빙하가 녹고 있다. 고온과 저온이 왔다 갔다 하면서 피해를 주고 가뭄과 홍수가 예측불허의 상태로 심술을 부리고 세계 곳곳에서 지진활동이 활성화 하면서 인류를 위협하고 있다. 그 숨은 뜻은 무엇일까를 프로이트의 이론을 떠올리며 생각한다. 아니면 예전부터 지구 활동의 일부분인데 사람들이 민감하게 받아들이고 호들갑을 떠는 것일까?

교육의 연날리기

　교육 연날리기 대회를 알리는 팡파르가 울림과 동시에 푸른 들판은 학생들의 환호와 흥분으로 가득하다. 멀리 높이 오르는 연은 바람의 힘을 받으면 받을수록 탄력을 받는다. 어린 시절 우리는 연 만드는 일에 몰두했던 때를 기억한다. 어떤 연을 어떻게 만들어 실타래에 붙잡아매서 하늘 높이 날 수 있을까 하고 궁리를 한다. 그러나 만든 연은 날지도 못하고 땅에 고꾸라져서 난처해 할 때가 한두 번이 아니었다. 만드는 재료를 바꿔보고 무엇이 문제였고 그걸 해결할 방법은 어떤 것이 있는가 연구를 거듭하게 된다. 재미있는 것은 시행착오를 거듭하다 보면 연은 차츰 제 모습을 갖추고 역동성도 향상되게 되고 기대보다 높이 오르면 환희를 맛보게 된다. 물론 하늘을 향해 거침없이 날으는 연은 주변 친구들의 부러움과 동경의 대상이 되기도 한다.

　교육도 연 만들기와 흡사한 점이 많다고 생각된다. 아이들 하나하나가 연 만들기에 집중하는 것처럼 교육도 연을 엮는 것처럼 정성을 다해야 한다. 교육은 아이들의 꿈을 하늘에 띄우고 그 꿈을 이루기 위해 도움을 주어야 한다. 어떻게 해야 되는 것인가 방법을 찾고 실행과정을 스스로 체득하는 과정을 밟게 해야 한다. 때로는 띄운 연이 바람에 흔들리고 요동치고 고꾸라지기도 하지만 오뚝이처럼 벌떡 서서 다시 하늘로 힘차게 날아가면 환희가 넘친다.

　나는 하늘에 띄운 연처럼 바람에 떨고 구름에 가리고 뜨거운 태양에 용광로처럼 달궈지고 찬 겨울날에 혹독한 추위를 슬기롭게 이겨내면서 크는 것이 아이들이라고 생각한다.

권연순이 작사하고 한수성이 작곡한 '연날리기' 노래를 보면 이런 내용이 나온다.

연을 날려보자 저 하늘 높이 무지개 옷을 입고 꼬리를 흔들며 모두 어울려 친구 된다. 두둥실 춤을 춘다. 연을 날려보자. 우리의 꿈을 싣고 잘도 난다.

예전에는 정성껏 만든 연에 송위(送危)란 글자를 넣어 높이 띄운 후 실을 끊어 연을 날려 보내는 것은 질병이나 가사에 나쁜 요소를 멀리 보내고 가정에 기쁨과 행복이 가득하기를 바라는 소망을 담았다고 전해온다.

하늘이 열린 넓은 들판에 나가 모닥불을 피우고 추위를 쫓으며 연과 연이 서로 부딪치기도 하고 같이 하늘 향해 힘차게 나는 모습을 보며 환희에 넘쳐 소리를 질러본다. 이렇게 재미있고 신나게 즐길 수 있는 연날리기를 학교 아이들에게 한 번쯤 행사를 가져 기쁨을 맞보게 하자.

추운 날에 손을 호호 불고 귀때기가 떨어져 나갈 것 같은 엄동설한에도 모두들 에너지 충전의 시간이 되고도 남는다.

교육의 소망을 담아 하늘을 향해 우리 아이들의 희망을 높이높이 날리자.

젊음의 축제

가을 들판은 그 풍요가 신의 마술에 걸린 듯 우리들의 마음을 즐겁게 한다. 교정에 띄운 애드벌룬이 청계제의 열기를 더해주고 아이들의 가슴도 모두 활짝 열려있다. 학교축제의 진행과정을 눈여겨보면 그 학교의 교육활동을 가늠할 수 있다.

축제의 첫날 잔치가 우렁찬 팡파래와 함께 그 막을 올린다. 사랑하는 학생들, 존경하는 선생님들, 따뜻한 학부모님들, 모두가 하나 되어 이 날을 손꼽아 기다리고 준비해온 갖가지 축제 메뉴들을 선보이기 시작한다. 웃고 떠들고 노래하고 춤추고 모두의 끼들이 유감없이 발산된다. 나는 청년문화에 어둡고 문외한이기도 하고 그들의 문화를 잘 이해하지 못한다. 그러나 오늘은 그들에게 가까이 다가가고 젊음의 가능성을 발견한 의미 있는 날로 기록한다. 다만 눈을 즐겁게 하는 보는 문화도 중요하지만 우리들의 가슴을 즐겁게 하는 묘미가 묻어나는 청년문화가 더 가치 있다고 말하고 싶다.

선생님들의 찬조 출연은 제자사랑이 하늘보다 높고 바다보다 깊다는 것을 알게 한다. 노래 솜씨가 보통을 넘고 연주 솜씨, 댄스 솜씨가 수준급인 것을 바라보면서 언제 저런 재능을 연습했을까 어안이 벙벙해진다.

우리 학교에 연예인에 버금가는 친구들이 많다는 것을 발견하고 뿌듯한 마음이 든다. 추억의 교복 페스티벌은 옛날 학창시절을 회상하게 하는 값진 자리로 눈물을 글썽이게 하는 해프닝도 있었다.

둘째 날은 체육대회가 치러지는데 어린 시절이 문득 주마등처럼 스쳐간다. 보다 멀리, 보다 높게, 보다 빠르게 라는 슬로건아래 학급 간, 계열 간의 숨 막히는 대결이 치러진다. 교사, 학생, 학부모가 한 데 어우러지는 한마당 잔치가 명문고로 도약하는 우리 학교의 모습 이기도 하다.

음악공연과 연주, 각종 전시활동, 이벤트 행사, 먹거리 잔치를 통해 모두가 하나가 되고 화합하는 자리임을 재확인한다. 그동안 책과 씨 름하느라 찌들은 몸과 마음을 활짝 열어젖히고 젊음의 열정을 유감 없이 발휘하는 하루를 연다.

오늘 체육대회는 필승 즉, 반드시 승리해야 하고 승리를 위해 단합 된 힘을 과시해야 한다. 그러나 승리에만 집착하면 반칙과 태클로 상 대방을 다치게 할 수 있다. 그러면 옐로카드가 날아들기 때문에 상대 방의 감정을 상하게 해서는 안 된다. 늘 상대를 배려하고 우정을 교 류하며 웃음이 가득 찬 즐거운 체육대회가 되어야 한다.

교육사상가인 페스탈로치는 인간은 지·덕·체를 고르게 조화시 켜 우리의 삶을 윤택하게 해야 한다고 강조한 바 있다. 오늘 행사에 서 지혜를 발휘하고 행동의 여유, 강건한 젊음의 단면을 보여주고 멋 진 응원도 함께 하길 기대한다.

축제는 강도 높은 젊음의 열기가 넘쳐흐르도록 표현되어야 한다. 어린소년이나 장년 혹은 노년이 나타내지 못하는 것을 내보이고 웃 고 떠들며 때론 눈물도 흘리면서 그들의 오늘을 확인하는 자리가 되 어야 한다. 축제가 먹을거리 중심이 되어서는 안 되고 참여 학생보다 구경꾼이 늘어나서도 안 된다. 축제가 일상적으로 반복되는 행사로 끝나는 무미건조한 모습을 보이는 것은 불행한 일이다.

교육의 사각지대

　자동차 운전을 하다보면 갑작스런 상황변화에 소스라치게 놀랄 경우가 생긴다. 정면과 후면 그리고 양측 면을 주시하면서 세심하게 주의를 기울여 운전해도 돌발 상황이 발생하면 당황하게 된다. 그것은 거울에 들어오지 않는 사각지대가 있기 때문에 조심 운전은 필수이고 사각지대에 대한 대비책도 필요하다.

　학교 교육에 있어서도 사각지대가 분명히 존재한다. 그건 사람들의 이목을 끌지 못하고 교육의 힘이 미치지 못하는 영역을 말한다. 교육의 힘이 영향을 발휘하지 못할 경우 그 부분에선 악의 독버섯이 창궐하게 된다. 졸업식 뒤풀이가 그 한 예라고 할 수 있다. 학교에서도 생각하지도 못했던 일을, 생각할 수도 없는 일을 청소년들은 아무 거리낌 없이 그들의 세계에서 펼친다. 그러한 행위의 부작용이나 후폭풍은 아랑곳하지 않고 쾌감과 통렬함을 즐기고 있는 것이다.

　청소년들은 잠재적 교육과정에 의해 의기투합하고 분열하면서 그들의 문화를 만들어 간다. 성인들은 그런 문화를 비판하고 안 좋게 주시하지만 그들이 보기엔 자연스럽고 평이하게 접근해 가고 양심의 가책도 받지 않는다.

　교육의 사각지대는 학교도처에 숨어서 언제 어떤 형태로 폭발할지 모르는 위험성이 따른다. 따라서 예방차원에서 예상되는 문제를 가정해서 미리 손을 쓰지 않으면 안 된다. 어린 시절에는 누구나 자신의 행보가 끝이 없고 영원 하리라고 생각한다. 때론 가는 시간이 지루하고 현재의 나의 모습에 불만이 많고 구박도 하게 된다. 끊임없는 시행착오와 착각을 거치면서 미완성을 개선하려고 있는 힘을 다한다. 우리는 앞을 보고 있는 힘을 다해 달리지만 우리가 볼 수 없는 사각지대는 너무나 많다.

교육자는 보이지 않는 곳을 찾아내서 살필 줄 아는 혜안을 가져야 한다. 농사를 지으면서 땅의 힘은 있는지, 어떤 작물이 자라고 있는지, 물을 흥건히 적셔주고 생육을 돕는 비료는 어떤 것을 선택해야 하는지, 보고 또 보고 살피고 가꾸어야 한다. 우리가 알지 못하는 사각지대에도 많은 아이들이 분포되어 의미 있는 무언가를 하고 있으리라는 가정 하에서 눈을 크게 떠야 한다. 잡초가 무성하면 낫으로 잘라주고 너무 조밀한 곳에서 영역다툼을 하면 솎아도 주고 김매기도 하면서 이야기를 들어주고 담소도 나누면서 갈 길을 인도하고 재촉해주어야 한다.

교육은 사각지대를 발견하여 그 곳을 정화하고 살찌우는 역할도 매우 중요한 것이다. 학생들은 학교 내에서 활동하기보다는 그들의 자유가 보장되고 잘못이 드러나도 크게 문제되지 않는 교육 밖의 사각지대를 선호한다.

깨어나라! 학교여!

학교가 곤하게 잠들었나 보다. 잠꼬대를 하는지 옹알이 소리를 낸다. 숙면에 빠져든 것인가? 까맣게 긴 밤은 터널을 지나 어둠을 살라먹고 산 위에 아침 해를 살짝 걸어 놓았는데 끄덕도 하지 않는다. 망설여지는 것은 학교 종을 난타로 때릴지 아니면 사이렌을 울려야 할지 판단이 서지 않는다. 학교는 이제 긴 잠에서 깨어나 생명이 잉태되는 새벽을 열어야 한다. 새싹이 실하게 움틀 수 있게 기를 불어넣고 새로운 교육목표를 향해 진군하는 교육 부흥의 길로 나가야 한다. 학교가 잠에서 깨어나면 누가 누구에게 원망하지도 말고 모두가 공감하는 뜨거운 가슴으로 다시 태어나야 한다.

교육은 형식적이 아니고 실질적이며 꾸밈이 아닌 있는 그대로를 그려야 한다. 밑바탕이 튼튼하며 유용하고 인간적인 맛을 가미한 신건축 개념을 도입해야 한다.

적당주의를 물리치는 데서 한 발짝 더 나아가 적당주의를 완전히 도태시켜야 학교가 살아난다. 학부모를 속이고 학생을 기만하는 것은 암 덩어리와 같아서 신속하게 제거해야 한다. 지금의 학교 모습으로는 빠르게 변화하는 미래의 세상에 적응할 수도 없고 따라가는 것 자체가 버거워진다.

학교의 원래기능은 생각이 앞서야 하고, 행동이 앞서야 하고, 모든 부문에서 리더의 역할을 견실하게 수행해야 한다.

그러나 지금 많이도 뒤처져 있다는 것조차도 모르고 있는 사람이 많다. 그 원인은 학교를 구성하고 있는 구성원이 그 역할을 제대로 해내지 못하는데 기인한다. 밭가는 소와 농부가 호흡을 맞춰야 밭을 잘 갈 수 있다.

오늘의 교육은 인간이 그 교육의 중심에 있어야 한다. 인간을 소외시키면 교육의 영속성이 떨어진다. 교육에서 효율을 강조하여 경쟁을 지나치게 부추기면 반인간화로 무게 중심이 옮겨간다.

세상을 움직이는 힘은 사람이다. 사람이 중심에 위치하면서 세상사를 좌지우지하는 것이다. 사람은 신의 최대의 걸작품이다.

사람은 생득적인 요인을 바탕으로 주변의 환경이나 사물에 대해 끊임없이 반응히면서 순간을 놓치지 않고 분석과 판단과 행동으로 옮겨간다.

배움이 짧다는 것은 능력이 짧다는 것을 의미한다.

어린 시절 부모의 양육 방법은 그 아이의 장래를 결정짓는다. 어린 시절 형성된 가치를 더 크게 부풀리는 곳이 학교이다. 학교의 역할은 대단한 책임을 수반한다. 학교가 교육을 어떻게 하느냐에 따라서 아이들은 통통하고 살찐 아이도 되고, 보잘 것 없는 말라깽이 아이도 된다. 묵직하지 않은 학교는 옐로카드를 받아야 한다.

학교는 늘 앞에서 수레 끌듯 끌어야지 뒤쳐져서는 아니 된다. 교육의 힘을 강하게 삽입하기 위해 고민하고 시원시원한 방법을 제시해야 한다. 또한 끊임없이 궤도수정을 하면서 인재 제일정신으로 나아가야 한다.

학교 교육을 질타하는 소리가 여기저기서 밀물처럼 밀려오고 썰물처럼 쓸려나간다. 그 말보따리를 풀어 헤쳐 보면 아주 작고 미미한 것도 있지만 아주 크고 폭발력이 강한 갖가지 내용이 담겨 있다. 또한 예민하고 민감한 사항에 대해서는 당황스러울 때도 있다.

교육문제가 많은 사람들에게 회자되는 것은 직·간접적으로 교육과 관련 되지 않은 사람이 없을 정도로 관계를 맺고 있기 때문이다. 학교여, 잠에서 깨어나라!

봄의 서곡

봄의 서곡이 들려오면서 긴 겨울잠에서 깨어난 북극곰이 첫 나들이를 시작하면 나물 캐는 봄 처녀의 아리따운 모습이 떠오른다. 자연의 정취에 맘을 뺏기듯 날선 칼처럼 차가운 겨울바람도 뒤로하고 함박눈 내려 춤추며 좋아했던 아이들의 모습도 앨범에 갈무리해 넣는다. 을씨년스럽던 나목들도 봄을 준비하고 있다. 봄의 왈츠에 맞춰 춤도 추고 소원했던 친구들에게 가까이 다가가서 문자도 주고받고 이야기보따리도 풀어놓는다. 시시콜콜한 얘기들이지만 말하고 듣고 또 말해주고 들어주곤 하는 재미에 푹 빠져본다.

세월이 흐르고 또 흘러 나와 너의 이야기가 누에가 비단실 뽑아내듯 끝이 없다. 아내의 이야기가 나오더니 자식 얘기가 나오고, 파란색을 띠었는데 어느새 노란색으로 바뀌고 파뿌리처럼 흰색으로 이야기꽃은 전환의 전환을 거듭한다.

학창시절의 덜 익고 날탱이처럼 풋풋했던 이야기에서 눈물이 나고 정겨웠던 군대이야기로 옮겨 붙는다. 먹을 것이 적어서 보리개떡에 칡뿌리를 씹어 먹던 시절 얘기에서 소시지와 질긴 갈비를 뜯는 요즘 화제도 풀어헤쳐 놓는다. 모두들 시간 가는 줄을 모른다.

늘 푸르름이 같이 할 수 있으리라 믿었던 우리들이었다. 지나온 인생의 짙푸른 파랑색의 페인트칠을 벗겨보면 그 아름다움에 가슴이 저려온다.

한때는 지루하게 느껴졌던 청년시절이 훌쩍 지나면서 하루가 다르게 정점을 지난 시간은 왜 그리 빠르기만 한지 모른다.

머리가 아프고 여기저기 몸이 쑤시면 왠지 모르는 불안이 엄습해 온다. 경쾌했던 내 심장의 엔진소리는 털털거리기 시작한다. 내 몸 안의 공장들은 여기저기서 고장이 나고 위기의 신호를 끊임없이 보내온다. 봄은 생명을 잉태해서 가을의 수확을 예상하게 한다. 좋은 시절에는 고속도로를 힘차게 달리던 내 마음도 흰머리 돋아나기 시작하면서 작아지고 중심을 잡지 못하고 있다.

가을에 그리는 자화상은 봄에 그리는 것보다 예쁘지 않음을 알게 된다. 가을은 봄에 비해 희망이 작고 얇다. 그리고 주름과 피부노화와 자신감의 상실로 인한 마음의 탄식이 작용하기 때문이다.

가을의 풍요를 위해 봄을 희생하자. 그리고 계절에 빠져들어 교육을 해태하면서 사는 것은 더구나 부질없고 허망한 짓이다. 허리띠를 졸라매고 긴장하며 아이들에게 가까이 다가가자. 그리고 봄을 노래하자.

교육과 경제법칙

교육의 과정과 성과를 측정하여 수치로 표현할 수 있는지 질문을 던져 본다. 물론 중간·기말고사와 모의 학력고사는 수치로 나타내어 일희일비(一喜一悲)하곤 한다. 최소의 비용으로 최대의 성과를 거두는 일은 경제 뿐 아니라 사회 모든 분야를 뛰어넘어 인류의 최대 관심사이다.

투입을 적게 하고 산출을 많이 하는 일은 풍요를 가져다주기 때문이다. 일본이 한때는 학력을 중시하는 정책에서 탈피하여 살아가는 힘 즉, 여유로운 삶을 즐길 수 있도록 특기적성, 동아리 활동을 우선시 하는 교육을 시행한 때가 있었다. 그러나 결과는 학력이 빠르게 추락하게 되자 최근에 다시 학력을 중시하는 정책으로 회귀하고 있다. 우리도 일본의 특기적성 정책을 모방하여 시행하다가 현 정부 들어 학력중시의 정책으로 대전환을 하고 있다. 학교에서 학력관리가 첫 번째임은 누구도 부정하지 않는다. 사람 됨됨이를 맨 앞에 놓아야 한다고 얘기는 그냥 하는 얘기이고 학력 관리는 교원이나 학생이나 학부모나 교육당국이나 최우선 과제로 올려놓는다.

학교가 가르치고 배우는 것에 국한되어서는 안 된다는 것도 누구나 공감하고 있다. 학력향상과 인간 됨됨이를 육성하는 두 마리 토끼를 모두 잡는 것이 어렵지만 잡을 수 있도록 연구를 거듭해야 한다. 나라의 경제도 물가상승을 억제하고 경제성장률도 올리는 일은 쉽지 않은 과제이다. 엄밀히 얘기하면 학력은 절대적인 것은 아니고 상대적이라고 봐야 한다. 학력이 높은 것은 성공의 가능성이 높다는 것을 예언해 줄 뿐이다. 이제 학교교육도 학력에만 매달리지 말고 다양한 분야에서 쓸모 있는 인간, 지혜가 빛나면서 균형 잡힌 인간, 사람다운 사람을 길러나가야 한다.

오로지 학력신장에만 올인하는 것은 교육의 범위를 더욱 좁게 잡는 것이다. 그것은 근시안적이고 편협한 사람을 만드는 데 그치고 만다. 교육의 범위를 넓고 크게, 깊고 높게 잡고, 모두가 위대한 인간의 길로 달릴 수 있게 정성을 기울여야 한다.

옛말에 자식이 많아도 제가 먹을 것은 다 갖고 태어난다는 말은 이제는 우스갯소리로 받아들여야 한다. 다산에서 소산으로 전환한 한국은 이제 세계를 상대로 경쟁력 있는 능동적인 아이들을 기르는 데 힘써야 한다. 귀찮을 정도로 매섭게 훈련시키고 닦달해서 세계를 리드할 수 있는 인간을 만들어야 한다. 학교에서 예전에 시행했던 낙제제도를 과감하게 재도입하는 것도 효과적이다. 부족한 아이들을 진급시키지 말고, 알지 못하면 나아가지 못하게 하고, 멈추게 하고 될 때만 앞으로 나아가게 하는 그런 교육시스템을 갖고 학교를 이끌어야 한다. 학교교육 활동에서 낭비적 요소가 없는지 꼼꼼하게 챙겨보고 있다면 과감하게 도려내고 생산적 요소로 전환시켜야 한다. 옐로카드로 가끔씩 자극을 주어야 한다.

필자가 생각하기에는 국가는 교육의 힘, 경제의 힘, 국방의 힘, 문화의 힘이 강한 나라가 선진국이라 할 수 있다.

그중에서 교육의 힘은 선진국 건설의 가장 바탕이 되고 위대한 국가의 기반역할을 한다. 교육은 사람을 양육하는 핵심과제이기 때문에 우리들의 지혜를 집중시켜야 한다. 한국은 교육에 쏟아 붓는 예산을 현미경 보듯이 세밀하게 관찰하고 예산의 틀을 다시 짜야 한다.

천당과 지옥의 교육

사람은 누구나 이승에서의 삶을 마감하면 저승에서의 사후세계로 이동한다. 인간의 사후세계에서 지옥과 천당은 완전히 상반된 개념으로 우리에게 다가온다. 천당이 누구나가 사후에 가고 싶고 또 꿈꾸는 세상이라면 지옥은 생각만 해도 소름이 끼치고 한기가 오는 세상이리라. 그러나 삶의 과정에서 생성되는 업보에 의해 가야할 곳이 결정된다는 종교의 가르침은 권선징악을 실천하게 하고 올곧게 살아가길 원하는 인생사에 커다란 영향을 미친다.

지옥의 낭떠러지로 추락하여 상상하기 어려울 만큼의 사후세계를 원하는 사람은 없다. 천당으로 직행하든지 연옥이라는 중간 기착점에서 세상의 죄악을 통회하고 대가를 치른 후 하늘나라로 이동하길 모두 원하는 것이다. 속죄의 과정은 늘 까다롭고 복잡하며 난해하다고 종교는 우리에게 가르친다. 어느 종교에서든지 사람은 맑고 깨끗한 영혼으로 다시 태어나 하늘나라로 가기 위한 준비를 끝없이 해나가야 한다고 가르친다. 교육에서 지옥 같은 교육과 천당 같은 교육을 거론해 보자. 교육에서 아이들에게 엄청난 고통과 신음을 안겨준다면 그것은 지옥에서나 있는 바람직하지 않은 교육이다. 없어져야 할, 지워 버려야하는 교육의 모습이다.

물론 교육에서 달콤한 감언이설은 교육으로서의 가치를 상실한다. 그러나 학생들은 자신에게 보약이 되는 내용을 거부 또는 들은 척도 않고, 달짝지근한 것에 귀를 쫑긋 세우는 경향이 있다.

미래를 짊어지고 갈 우리의 젊은 학생들은 새들이 지저귀고 아름다운 꽃이 피어나 그 교태를 자랑하고 싶어 한다. 그들은 보고 싶은 것, 듣고 싶은 것, 향유하고 싶은 것을 마음대로 충족하고 싶어 한다. 자기의 미래에 대해 고민하고 속 시원한 답을 얻으려 한다. 아름답고 화려하며 추억이 깃든 여행도 가고 싶고 친구들과 가볍게 산책길을 걷고 싶어 한다. 인생에 대한 의문점도 풀고 미래에 대한 자신의 모습도 그려보고 웃음 짓고 싶어 한다. 천당에서의 삶처럼 말이다. 그러나 학생들을 감싸고 있는 주변 환경은 너무도 열악하고 걱정이 앞선다.

성적으로 줄 세우기는 당연한 일이고 우등생에게 큰 박수가 돌아가고 열등생에게는 멸시와 비난, 웃음거리, 비아냥거림만 돌아간다. 학교가 지옥처럼 느껴진다. 사회아이 학교를 쉽게 넘나들고 범죄와 폭력이 학교에도 상존한다. 치열한 경쟁으로 우리라는 개념은 파괴되고 나만을 중시하는 문화가 굳게 자리 잡고 있다. 이제 학교에 얽매여서 신음하는 우리 아이들을 제한적이긴 하지만 풀어주고 숨쉬고, 사색하고, 미래를 고민하고, 스스로 답을 찾게 하자. 그들이 맘껏 뛰노는 학생 광장을 신축하고 이용하게 해야 한다. 압박하고 고통을 주는 지옥 같은 교육이 아닌 자유롭고 허용적이며 인생을 마음껏 사색하며 즐거움이 머무는 천당 같은 교육을 할 때 교육의 효율성은 상승한다.

어린 시절의 그리움

나는 6 · 25전쟁으로 국토가 피폐하고 국민들이 경제적인 고통과 사회적인 혼란으로 절망의 늪에서 헤매고 있을 즈음 초등학교에 입학했다. 웃음 많고 눈물 많고 꿈 많던 어린 시절이 엊그제 같은데 벌써 반세기가 훌쩍 넘어섰다. 붙잡고 싶어도 붙잡을 수 없는 것이 세월의 흐름 아니던가.

  ‘개교 60년사’에 모교의 정감 어린 모습과 물안개처럼 어렴풋이 떠오르는 아름다운 기억들을 정리해서 기고하게 된 것을 기쁘게 생각한다.

  나는 취학통지서를 받고 무지갯빛 어린 시절이 다양하게 펼쳐질 모교에 입학했다. 공무원이신 아버지와 어머니께서는 어린 학생용 교복(광목에 염색한 천으로 제조)과 검정 운동화, 멜빵 달린 가방을 구입해 주셨다. 왼쪽 가슴에 흰 천으로 명찰을 달고 어머니 손을 잡고 교문에 들어서던 날! 뛰는 가슴과 설렘은 형언할 수 없으리만큼 기쁨이 넘쳤다.

  우리들은 1학년! 김현숙 선생님과의 첫 만남이었다. 동그란 얼굴에 파마를 하고 약간 통통하시며 환하게 웃으시는 선생님은 흰 저고리와 검정치마가 잘 어울리는 예쁜 선생님이셨다. 우리 교실은 지금 강당의 아래쪽에 있었는데 선배님들이 어린 우리들을 위해 교실을 내어주고 지금 본관 자리에 가마니를 깔고 이동식 칠판으로 공부하는 모습에서 큰 감명을 받았다. 책걸상도 없는 교실이었지만 교육활동은 매우 진지하고, 흥미롭고, 신기하게 느껴졌다. 한글 배우기(홀소리, 닿소리), 깍두기공책에 글씨 쓰기, 노래와 무용, 도화(미술)시간, 질서 훈련과 축구 등 교육활동은 매우 다양하고 이를 지도하는 선생님은 신(神)과 동격의 존재로 인식되었다. 이때 필기도구는 연필인데 그것도 몽당연필이 되면 깍지를 끼워 끝까지 사용하고 잘 써지지 않으면 침을 발라 썼다. 지금도 선생님과 배웠던 노래와 무용이 생각나는데「작은 별」,「둥근 달」,「봉선화」,「반달」등 동심어린 가사에 율동을 곁들여 즐겁게 춤추고 노래를 배웠다.

　2학년 때 소풍과 보물찾기는 그 추억이 새롭게 느껴진다. 지금은 소풍의 장소와 방법이 다양해서 선택의 폭이 넓지만 그때는 도보로 목적지에 도착해서 자연의 품에 안겨 장기자랑, 보물찾기 등의 놀이를 하는 것이 프로그램의 전부였다.

　학교를 출발해서 하우고개를 넘어가면 버들 캠프장 근처가 소풍장소로 단골이었다. 간혹 지금 레포츠 공원이 있는 원미산이나 도당산 공원 아니면 소래산까지 가는 경우도 있긴 했다. 비가 억수같이 오던 가을 소풍날, 어린 나를 마중 나오시던 어머니께서 낙상하여서 팔 골절이 되어 깁스를 하신 날 참으로 많은 눈물을 흘렸다.

　3학년이 되어 김창수 선생님을 만났는데 사범학교를 갓 졸업하고 부임하신 젊고 훤칠한 키의 미남이셨다. 요즘 아이들은 영특하고 발랄하지만 그 당시 우리들은 지적 발달과정이 매우 더뎠던 것 같다. 한글을 읽지 못하거나 구구단을 외우지 못해 벌도 많이 서고 매도 맞고 나머지 공부도 했다. 그 당시는 동화책이 별로 없었던 시절이라 선생님이 들려주시는 이야기를 얼마나 마음 졸이고 들었던지 식은땀이 날 지경이었다. 이때 처음으로 둘이 같이 쓰는 책걸상이 우리들에게 배정되었는데 내 짝 인숙이에게 삼팔선을 그어 놓고 침범하지 못하게 울리고 괴롭혔던 것은 마음 아프기만 하다. 또한 교과서 부교재로 참고서인 표준전과와 동아전과가 있었는데 어지간한 부잣집 자녀가 아니면 갖지 못할 정도로 희귀했다.

　4학년은 이기선 선생님이 맡아주셨다. 인자하면서도 날카로운 인상, 맺고 끊음이 분명하신 선생님이셔서 주어진 학습목표를 달성하지 못하면 밤늦게까지 붙잡아 놓으시는 일이 다반사였다. 선생님은 담배 피우시는 모습이 특이해서 연기를 입에서 한참 굴리시다 밖으로 뺄

때는 둥그런 공을 계속해서 만드시던 모습이 지금도 눈에 선하다.

이때 군내 수업연구가 우리 학교 중에서도 우리 반에서 있었다. 자연 시간에 수업연구 주제는 식물의 광합성 실험이었다. 타 학교 선생님들이 수업을 참관하러 많이 오셨다. 나는 조별 실험분단의 팀장이었는데 실험 도중 잎을 망가뜨려 수업 도중에 뛰어나가 지금 소신여객 앞 가로수 나무에 올라가 급히 나뭇잎을 따오는 해프닝도 연출했다.

학교가 점진적으로 안정되어 가면서 학예회 같은 문화행사도 학교에서 열렸다. 학교에서 초연된 연극'금도끼와 은도끼'공연은 누구에게나 전율을 느끼게 할 정도로 감동적이었다. 강당이 없었던 관계로 교실 세 칸을 문짝으로 막아 사용하다가 큰 행사인 학예회 때 문짝을 터서 무대를 마련하였다. '금도끼와 은도끼'공연은 정직한 사람이 행복을 얻는다는 권선징악의 옛날 이야기였다. 나무꾼의 쇠도끼가 물속에 빠지는 장면, 신령님이 금도끼·은도끼를 들고 나와서 "네 것이냐"고 묻는 장면, 금도끼·은도끼·쇠도끼를 모두 정직하고 착한 나무꾼에게 선물로 주는 장면, 이웃 욕심쟁이 영감이 욕심을 부리다가 도끼를 잃는 장면들이 기억에 새롭다. 지금 옛날로 돌아가서 다시 한 번 그 장면들을 연출하고 싶다. 그 좁은 공간에서 1부와 2부로 나누어 땀을 뻘뻘 흘리며 공연을 관람하며 큰 박수가 나왔던 그때가 그립다.

5학년은 후리후리한 키에 강렬한 인상을 주었던 이경수 선생님. 담임 발표가 되던 날, 우리 반 아이들은 모두 앞으로 일 년은 죽었다는 복창과 함께 공포감을 느꼈다. 학력 향상에 남다른 열정을 가지신 선생님은 공부하지 않고는 배겨나지 못하는 높은 잣대를 우리에게 요구하셨다. 특히 산수를 강조하셔서 그 당시 숙제의 양은 상상을 초월하였다. 그래서 우리는 선생님을 「셈본」이라는 별칭으로 불렀다. 어느 날 나는 숙제를 다하지 못해 선생님께 큰 막대로 엉덩이를 맞게 되어서 점심시간에 걸레 두 개를 바지 속에 넣어 대비했다. 5교시에 칠판 앞에 엎드려 맞는데 소리가 이상하니까 바지를 벗으라고 하셨다. 떨어지는 두 개의 걸레 조각 때문에 나는 선생님 기만 죄가 추가되어 초죽음이 되도록 혼났다. 선생님과는 또 한 번 기막힌 만남이 있었다. 옛 소사읍의 4대 초등학교인 부천남, 부천북, 오정, 약대 초등학교 친구들이 모여 체육행사를 열었다. 행사 후에 우리는 목욕탕에 들어갔다가 우연히 목욕하러 들어오시는 이경수 교장 선생님과 마주쳤다. 우리는 탕에서 모두 뛰쳐나와 참으로 어색하게 "선생님, 안녕하십니까?"라고 외쳤다. 벌거벗은 채로 스승과 제자가 인사를 나눈 최초의 사건이었다.

최고 학년인 6학년때는 김상혁 선생님이 맡아주셨다. 이제 우리들은 1층에서 공부하다가 최고 학년이 되어 2층에서 공부하게 되었다. 이때 중학교 입학시험에 대비해야 했기 때문에 과외를 받는 친구가 생겨나고 공부에 몰두했던 시절이다. 1반과 2반은 남학생이고, 3반과 4반이 여학생이라 자연 학급 간 성적 경쟁도 치열했다. 선생님은 늘 말씀이 적으시고 군자 타입이셨기 때문에 이전의 색깔이 강한 담임들과는 다른 모습의 선생님이셨다. 그 당시는 너나할 것 없이 살림이 넉넉하지 못하고 가난했다. 우리들은 놀이 겸, 배고픔도 해결할 겸 산과 들로 칡도 캐고, 나무 열매도 따먹고, 메뚜기도 잡아먹고 잘도 돌아 다녔다. 저녁에는 학교 운동장에서 주민 계몽영화가 상영되곤 했다. 영사기가 낡아서 자주 필름이 끊기긴 했어도 텔레비전이 없던 시절이라 인기는 꽤 높았다.

우리나라가 가난하던 시절이라 미국에서 보내준 원조 물자인 우유가 학교에도 들어왔다. 학교 창고에는 드럼통만 한 크기의 분유통이 많이 쌓이고, 큰 가마솥에 분유를 넣고 물과 섞어 끓여서 각 학급에 배급했다. 학생들은 각자 플라스틱 컵을 하나씩 준비해서 뜨거운 우유를 한 컵씩 받아 식혀서 맛있게 마셨다. 그리고 학교에서 배급해준 분유를 집에서 밥할 때 반죽해 쪄서 학교에 가지고 다니면서 그 딱딱한 것을 조금씩 입으로 떼어 친구들과 나누어 먹곤 했다.

가을 대운동회는 늘 개천절을 맞아 행사가 이루어졌다. 운동회는 학교의 큰 잔치이기도 하지만 마을의 축제일이기도 했다. 운동회 날이 오기를 손꼽아 기다리는 것은 너 나 할 것 없이 모두 한마음이었다. 운동회에 선보이기 위해 오래 전부터 프로그램들이 강도 높게 연습이 이루어지고 청군, 백군으로 나누어진 응원 또한 볼만한 것들이었다. 기마전, 장애물 경기, 공굴리기, 이인삼각, 고전무용, 현대무용, 줄다리기, 이어달리기 등이 인기가 높았던 단골 프로그램으로 기억된다. 운동회 전날에는 개선문과 용진문이 만들어지고 하늘에 만국기가 걸리고 트랙과 경계선에 횟가루가 뿌려졌다. 어머니는 운동회 날 먹을 음식을 장만하시느라 분주하시고 내 맘은 두둥실 하늘을 날아 떠다녔다. 밤새도록 비가 올까 하늘을 수시로 관측하고 운동장은 이상이 없는지 수시로 들락거렸다. 난 달리기를 참으로 못했다. 6년 동안 1, 2, 3등 안에 들어 노트를 받아 본 적이 한 번도 없었다. 달리는 연습도 꽤 열심히 했지만 천성인지 늘 실패를 거듭했다.

참으로 쓰고 싶고 하고 싶은 말 많지만 이제 글을 마무리 해야겠다. 나는 어린 시절 꿈이 선생님이었다. 커가면서 그 꿈은 요동치고 수시로 바뀌었지만 결국 교직에 들어와 고향에서 인문계고등학교를 이끄는 교장이 되었다. 50년 전 입학에서부터 모교는 내 꿈을 키워주고 힘을 실어주는 모태라고 한다면, 그리운 선생님들은 끊임없이 내게 채찍질을 해주셨던 마음의 은사로 깊게 남아 있다.

Part 2

살아가는 힘을 기르는 학교

교육의 힘

예전의 우리 선인들은 자식에게 물려 줄 수 있는 것으로 재산을 첫 번째로 꼽았다. 논밭을 물려줘서 대를 이어 농사를 지어 생산물을 늘리고 때론 현금도 두둑이 손에 쥐어 주는 것을 최고의 도리로 생각했다.

물론 깨어 있는 집안을 중심으로 재산보다는 교육을 우선시 하고 남녀 불문하고 자식을 교육의 전당으로 보내 머리를 깨우치게 하는 일에 전념하기도 했다.

교육은 빈약한 것을 부유하게 만들고 작은 것을 크게 만든다. 불가능한 것을 가능하게 하고 지루한 것을 재미나게 한다. 연약한 것을 강력하게 만들며 울던 것을 웃게 하는 힘도 있다. 교육은 사람이 사람을 대상으로 하는 신비로운 일이다. 교육에 대한 열정이 교육을 하는 사람이나 받는 사람이나 가리지 않고 늘 설렘으로 가득 차게 하고 교육에 몰입했을 때의 그 기쁨은 이루 말할 수 없다.

배터리가 방전되면 힘이 쭉 빠지고 제 역할을 하지 못한다. 그러나 충전상태로 들어가서 용량에 맞게 충전이 완료되면 대단한 힘을 발휘한다. 지금의 나는 작고 보잘것없다. 그러나 나는 먼 훗날 내가 마음먹은 대로, 내가 배운 대로 멋진 날갯짓을 할 수 있다. 나를 위해, 사회를 위해, 국가를 위해, 세계인류를 위해 맘껏 내 능력을 펼칠 지식과 영양분을 빨아들이며 미래를 준비해야 한다.

교육을 받은 사람과 받지 않은 사람의 차이는 대단하다. 살아가는 것이 비슷한 것처럼 보이지만 전문분야에서 식견과 판단의 차이는 비교할 수조차 없는 것이다. 예전에는 부모들이 자식에게 재산을 증여하고 상속을 했지만 오늘날의 부모들은 교육의 힘을 유산으로 물려준다. 교육의 위대한 힘을 신뢰하고 배움이 뒷받침하지 않으면 어느 것도 갖지 못함을 확신하는 것이다.

자녀교육에 성공하면 돈도 얻고, 명예도 얻고, 행복도 얻는다. 그때를 위해 부모들은 교육에 힘을 기울이고 투자를 계속한다.

필자가 아는 어느 학부모는 중학생 아들을 골프선수로 대성시키기 위해 지금까지 약 6억 원을 투자하고 자신의 직장도 버리고 아내와도 갈라서고 오늘도 내일도 아들과 골프장을 전전하고 있다고 말한다. 아버지의 집념은 호두 껍데기처럼 단단하고 견고해서 쉽게 깨뜨리지 못하리라.

아들에게 위대한 골퍼로서의 성공을 위해 모든 것을 희생하고 교육의 힘을 증명하고 싶다는 것은 많은 여운을 남긴다.

교육의 힘은 자극을 주는 데서부터 시작된다. 자극이 주어지면 몸에는 활력을 제어하는 엔도르핀이 형성된다. 엔도르핀은 우리 몸을 흥분시키고 강한 에너지를 발산한다. 교육에서 강한 에너지는 천하를 호령하는 원천이 된다.

마음 그리기

　내 마음 나도 모르는 것은 신의 피조물이기 때문이다. 알 것 같으면서도 알 수 없는 것이 우리들의 마음이다. 누구나 마음먹기 따라서는 동서남북 어디로 마음이 향할지는 미지수이다. 내 마음은 하루 온종일 외적 자극에 의해 춤추고 노래하고 침묵하고 명상에 잠기기도 한다.

　나이가 들어 어른이 되어도 멋진 외투로 한껏 멋을 뽐낼 수 있는 어른의 양복을 입지 못하고 만날 어린애 같은 옷을 입고 그 시늉을 한다. 그래서 시인 워즈워드는 어린이는 어른의 거울이라고 노래했다.

　내 마음은 잠에서 눈을 떠서 정숙한 아침을 맞이하고 찬란하고 화려한 낮 시간과 해 저물어 어둠을 준비할 때까지 천당과 지옥을 오르락내리락거린다.

　실체는 볼 수 없으니 가상의 세계를 설정하고 그럴 것이라는 예상 아래 움직일 따름이다.

　우리들의 마음은 재주 많은 요술쟁이이다. 마음은 하루에 열두 번도 더 뺑덕어멈 죽 끓듯해서 제 맘대로 이럴까 저럴까 망설이며 수시로 변하고 요동친다. 기쁨도 주고 슬픔도 주고 종잡을 수 없는 망나니 노릇을 한다.

마음은 약삭 빠르고 잽싸게 움직이는 위대한 존재이다. 제 마음대로 어떤 것이든 그리고 지우고 걷고 달리고 날아다니는 기특한 존재이다.

마음은 끊임없이 나에게 질문하고 답하고 가르친다. 마음은 내적 세계에서는 강자지만 마음에 그린 것을 밖으로 나타낼 때는 신중하고 얌전하다.

겉볼안이라는 데에 부담을 느끼기 때문이리라.

자기마음을 신중하게 밖으로 표출하면 남이 동의할 수도 있고 칭찬받을 수도 있지만 함부로 보여주면 비난 받거나 놀림의 대상이 될 수도 있다.

신이 전지전능한 것처럼 마음은 거의 신의 영역에 접근할 수 있도록 신이 만들어낸 것 같다.

세상사 희로애락에 마음을 빠르게 대입시켜 그 반응에 고민을 거듭한다. 때론 결론이 나오지 않을 때는 답답함도 느낀다.

오늘도 내 마음은 예쁜 외출복을 입고 어디론가 여행을 떠난다. 산삼이라도 캘 것 같은 내 마음은 얼마가지 않아 파도 부서지듯 하얀 거품마저 찌꺼기로 남는다. 젊어서 하늘을 힘차게 비상하던 내 마음도 늙어서 심연의 바다로 추락되어가는 낌새에 분노를 느낀다. 분노가 앙금으로 남으면 마음의 병을 앓게 된다. 오늘도 내 마음을 다독거리며 커다란 조류에 역류할 생각을 쏟아버리고 순응하며 살아간다.

예쁜 마음은 예쁜 행동을 낳는다. 학교에서 아이들의 마음을 사로잡을 수 있다면 어떤 일이 벌어질까 상상의 나래를 펼쳐본다.

인간중심 교육 디자인

일본의 힘은 기술(technology)에 바탕을 두고 한국의 힘은 표현력에서 비롯된다는 말이 있다. 즉, 표현력은 외형 내지 겉모습을 중시한다는 말로 디자인과 상통하는 면이 있다. 상품의 품질이 으뜸이라는 것만으로 좋은 값을 받을 수 없다. 제 값을 받으려면 예쁘게 디자인해서 시장에 내놓아야 소비자들의 마음을 사로잡을 수 있다는 것을 의미한다.

필자는 시골 학교 교장으로 부임하면서 뇌리를 떠나지 않았던 과제가 학교를 어떻게 디자인해서 학생, 교사, 학부모, 지역사회가 신뢰하고 사랑하는 명문고를 건설할 것인가에 집착한 바 있다. 숙고를 거듭한 끝에 얻은 결론은 학교외부를 새롭게 디자인해서 아름다운 학교, 애착이 가는 학교, 친환경적인 학교로 만드는 일을 첫 번째로 선택했다. 그리고 내부를 새롭게 디자인해서 내실을 다지는 방향으로 목표를 설정하고 브르도자처럼 강하게 밀고 나가서 독재자라는 별칭도 얻었다.

겉볼안이라는 말이 있다. 겉이 아름답고 예쁘고 믿음직하면 안도 그에 준한다고 보는 것으로 현대를 살아가는 사람들은 더더구나 겉을 중시한다. 현대인은 보이지 않는 부분을 무시하고 보이는 부분에 대해 비중을 두어 뜯어 고치는 일에 몰두한다. 얼굴 생김새와 몸매는 사람들에게 있어 최고의 자산이다.

어제도 오늘도 얼굴을 뜯어고치려는 사람들이 성형외과에 줄을 서서 대기하는 진풍경이 벌어지고 있다. 미인박명인데도 여성들은 아랑 곳하지 않는다.

의식과 무의식의 세계에서 물속에 가라앉은 무의식의 세계보다 겉에 드러나는 의식의 세계만 갖고 모든 일을 판단한다면 어떤 결과가 나올까. 껍질보다는 속이 꽉 찬 알맹이가 더 가치 있는데 사람들은 망각 속에서 산다.

디자인은 사물의 가치를 상승시키는 주된 요인임은 분명하다. 예쁘고 아름다움을 추구하는 우리 모두의 기대임에 틀림없다. 그러나 몸통에 속하는 안을 헌신짝 버리듯 하고 외모에 집착하는 것은 사물의 이치를 그르치게 하는 것이다. 학교는 겉모습에 집착하기보다는 안을 살찌워야 한다.

미래 나라의 모습과 민족의 모습을 예측하거나 가늠해 보는 일은 난해하고 어려움이 따르는 일이다. 시대적 상황에 따른 여러 가지 변수도 문제가 되지만 세계사의 큰 조류가 어느 방향을 향해 어떻게 흘러가고 그 영향의 파급 정도에 따라 나라의 모습도 크게 달라질 수 있다.

이는 전문가들이 머리를 싸매고 밤낮을 연구에 몰두해도 풀 수 없는 문제이다. 만약이라는 가정과 예측으로 어렴풋이 윤곽은 드러나겠지만 속 시원한 해답은 나오지 않는다. 중요한 것은 국가의 힘은 창조적 사고 능력을 갖춘 인재들이 많을 경우 엄청난 힘을 발휘하게 된다. 일본이 국토가 비좁고 자원이 넉넉지 않아도 선진국의 선두에서 그들만의 노하우를 보유하고 있다. 그들은 선진국 창조에 초점을 두고 창조적 인재양성에 끊임없는 자극을 준 것이다. 일본은 창조적 인재를 모든 상품에 접목하며 디자인 제일주의를 채택하여 선택과 집중을 실천한 모델이 되는 나라이다.

우리도 디자인 분야에 중요성을 뼈저리게 느끼고 연구에 몰두하고 과감한 투자를 통해 그 진가가 나타나고 있다.

상품의 품질을 높이는 작업과 함께 외양을 아름답고 개성 있게 표현하여 품질과 겉모양을 결합시켜 상승효과를 불러 온다. 그것은 곧 소비자의 마음을 움직여서 마케팅의 혁명을 가져올 수 있다. 디자인 분야의 지속적 진화는 학교 교육에서 중요하게 다루어야 할 핵심과제이다.

원래 창조성은 일반적으로 지능과 연관 지어 생각한다. 즉 지능이 높은 사람은 무엇이든지 잘할 수 있을 것이라는 가정이다. 이러한 가정은 분명히 위험한 생각이다.

필자는 지능의 높낮이로 창조성을 논의하기보다는 창조성을 개성의 강력한 표현과 연관 짓는 것이 오히려 타당하다고 본다. 개성은 각자 다른 자기 나름의 특징을 나타내는 것이다. 새로운 것을 창의적으로 표현하다보면 또 다른 색다른 것이 나오고 또 결합했다가 분리되고 이러한 과정이 계속 되면서 아름다움의 절정을 맛볼 수 있게 된다.

학교는 아이들에게 톡톡 튀는 아이디어의 넓은 마당을 마련해 주어야 한다. 이것이 자연적으로 창의성을 두텁게 만드는 지름길이라고 생각된다. 학교는 아이들의 머리를 쉬지 않고 회전시키는 일에 몰두해야 한다. 생각을 자꾸 바꿔서 사물을 보는 눈을 뜨게 하고 새롭게 생각하는 힘을 교육을 통해 배양해나가야 한다. 발명교실을 제한적으로 국한해서 운영하지 말고 학교에서 상설화해서 칭찬하고 표창하고 우대해주는 길을 제공할 때 창의성 교육은 꽃피우게 된다.

실크의 비밀

　내가 어린 시절 부천에도 역곡을 중심으로 뽕나무 밭이 지천이었다. 누에의 먹이라 뽕나무 잎은 대단한 매력을 가진 식물의 잎이다. 누에를 자라게 하고 결국은 실크라는 누구나 갖고 싶은 비단을 선물하기 때문에 신의 화려한 걸작품이라 할 수 있다.

　한살이의 누에가 뽕잎을 삼키면서 자기를 키워나가다가 삶의 마지막 단계에서는 입에서 실을 뽑아 집을 짓는 광경을 보라. 누에의 한살이 과정은 신기하고 경이로운 장면을 우리에게 보여준다. 마치 우리네 인생을 축약시켜 놓은듯하니 말이다.

　인생이 삶의 긴 파노라마라면 누에의 일생은 짧고 자라는 과정은 단순하기만 하다. 자신의 입에서 토해내는 명주실로 온 몸을 칭칭 감고 마지막 순간까지도 집을 완성하고 자신의 생을 마감하는 모습을 보면 저절로 감탄사가 튀어나온다. 우리 교육자들의 모습도 이와 유사하지 않은가. 자기가 가지고 있는 가장 정제된 고급지식을 제자들에게 골고루 나누어 주고 이리되라 저리되라 열변을 토하고 때론 정성을 다해 보살피는 것은 교육자만이 누리는 특권이 아닌가 생각한다.

　누에가 실을 뽑아 고치를 만드는 광경을 눈여겨보면 자연의 신비로움과 오묘함에 내 마음을 빼앗긴다. 우주의 만물이 과학의 힘에 의해 그 흐름을 이어가고 우리가 보기에 아주 보잘것없는 생명체도 질서정연한 나름의 프로그램에 의해 그들의 역사를 이루어간다. 우주를 창조한 신은 피조물 모두에게 그 나름대로의 독특한 프로그램을 작성하여 주입시킨 위대한 능력의 소유자이다. 주어진 프로그램은 자연 환경과의 섞임 과정에서 변형과 진화를 계속해서 새로움을 창조하고 새로움은 다시 손 바뀜이 이루어진다.

한의학 서적을 펼치면 뽕나무에 열리는 오디는 그 맛이 비밀에 가까울 정도로 오묘함이 깃들여 있다고 설명한다. 오디는 향긋함도 느끼게 하지만 우리 몸의 실핏줄에 이르기까지 힘의 에너지를 빠르게 이동시킨다고 한다. 특히 남성에게 탁월한 효능을 제공해서 오디가 높은 가격에 거래된다는 것이다. 우리들에게 누에는 비단을 선물하고 뽕나무는 오디로 환희를 안겨 준다. 누에와 뽕나무의 합작품은 신의 솜씨이다. 학교에서 교사가 내 놓을 걸작품은 실크보다 더 좋은 것이어야 한다.

예쁜 나의 발견

우리 학교에는 대형 거울이 여기저기 걸려 있다. 아이들은 거울 많기로 이름 난 학교라고 별칭을 단다.

오가며 자신의 모습을 투영해 보고 나의 예쁜 모습을 발견하고 키워 나가길 바라는 마음이다. 거울이 옛날의 구리거울에서 유리거울로 전환되면서 지금은 귀한 줄도 모르는 생활소품이 되었다. 그러나 개항 초기에는 여성들이 갖고 싶어하는 소망 1호가 거울이었다고 전한다. 그것은 거울은 여성의 아름다움을 창조하고 가꾸는 마력이 있기 때문이다.

거울은 거짓이 없다. 가감도 없고 있는 그대로의 모습을 비추기 때문에 세상에서 가장 정직한 사물 중에 으뜸이다.

최소한 하루에 5분간 거울 앞에 나를 반추해 보자. 겉모습이 흩어지지 않았는지? 의관에 문제는 없는지? 표정이 밝고 환해야 하는데 일그러지지는 않았는지? 내 생각은 목표를 향해 정상적 궤도에 있는지? 행동 수정할 덕목은 없는지? 거울에 비추어 보면 해답이 제시되고 가야할 길을 찾게 된다. 나는 조상이 육체와 정신을 창조해서 넘겨받은 기막힌 존재이다. 따라서 소중하게 다루어야 하고 잘 가꾸어서 큰 사람이 되어 후세에 이어 주어야 할 책임이 있다. 나를 소중하게 알고 가꾸면 나는 큰 사람이 되고 아무렇게나 다루면 헌 신짝처럼 버려지게 되는 것 아닌가?

사람은 조상에게서부터 몸과 정신을 이어받았기 때문에 고유의 유전자를 갖고 있다. 그 유전자는 다른 유전자와의 결합에 의해 새로운 유전자를 만들어 낸다. 그러나 씨족만이 가지는 고유의 파장과 진동에 의해 자신을 나타내고 생존을 이어간다. 우리는 조상에게서 물려받은 예쁜 나의 모습을 발견하고 키워 가야 한다. 나쁜 것도 섞여서 몸에 들어오지만 나쁜 부분을 억제하고 눌러서 번식하지 않도록 추슬러야 한다. 내가 나를 어떻게 이끄는가에 따라 행복이 결정되고 나라가 강해지며 세계를 놀라게 하고 민족을 번영하게 만든다.

인생은 태어나서 죽음으로 세상을 마칠 때까지 끊임없이 진화하면서, 미완성을 완성의 상태로 이끌게 된다. 누구에게나 인생에는 희로애락이 있다. 그것은 어느 날 갑자기 내게 들이닥치기도 하지만 거의 내가 만든 업이 표현되는 것이라고 생각한다. 기쁨, 분노, 사랑, 즐거움 모두가 원인에 의해 결과가 주어진 것이라고 본다. 그것은 신이 우리에게 주는 선량한 메시지이다. 메시지를 잘 해석해서 잘 대응해 나가는 것이 삶의 과정이다. 스트레스로부터 나를 해방시켜야 한다. 몸의 표현이 깨져서 공백이 생길 때를 경계해야 한다. 예쁜 나를 발견하고 성장시키는 것은 모두 내가 할 일, 내 책임이다.

경쟁의 명암

　교육에서 경쟁은 장점과 단점 그리고 긍정적인 면과 부정적인 면을 가지고 있다. 또한 교육 활동에서 지나친 경쟁을 부추기고 점수 순서에 따라 일렬로 줄서기를 조장하는 것은 바람직하지 않다. 아이들에게 세상을 바르게 조망하는 방법을 알려주고 논리적으로 생각하는 방법도 심어주자. 사회적 이슈에 대해 계급장을 떼고 결론이 도출될 때까지 격렬한 토론도 필요하다. 경쟁은 부작용만 있고 폐해만 안겨주는 것은 아니다. 적절한 경쟁은 태어날 때부터 승부 의욕이 있는 사람에게 경쟁으로 상호작용을 하면서 커갈 수 있는 것이다.

　인간은 자극에 대해 어떤 형태로든 반응한다. 자연그대로 내버려 두는 것은 잡초만 무성하게 자란다. 결국에는 굴러온 돌이 박힌 돌을 뽑아내는 악순환도 예상할 수 있다. 우리나라가 서양인들이 수백 년 걸린 일을 길지 않은 시간에 해 낼 수 있었던 것은 일정한 경쟁을 통한 강력한 자극이 크게 작용한 것을 부인하기는 어렵다. 교육은 신분상승의 지름길이라는 것은 대부분의 사람들이 인정한다. 아이들이 받은 점수를 비교분석하는 방식이 잘못된 것이라고 꼬집어 말할 수는 없다. 어떻게 생각하면 선진국 진입의 과정에서 과도기적인 현상이라고 해석해야 한다. 물론 선진국의 교육이 학교에서 학력을 강요하거나 심리적 스트레스를 주지 않고 개인의 성장에 초점을 맞추는 것은 사실이다. 또한 그들 스스로의 필요에 의해 공부를 하면 사회에 나아가서 자기전공 분야에서 일할 기회가 주어지기 때문에 불안한 마음이 없이 학습에 임한다. 우리는 좁은 국토에서 이렇다 할 천연자원이 없는 상태에서 인적자원을 바탕으로 살아야하기 때문에 'The more'가 필요한 것이다. 거짓이 통용되고 가짜가 진짜인양 위장해서 활개를 치고 위선이 참선인양 포장하는 경우를 본다. 나라를 위해 열심히 땀 흘리는 사람들은 대접을 받지 못하고 쉽고 가볍게 적당히 일하는 일부 유명인들이 돈을 쓸어 모아가는 불합리가 나타나고 있다. 이런 현상이 계속 된다면 이 나라의 앞길은 암흑 속으로 빠져들어 회생하지 못하게 될 것이다. 직업인들은 노동현장에서 미래의 꿈을 실현하기 위해 땀 흘려 일하고 있다.

땀 흘려 열심히 일하는 사람들이 정당한 대가를 받고, 보이지 않는 그늘에서 묵묵히 맡은 임무를 꼼꼼하게 챙겨서 국가발전에 기여 하는 사람들이 인정받는 사회를 건설해야 한다.

연예인이 되겠다고 많은 젊은이들이 구름처럼 밀려든다. 연예인이라고 해서 무조건적으로 우상화하고 부화뇌동하는 일은 우스꽝스러운 일이다. 별로 대수롭지 않은 사람들이 굉장한 것처럼 포장해서 시선을 끌고 비생산적인 곳으로 우리들의 시선을 집중한다면 우리는 이를 거부하고 손가락질해야 한다. 경쟁은 생산적이고 부를 창출해

낼 수 있는 곳에서 활발하게 전개되어야 나라는 반듯하게 우뚝 설 수 있는 것이다.

비생산적인 곳에서 경쟁이 집중되면 나라의 미래는 암흑밖에 가져올 것이 없다고 본다. 무조건적인 경쟁의 도입은 지양되어야 하나 삶의 활력을 창조하는 적절한 경쟁은 권장해야 한다.

유혹의 계절

이리 봐도 저리 봐도 신록이 아름다움을 창조하는 여름은 유혹의 계절이다. 열기로 달구어진 여름은 사람들의 몸을 감싼 갖가지 옷들을 벗게 만든다. 위장의 명수인 인간은 그 뜨거움을 이기지 못하고 벗고 또 벗고 거듭 벗는다.

여름의 유혹은 우리를 계곡으로 이끌고 선풍기 바람과는 비교가 안 되는 산정으로 산바람의 짜릿한 맛을 즐기게 해준다.

멋진 추억의 여행도 떠나게 되고 일탈의 유혹도 끊임없이 우리를 시험한다.

우리는 미성년자이기 때문에 유혹의 투성이인 우리 주변에서 몸과 마음을 추수리고 지켜나가야 한다. 아르바이트로 몇 푼의 돈을 주머니에 챙기는 유혹에서도 초연해야 한다. 혹자는 아르바이트는 세상을 알고 직업의 세계를 알고 일거양득이 있다고 권장한다. 물론 아르바이트의 세계는 묘미도 있고, 세상과의 교류를 통해 내 영역을 확장시키는 긍정적인 면도 있다.

그러나 얻는 것 보다는 잃는 것이 더 많을 수 있다는 것을 염두에 두고 다가가야 한다. 아르바이트의 세계는 단순히 노동력을 제공하고 대가로 금전을 수수하는 것이 아니다. 그런 단순한 논리는 많은 오류가 생길 수 있다. 쉽지 않은 직업의 세계, 판단력이 흐린 청소년들에게는 정신을 차리지 않으면 순간적으로 전부를 잃을 수도 있는 위험이 잠복해 있는 것이다.

복잡하면서도 화려하고 찬란한 세계에는 우리가 인지하지 못하는 마약이 숨어 있다. 우리 학생들은 어리기 때문에 미처 감지하지 못하는 무서운 것이 숨어 있다는 것을 알지 못하고 위험에 대한 전략도 허름하다.

방학에 들어가면 유혹의 계절은 고조되고 우리들을 예쁜 손과 달콤한 말로 유혹한다. 우리는 주변의 손짓이나 부름이 자화상에 손상을 입으면 단호하게 물리치는 방법을 가슴에 새기고 있어야 한다. 우리에게 신기루처럼 환상적인 제안이 다가와도 분명히 NO라고 대답할 수 있는 용기가 필요하다. 학창시절은 주머니에 돈을 채워나가는 시기가 아니다. 지적성장과 정의적 성장이 동시다발적으로 폭풍우처럼 밀려오는 시기이고 누구나 사람다운 사람을 지향해야 한다.

긴 방학기간 동안 우리는 부모님생각, 선생님의 가르침 되씹기, 친구들과의 우정 쌓기, 나의 미래를 생각하고 위치수정하기, 우리 가족과 사회모습 생각하기, 국가와 민족의 미래 그리기 등 해야 할 일이 산더미처럼 쌓여 있기 마련이다.

또한 우리의 몸과 마음을 끊임없이 확장시키는 시기이지 남과 부화뇌동하면서 정도를 벗어난 체험을 하는 시기는 아니라고 본다.

내가 남을 유혹하던지 남이 나를 유혹하던지 유혹은 그에게로 빨려 들어가기 직전의 심리적 갈등상태를 유발하는 것이다.

우리는 유혹이 난무하는 혼돈의 세상에 존재하면서 내 자화상을 그려간다. 그러나 유혹이 없다면 세상은 또 얼마나 삭막하고 무미건조할까도 생각해본다.

유혹으로 인해 역사가 만들어지고 유혹은 창조의 본질을 이어가게 하는 꿀단지라고 할 수 있다. 동식물의 세계를 보라. 자연적인 유혹과 인위적인 유혹이 뒤섞여 그들의 삶의 풍요를 창조하는 모습을 말이다.

학교를 외면하는 아이들

인생의 황금기라고 일컬어지는 짧은 학창시절도 적응을 하지 못해 학교를 버리는 아이들이 증가하고 있다. 학교의 교칙을 지키지 못하고 친구들과의 인간관계, 선생님들과의 부적응, 부모와의 갈등, 사회적 소외, 건강문제, 경제적 문제 등 많은 학생들이 학교를 외면하고 학교를 버리고 있다. 뾰족한 대책도 없이 그들은 학교를 떠나 사회의 그늘에서 활로를 못 찾고 방황하고 있다. 학력사회가 견고하게 구축된 우리의 형편에서 그들은 의·식·주 해결이 쉽지 않은 것은 물론이다. 학교를 떠난 아이들은 교육의 미아로 보호받지 못하고 사람들 관심 밖으로 밀려나 방치되고 있는 것이다. 자유분방하게 학교 밖에서 맴돌다가 자각을 하고 통한의 눈물을 흘린 뒤에 어렵게 복학을 한다. 학교를 다시 찾지만 선배가 되어버린 동료들과 거리감이 생기고 멀어지게 된다. 물론 후배들과의 생활도 또 원만하지 못해 다시 학업을 포기하게 된다.

대안학교를 찾아 나서지만 그곳엔 부적응 학생들이 포진해 있어 또 어려움을 겪게 되고 검정고시를 준비해보지만 수월하지가 않는 것이 현실이다. 농사를 짓는 것에 때가 있듯이 배움도 때를 놓쳐서는 어렵다는 것을 그들은 나중에 깨닫는다.

이제는 교육의 미아에 대한 국가적 대책이 필요하고 재활을 위한 그들의 몸부림에 힘을 보태주어야 한다. 교육의 미아는 왜 자꾸만 증가하는 것일까?

사회 병폐현상은 사회 그 자체를 오염시킴은 물론 학교 담 안으로 밀려온다. 자라는 과정에 있는 아이들은 정체성의 확립이 덜된 상태이기 때문에 사물의 옳고 그름을 판단하는 데 익숙하지 않고 가정의 문화적 경향에 따라 그 반응은 천차만별이다.

오염된 사회현상이 학생들에게 전이되면 그 학생의 생각과 행동은 빠르게 피폐화되고 도미노현상에 의해 다른 멀쩡한 학생들까지 영향을 주게 된다. 때론 이런 오염된 집단은 학교 자체로는 통제하기 힘든 상황으로까지 발전하며 암적 존재로 계속 존속하면서 문제를 발생시킨다. 왜 그들은 학교를 거부하는가? 왜 흥미를 잃은 것일까? 왜 옐로카드를 받게 되는 것일까?

그 원인이 무엇인가 캐내서 밝혀야 하며 그들이 학업을 계속 이수해가도록 독려해야 한다. 이를 방치했을 때 그 폐해는 개인은 물론 가족, 사회, 국가까지 모두 무거운 짐을 지고 가는 것이 된다. 대안학교가 떠맡으면 해결 되리라는 막연한 발상도 문제이며 그것은 완전한 해결방법이 아니다.

공부를 잘하거나 못하거나, 행동에 문제가 있거나 없거나, 똑똑하거나 머리가 모자라거나, 잘살거나 못살거나 모두 소중한 우리 아이들인 것이다. 버리고 방치할 수 없는 미래의 소중한 자원이고 밀알인 것이다.

사람이 살아가노라면 그 삶의 질에 대해 만족감을 느끼는 사람은 드물다. 까닭은 늘 기대 수준이 높고 우리들 삶의 과정은 목표치에 접근하지도 못하고 늘 부족하기만 하다. 또한 사람은 누구나 자기의 생각이 표준이라 생각하고 자기의 행동이 가장 옳다고 단정하며 살아간다. 신(神)이 그렇게 창조했기 때문에 자기 충족적 예언으로 삶을 이어가는 것이다.

그런데 학교에서 하루생활을 거의 소모하는 학생들은 많은 불만을 나타낸다.

학교의 교육정책이나 교사의 수업에 대한 비판을 기하고 때론 분노를 나타낸다. 이는 학생들이 아직 성숙하지 않은 상태에서 성숙을 지향하고 미완성을 완성으로 전환시키는 시기에 놓여있기 때문이다.

그들이 꿈이 없는 것 같으면서 야무진 꿈을 소유하고 있고 그리로 자신을 강하게 끌고 가는 경향도 보인다. 학교는 그들을 인정해야 한다. 다독거려야 한다. 훨씬 못 미치는 아이들이라고 단언해버리면 문제는 커진다. 학교를 버리는 미아들을 사랑으로 유인하자.

젊음의 계절

입학의 기쁨을 어떤 단어로 표현할 수 있을까? 설렘으로 발걸음 가볍게 교문을 들어서 입학식을 치룬 것이 엊그제인데 이젠 졸업이라는 두 글자가 주마등처럼 우리 곁에 다가선다. 학교라는 제한된 공간에서 선생님들과 동고동락하며 스승과 제자로 인연을 맺고 학문을 논했던 우리들이다. 친구들과도 많이 웃고 울고 떠들며 고민해 가면서 미래를 향해 뛰었던 우리들이다. 그 아름다웠던 젊음의 계절을 반추해보면 내 가슴 저 깊은 심연에는 묘한 여운이 파장을 일으킨다. 되돌아보면 나는 재판에 회부된 피고이다. 검사의 논고와 변호사의 변론과 법리검토를 거쳐 판사의 판결을 기다리는 피고인처럼 느껴진다. 내가 잘한 것은 무엇이고 내가 잘못한 것은 무엇인가 조용히 곱씹어 본다.

내가 칭찬을 받아야 할 것은 무엇이고 내가 꾸짖음을 감수해야 할 것은 무엇인가 학교생활에서 부족한 부분은 무엇이고 부족함을 채우기 위해 얼마만큼 채워 넣었는가. 나의 미래를 위해 설계도를 작성하고 준비는 충실했는가. 나의 변화된 모습을 보충하기 위해 행동수정은 계속했는가 나의 학창시절의 메달 색깔은 어떤 색인가.

끊임없는 선문답과 자아비판을 통해 나를 분석해본다. 사람은 누구나 달리는 버스에 몸을 싣고 마라톤 같은 삶을 살아가고 있는 떠돌이이다. 출발점 행동이 있으면 도착점 행동도 있다. 학창시절 입었던 교복이 거추장스럽고 우리의 자유를 구속하는 듯하나 먼 훗날 교복

입었던 시절을 그리워하고 옛날로 회귀해 보지만 돌아갈 수 없는 것이 인생이다.

작가 세르반테스가 '돈키호테'에서 자신의 노력으로 귀족이 될 수 있다고 선언한 것을 기억해보자. 나에게 채찍을 가하는 형벌과 흘러내리는 땀방울이 하류사회에서 상류사회로 진입하는 지름길이라고 그는 우리에게 충고한다.

러시아의 대문호 톨스토이는 세상에 대해 다음과 같은 의문을 가졌다고 한다.

첫째, 인생에서 가장 중요한 시간은 언제일까?

그는 '오늘'이라 결론 내리고 오늘을 잡고 내일이 있다고 믿지 말며 진실한 오늘 올바른 오늘 만들기를 실천하자고 주장한다.

둘째, 인생에서 가장 중요한 사람은 누구일까?

그가 얻은 답은 '지금 만나고 있는 사람'으로 부모님, 가족, 선생님, 친구라고 말한다. 그들과의 인간관계를 돈독히 할 것을 권고한다.

셋째, 인생에서 가장 중요한 일은 무엇일까?

그의 말은 선을 행하면서 최선을 다하고 올곧게 세상의 삶을 이어가는 것이라고 조언한다.

신록의 계절에 짙은 푸르름이 돋보이는 것처럼 젊음을 만끽하고 있는 우리들은 미래의 꿈을 노저어 가고 있다. 그리고 새로운 세대를 이끌어갈 주인공들이다. 조물주가 우리에게 준 최대선물은 다름 아닌 젊음이다.

젊음의 계절에 무엇을 계획해서 어떤 방법으로 자신을 몰입시킬 것인지 복안을 짜보자. 그것은 인생의 성공 여부를 결정하는 것이다.

젊음의 패기가 넘치는 계절에, 가슴에 희망이 넘치는 계절에, 뜨거운 피가 용솟음치는 계절에, 나를 귀족의 반열에 올려놓으려는 따뜻한 마음이 온기로 넘치길 강력히 제안한다.

칠흑같이 어두운 바다를 항해 중인 배를 인도하는 안내자는 등대이다. 젊음의 아름다운 꿈은 병든 마음을 치료해주고 나의 미래를 안내하는 큰 힘이 된다. 원대한 꿈을 바탕에 깔고 젊음의 열정을 플러스하면 우리는 큰 인물이 되고 아담과 이브가 살았던 축복받은 신의 땅에서 거침없이 나의 뜻대로 미래를 펼쳐 갈 수 있을 것이다.

나 만들기

어린 시절 내 사진과 학교 앨범 속에 인쇄되어 있는 나, 그리고 지금의 내 모습을 보면서 명상에 잠긴다. 나는 누구인가? 나의 시작은 어디이고 나에게 주어진 사명은 무엇이며 힘써서 해야 할 일은 어떤 것인가? 나는 소중한 존재인가? 나는 내 맘대로 함부로 할 수 있는가? 내 뜻대로 되어 가지 않는다고 나를 구박할 정도로 그렇게 하찮은 존재인가?

아니다. 아닐 것이다. 나는 우리 조상님들이 세상에 보낸 집성촌 씨족의 특파원이다. 이 세상을 살다가 저 세상으로 가신 조상님들이 온갖 정기를 한데 모아 기를 불어넣어 광명 천지에 나를 보낸 것이다. 이 풍진 세상에 나를 보낸 것은 의미 있고 값진 일이며 세상을 활짝 열고 나에게 역할을 기대하고 보내준 것이다. 조상들의 의도를 보물

캐듯 보고 뒤에 숨은 뜻을 알아야 한다. 그것은 청년의 꿈·열정이 나를 빛내고 민족의 미래를 결정한다는 말로 요약할 수 있다.

단순하게 대를 이어가라고 보낸 것이 아니고 대단한 주문아래 특명을 내린 것이 분명함을 깨달아야 한다. 앞으로 내가 할 일, 해야 할 일을 곰곰이 생각해보면 나아갈 방향을 분명하게 설정할 수 있다. 그리고 나를 이끌고 광명천지를 향해 늠름하고 용기 있게 진군의 나팔 소리를 울려야 하며, 늘 선비정신으로 무장하는 것도 필요하다.

학교는 나를 만들어 가는 곳이다. 꿈을 꾸고 그 꿈을 키우고 미래를 갈망하고 아름다운 나를 디자인하는 화실이고 작업실이다.

또래집단이 생활하는 교실에서는 새싹이 돋아나듯 희망이 넘쳐나고 인간관계의 상호작용이 빈번하게 일어나야 한다. 우정이 돈독하게 쌓아 내리게 하고 대화의 장이 마련되어 격렬하고도 불꽃 튀는 논쟁도 벌어져야 한다.

나와 학교를 욕되게 만드는 것은 범죄와 같은 것이다. 위대한 미래를 살아갈 나는 갑자기 만들어지는 것이 아니다. 천지신명께서는 지극정성을 다해 선조들의 분신을 창조해 보낸 것이다.

나를 거울 앞에 세우고 5분간만 자신과 진솔하게 대화해보자. 그때 우리는 나의 살아온 과거를 저울질 해본다. 지금 하고 있는 것에 대해 진솔하게 격의 없이 얘기해본다. 미래의 나의 모습을 예쁘게 그려보자.

나를 아무렇게나 다루면 나의 미래도 아무렇게나 된다. 정성을 다해 나를 일구면 큰 인물로 우뚝 서게 된다. 나를 빛내고 민족의 미래를 조각하는 일이 우리의 과제이다. 나를 만드는 것은 꿈꾸는 일로부터 시작된다.

교육의 경쟁력

세계 각국은 겉으로는 국가 간의 협력을 강조하고 협동을 전면에 내세우고 있지만 그 포장을 뜯고 안을 들여다보면 자국의 이익을 우선시하는 이기주의가 듬뿍 담겨져 있음을 알게 된다.

세계는 글로벌 경쟁을 뛰어넘어 생존을 위한 전쟁상태에 돌입한 느낌이다. 선의의 경쟁은 생존을 위해 어쩔 수 없는 선택이라 여겨진다. 한국경제에 엄청난 데미지를 안겨주었던 외환외기를 떠올려보자. 우리는 그 당시 21세기를 앞두고 무지갯빛 환상에 흠뻑 젖어 있었는데 어느 날 갑자기 국가부도 위기라는 상상도 할 수 없는 상황에서 국민 모두가 갈팡질팡 중심을 잡지 못했던 것을 기억한다. 국가가 모라토리엄(moratorium) 상태로 진입하는 것은 경제적 항복과 같은 것이다.

똥 싼 놈이 누군데 밑 닦아주는 것은 누구였는가? 지금 생각하면 금모으기 운동이 얼마나 우스꽝스런 일이었는지 가슴을 쳐본다. 그 많은 금을 모아 헐값에 처분한 우리들이 아니었는지 반문해본다. 금값의 국제 시세가 지금처럼 뛰리라고는 생각하지 못했지만 말이다.

경제학 공부를 했다는 대학교수들조차도 국가가 모라토리엄 상태로 갈 수 있다는 가능성을 경고하고 사이렌을 울릴 학자는 단 한사람도 없었음은 유감스런 일이다. 그 당시 사후 약방문식의 변명을 늘어놓은 경제학 교수들이 너무 많았으며 또한 변명으로 일관하는 모습이 꽤나 초라해 보였다.

외환위기를 극복하는 과정에서 개혁과 개방은 단골메뉴로 등장한다. 그러나 그 이면을 들여다보면 전쟁에서 패한 병사가 승자가 원하는 대로 아무런 저항도 없이 무장해제당한 느낌이 아니었는지 생각해 볼 일이다. 국가 지도자들도 끊임없이 국민을 속이고 마치 외환 위기에서 국가를 구해낸 양 위장했던 것이다. 사실은 주식과 부동산을 외국에 헐값에 내주고 그걸 치적인양 홍보했던 일은 얼마나 국민을 얕잡아본 행위인가 말이다.

한국인은 양처럼 온순하고 착한 민족이다. 또한 강인한 저력을 지닌 우수한 민족이다. 장난질한 것에 대해 책임을 묻지 않고 관용을 베풀고 개미처럼 허리띠를 졸라매고 국가 경제 재건으로 우리 경제를 반석 위에 올려놓는 과도기에 있으니 말이다.

그러나 한국의 미래가 아직까지는 장밋빛처럼 아름답다고 자랑하기에는 이르다는 사실을 국민 모두 가슴에 새겨야 한다. 또 다시 한 치 앞도 내다볼 수 없는 암흑의 나락으로 추락할 수 있다는 가정을, 그리고 암울한 미래가 우리를 우울하게 할 수도 있다는 것을 예상해야 한다.

세계는 우리가 원하든 원하지 않든, 좋아하든 좋아하지 않든 세계와 경쟁하면서 세계인의 일원으로 살아가야 한다. 이는 숙명이기 때문에 인재를 양성하는 학교도 이제는 긴 잠에서 기지개를 켜고 세계에 내다놓을 수 있는 경쟁력 있는 인간을 교육시켜야 한다. 살아남기 위한 몸부림으로 개인 간의 경쟁, 교사 간의 경쟁, 학교 간의 경쟁, 지역 간의 경쟁을 제한적으로 도입해야 한다.

적절한 경쟁은 창조적 성과를 낳게 하고 우리가 가질 수 있는 소득을 높여준다. 경쟁은 실보다 득이 많고 경쟁은 마치 쓴 약처럼 입에서는 거부해도 효능은 매우 높다는 것을 목청을 높여 주장해야 한다.

세상은 크게 달라지고 있고 달라지는 상황에서 존재가치를 찾으려
면 입에 쓴 경쟁은 필수불가결한 것이다. 그렇다고 경쟁에 온힘을 집
중해서 올인하는 것은 부작용이 있음도 간과해서는 안 된다. 중용도
필요한 것이다.

내 마음에 신(神)을 둔다

인생에 두 번 다시 찾아 올 수 없는 아름다운 청년시절은 신체와
정신의 성장이 최고 절정에 도달하여 힘이 넘치고 강한 자아의식과
곧 터질 것 같은 예리한 감수성을 지니는 시절이다. 수필가 민태원의
청춘예찬은 읽을수록 씹을수록 단맛이 난다. 그는 청년의 끓는 피와
뛰노는 심장은 거대한 선박의 굉음과 같이 힘이 넘친다고 말한다. 그
는 인류의 스승 석가는 무엇을 얻기 위해 설산에서 고행했는가 묻는
다. 신의 아들 예수는 무엇을 위하여 광야에서 방황했는가 반문한다.
인의 창시자 공자는 무엇을 위해서 천하를 수레를 타고 돌아다녔는
지 생각해보라고 주문한다. 배고픔을 해결하기 위한 것이 아니다. 예
쁜 옷을 입기를 원한 것이 아니다. 아름다운 여인을 구하기 위한 것
도 아니다.

그들은 인류에게 삶의 등불을 밝혀주고 인류를 그들의 품에 안고
행복을 선물하기 위해 모든 이들이 가지 않는 가시밭길을 고독과 싸
우면서 외로움을 극복하면서 진리를 찾아 나섰던 것이다.

청년의 가슴에는 열정이 용광로의 쇳물처럼 끓어 넘친다. 자기가 하고 싶은 일에 몰입해서 집중을 하게 되면 어떤 일이든 가능하게 만드는 인생의 황금기이다. 주머니가 텅텅 비어 구매력이 없어도 사고 싶어도 살 수 없다는 슬픔이 그의 마음에 상처를 남겨도 그들은 젊음을 소유한 부자들이다. 열정이 넘치는 사람은 가던 길을 되돌아오지 않고 하던 일을 멈추거나 포기하지 않는다. 하던 일이 잘못되어 실패하게 되어도 좌절하거나 슬픔에 잠기거나 낙망하지 않는다. 자신을 되돌아보고 문제를 발견하고 잘못을 인정하고 새로운 전략을 짜서 다시 접근하는 노력을 기울인다.

요즘 청년들은 어떤 일을 시작해서 어려움이 생기거나 고통이 따르면 또 잘 안되면 쉽게 포기하는 경향이 있다. 끈기와 열정이 식었기 때문이다. 열정으로 굳게 무장하면 그 응집된 힘은 핵폭탄처럼 강력한 힘을 발휘한다. 우리들은 누구나 어머니의 따듯한 몸속에서 어머니와 같이 생각하고 대화를 나누고 희로애락을 같이 하고 의견을 교환하다가 이 세상에 빛을 만난 것이다. 어머니는 우리의 마음의 고향이고 안식처이다. 그런 고마운 어머니는 양초가 자신을 태워 빛을 발하듯 열정으로 자신의 분신을 양육한다. 진자리 마른자리 갈아 뉘시고, 먹을 것, 입을 것, 하고 싶은 것, 모두 억누르며 자식의 독립을 위해 최선을 다하는 어머니는 우리의 우상이다. 어머니는 사랑을 가르치고 용기를 심어주고 미래의 행복을 각인시키기 위해 끝없는 희생을 감수한다.

청년들아! 우리 가슴에 열정의 방을 새로 꾸며 보는 것은 어떨까? 열정은 라틴어에서 온 말로 영어로는 Enthusiusm으로 내 몸 안에 '신을 둔다'는 의미가 있다. 내 안에 열정이 자리 잡으면 사람을 흥분시키고 부모로부터 받은 잠재능력을 맘껏 발휘하는 동력을 얻게 된다. 열정이 있는 사람은 눈이 반짝반짝 빛나고 매사에 열의가 있고 책임감을 느낀다. 그들은 보잘것없는 일에도 감동하고 작은 고마움에 고개를 숙인다. 실패라는 쓴 열매를 맛보아도 자신을 격려하는 놀라운 힘을 발휘한다. 청년들아! 우리는 모두 나를 일으키고 내 가정을 일으켜야 하며 우리들의 학교를 일으켜야 한다. 우리 사회를 올곧게 바로 세우고 내 나라를 일류 국가로 반석 위에 올려놓아야 한다. 민족의 미래를 힘차게 개척해서 그 영역을 넓혀 나가야 한다. 예전에는 수동적이라 보잘것없는 민족이지만 지금은 세계를 리드하는 국가군에 속한다는 것을 자랑으로 여겨야 한다.

Part 3

가정교육의
불씨
지피기

교육의 기(氣)

기는 에너지 공급의 원천이다. 기는 오묘하며 위대한 힘을 가지고 있다. 생물이 기를 받아야만 기지개를 펴듯이 우리 몸도 기의 지배를 받는다. 기는 생각을 확장시키고 생명을 돋보이게 하며 활력을 넣어 주고 키를 쑥쑥 크게 한다. 겨울의 혹한을 이기고 서 있는 교정의 나무들을 보라. 나무가 을씨년스럽게 보이기는 해도 따스한 봄날을 앞두고 땅속의 기를 끌어 모으려고 연일 꿈틀거린다. 인삼이 사람들의 사랑을 독차지하고 시장에서 비싼 값에 거래되는 것은 땅 속의 유효성분 즉, 기를 5년 이상 빨아먹고 성장하기 때문이다. 인삼은 사람들의 몸속에 기를 넣어 건강을 선물한다.

창조주는 생명이 있는 모든 생물에게 '氣'라는 신만의 특허품을 불어넣어 주었다. 그 힘으로 가지를 뻗고 꽃을 피게 하고 열매를 맺고 나무를 키우고 자연을 아름답게 만든다. 사람의 심장박동은 세포에 피를 공급하고 선순환을 통해 기를 넣어준다. 몸에 들어온 기는 생각하고 말하고 행동하는 힘의 원천이 된다.

우리의 교육활동에도 교육자들이 아이들에게 기를 공급해주고 기를 살려나가도록 이끌어야 한다. 사람에게 불어넣는 기는 놀라운 힘을 가지고 있다. 기는 인간의 삶의 질을 풍요롭게 하는 힘도 보유하고 아름다운 미래를 원하는 대로 설계하는 능력도 가진다.

기가 없는 사람은 죽은 사람과 같다. 가정교육에서 부모들은 자식의 기를 살려주어야 한다는 말을 귀 따갑게 한다.

살아가는 사람들은 기를 전수받기 위해 이곳저곳을 기웃거린다. 무당이 굿하는 장면을 세심히 들여다보면 기의 연결고리 역할을 하려고 몸부림치는 것을 발견할 수 있다. 젊다는 것은 그들의 몸에 뜨거운 피가 흐르고 정열이 자리 잡고 있어서이다. 쭈그러져 볼품없는 타이어에 공기를 쉴새 없이 주입하면 탱탱해져 타이어로서의 몫을 잘 해내게 된다.

타이어에 공기 주입하듯 아이들에게 계속적으로 기를 넣어 보라. 그 생명력은 위대한 결과를 낳게 된다. 교육의 기를 꺾으면 교육은 망가진다. 교사는 초인적인 힘을 발휘하는 도사가 아니긴 해도 기의 오묘함을 알아야 한다. 기의 마력도 인지하고 아이들과 생활하는 과정에서 기를 공급해야 한다.

오페라와 교육

역할은 특정한 위치를 부여하여 기대되는 행동을 이끌어 내는 데 목적이 있다. 역할 부여를 함으로써 그들이 나름대로의 몫을 찾게 하는 것이 교육에서 기대되는 행동이다.

요즘은 우리 생활에서 멀게만 느껴졌던 오페라가 아주 가까이 우리 곁에 다가오고 공연과 감상의 기회도 늘어가고 있다. 종합예술의 한 장르인 오페라가 부상하고 있는 것이다. 근대 예술의 황무지나 다름없었던 우리나라에 오페라가 자리를 잡아가고 활성화되는 것은 문화부문에서 고무적인 일이다. 얼마 전까지만 해도 외국의 오페라를 감상하면서 우리와는 다른 세상에서 살아가는 저들의 모습이 신기하고 부러움이 밀려왔다. 시작이 반이라고 우리도 하면 충분히 이룰 텐데……라는 아쉬움도 있었다.

오페라는 젊은 층으로 갈수록 문화생활의 필수품으로 부상하고 있다. 오페라에서는 배우와 배역 간의 구분이 명확함을 느끼게 된다. 오페라는 자기가 맡은 역할을 분명히 하고 그 가운데 조화를 이뤄 오페라를 연출할 수 있는 것이다. 학교에서 오페라에서의 배우들의 역할을 생각해본다.

아이들도 학교에서 역할연습을 하므로 미래를 살아가는 데 있어 중요한 체험적 활동이 되기 때문이다.

역할은 자신의 선택과는 아무 관계없이 선천적으로 부여되는 생물적 역할이 아닌 것을 말한다. 즉 후천적으로 자신의 능력이나 노력에 의해 얻어지는 획득적 역할의 연습을 학교생활에서 계속 시도하는 연습을 말한다. 이러한 역할연습은 자기와 타인의 감정적인 통합을 가능하게 하며 사회적인 상호작용을 발달시키는 데 교육적 효과가 있다고 본다.

역할의 교육적 효과는 자기의견의 자유로운 표현, 타인의 이해와 존중, 문화에 대한 현명한 판단기대, 능동적인 의사결정능력에 커다란 도움을 준다고 본다. 우리는 근대화의 시동을 늦게 건 나라이다. 빠르게 뒤떨어진 부분을 보충하고 전략적으로 접근하면 외국을 따라 잡을 수 있는 능력과 힘이 있다. 오페라의 교육을 시도해 나가야 한다.

오페라의 기본은 연극으로부터 출발한다. 학교에서 동아리활동으로나마 명맥을 유지하던 연극 활동이 시들어가고 있다. 입시위주 교육의 결과이다. 연극 활동을 부활하고 활성화를 독려해야 한다. 연극의 교육효과는 무한에 가깝다.

고학력의 신화

예전에 자식을 교육시키기 위해 장날 시장에 애지중지 정성을 다해 식구처럼 가르던 소를 내다 판 부모를 생각한다. 더구나 문전옥답을 정리해서 학비를 대는 부모들의 모습도 상상해본다. 뜨거운 햇빛에 짐승처럼 허리가 휘도록 땀 흘려 자식 농사짓느라 새참시간도 접어야 했던 어르신들의 아름다운 이야기가 지금은 어떤 모양으로 우리에게 다가올까? 너나 할 것 없이 지방에서 서울로 유학을 보내고 중학교에서 고등학교로, 고등학교에서 대학으로, 그리고 대학원으로 끝없는 배움의 세계를 향해 모두들 달리고 달린다. 더 나아가 하늘을 날아 대양을 건너 낯선 외국에서 선진학문을 배우고 익혀 국내로 들어오면 해외유학 신분이라는 딱지는 여기저기서 모두 군말 없이 통용되던 시절이 기억난다. 고학력파와 해외유학파는 까다로운 검증과정을 거치지 않아도 대단히 우대받았던 시절이다.

우리나라가 짧은 시간에 경제적 기적으로 세계의 주목을 받게 된 것은 인간 교육에 거는 기대가 국민적 관심 속에 꽃피웠기 때문이라는 것을 부인하기는 어렵다.

너도나도 교육에 대한 뜨거운 열정과 자식에 대한 무한정의 기대를 키우고 불을 지폈기 때문이리라.

외국에서 습득한 지식은 비판없이 이 땅에서 통용되고 학문의 중심적 가치로서 긴 시간 자리매김한 것이다. 그러나 이제 그러한 세상은 종언을 고하고 있다. 천지개벽이 되면서 말없이 따라가기만 했던 개미들의 역량이 눈에 띠게 달라지고 비주류에서 주류의 역할을 해내면서 기존 가치의 뒤집힘 현상이 두드러지게 나타나고 있다.

유학을 떠나 신기루를 찾던 사람들이 되돌아오고 있다. 마치 시골 고향을 버리고 도시로 몰려들어 북적거리던 사람들이 귀농을 서두르고 농업을 통해 무언가 이뤄보겠다고 손바꿈 현상이 확산되고 있는 것과 흡사하다.

학력이 높다는 것은 그만큼 배움의 크기가 크다는 것을 의미한다. 그러나 고학력만이 성공의 키를 쥐고 있는 것은 아니다. 오히려 고학력 인사들이 엄청나게 늘어나서 그들을 받아 줄 수 없는 세상이 오고 있다. 석사, 박사학위를 받은 사람이 생존을 위해 허드렛일을 한다면 국가적으로 얼마나 낭비가 심한 것인가를 생각한다.

아파트가 큰 평수보다 작은 평수가 인기를 끌고 품귀현상을 나타내듯 학력이 짧아도 자기분야에서 엄청난 노하우를 가진 사람들이 우대받고 급어에서 혜택을 누린다.

우리 사회도 형식이 자취를 감추고 그 자리에 실용이 자리를 차지하며 위력을 발휘하고 있다. 학력보다는 능력이 앞자리에 오는 것은 당연하고 회피할 수는 없는 것이다. 고학력자가 쓸모없게 된다면 국가적으로 크나 큰 낭비이고 손실이다. 고학력의 신화가 박물관의 창고로 옮겨가고 있다.

가정의 교육 전략

예전의 엄마, 아빠는 살림에 바쁘기도 했지만 배움의 끈이 짧아 아이들은 학교에 맡기고 어련히 내 자식 앞길을 잘 열어 주리라 생각했다. 그 어떤 참견이나 간섭도 없이 학교 교육을 신뢰하고 따랐다고 생각한다.

물론 가정에서 사람이 살아가는 데 있어 기본적으로 갖추어야 할 사람 됨됨이는 밥상머리 교육으로 해결했다. 자식이 빗나가는 경우에는 간간이 대화로 혼을 내지만 큰 잘못은 윽박지르고 회초리도 들었다.

그러나 요즘의 엄마, 아빠는 학력도 높아지고 학교교육을 예리한

눈으로 주시하고 있으며, 때론 교사들 보다 더 높은 식견으로 학교교육을 비판하고 간섭하고 영향력을 행사하려 든다.

학기마다 학부모들과 대화의 장을 만들면 그곳에서 수많은 얘기가 쏟아져 나온다. 미처 내가 생각지 못했던 아주 신선하고 교육에 도움이 되는 의견제시가 많다는 것을 감지하게 된다.

상당한 수준으로 또렷한 의견제시를 할 때마다 교사가 긴장의 끈을 놓으면 낭떠러지로 추락할 수밖에 없다는 냉엄한 현실에 내 마음이 떨릴 때가 한두 번이 아니다. 교사의 힘만으로 현대교육을 이끌어가는 데는 한계가 있다. 모든 사람들이 교육을 걱정하고 새로운 교육의 방향을 이끌어 낼 때 우리 교육은 가속도가 붙어 발전할 수 있다. 아빠, 엄마들은 아이들의 미래에 대한 연구를 하고 있으며 어떠한 방향으로 사회가 변화되고 그 결과는 어떠하리라 예측까지도 하고 있다. 지금 아이들은 생각의 크기도 작고 미래를 개척해 나가는 능력이나 힘도 미미한 수준이다. 그러나 직업을 선택하고 미래의 행복한 삶을 향유할 수 있는 유전인자가 끊임없이 꿈틀거리고 있다. 부모는 그 가능성을 가정의 교육전략으로 채택하고 이끌어야 한다. 부모는 그냥 먹여주고 재워주고 학교에 보내는 옛날방식에서 탈피해서 아이들의 관심분야를 관찰하고 좋아하는 것을 미래에 직업과 어떻게 연결 지을 수 있는지 고민하고 있다.

아이와는 끊임없이 대화하고 부모 간에도 불꽃 튀는 토론을 벌인다. 선호하는 분야의 전문가와도 소통하는 대화 기회를 마련한다. 잠정 결론이 나면 목표를 향한 전략이 짜여 지고 자료를 수집하며 길고 긴 항해를 시작하는 것이다. 이때 부모는 힘이 되고 격려를 해주는 응원자로서의 투자가 필요하다.

유의할 점은 미덥지 않은 정보에 일희일비하는 것을 늘 경계해야 하며 이것이 절대적이고 왕도라는 생각은 위험하다는 것이다. 미래의 아이들이 갖춰야 할 소양은 컴퓨터 조작과 운영에 대한 기본 지식과 영어구사 능력, 새로운 분야를 섭렵할 수 있는 뛰어난 감각을 갖고 있어야 한다. 또한 원만한 인간관계를 구축해 나가는 것은 자기발전에 커다란 지렛대 역할을 하게 된다. 따라서 학교도 획일적인 평균인재를 양성하는 것은 아무 의미가 없다. 학교, 기업, 사회의 다원화된 네트워크를 형성해서 개성이 있고 쓸모 있는 탁월한 능력을 갖춘 인재를 양성해야 한다.

흔들리는 가정

가정은 혈족이 바탕이 된 집합체로서 공동생활을 영위해가는 작은 사회이다. 가정은 선대로부터 이어져 내려오는 가훈도 있고 독특한 전통도 있다. 따뜻한 사랑으로 응집된 가정은 규정이 있고 미래에 대한 비전도 있다. 최근 들어 가정이 망가지고 해체된다는 소리가 요란하다. 가정의 구성원이 상처를 입고 더 나아가 가정이 깨지면 아이들의 마음의 고향은 사라진다. 가정이 해체되면 아이들은 뿔뿔이 흩어지고 혈족이라는 끈끈한 응집력이 바탕이 되었던 공동생활은 온데간데 없이 방황의 길로 접어들게 된다. 그리고 조상들로부터 면면히 이어져 내려온 것들이 물거품처럼 사라지게 된다. 망가져 가는 가정, 무너져 내리는 가정을 붙들고 바로잡아야 한다.

가정 안에는 조건 없는 사랑이 있고 규율도 있고 미래도 있고 편안함도 있다. 가정의 제자리 찾기는 건강한 사회 만들기의 첫걸음이다.

대가족제도 아래서는 가족 모두가 같은 공간에서 생활하면서 가족 간의 연대의식이 부지불식 간에 형성되어 위, 아래, 좌, 우, 가로, 세로가 자연스럽게 자리매김을 했다. 어른들의 말 한마디 한마디가 알게 모르게 정신적 지주로 자리 잡으며 성장하는 것이 아이들이었다.

핵가족시대는 아주 작은 규모의 가족만이 같은 공간에 존재하기 때문에 미성년자에겐 배울 기회가 없다. 혼자 배우고 익혀야 하는 답답한 현실에서 그들은 자라고 있는 것이다. 미국이 다시 핵가족 사회에서 벗어나 예전의 대가족사회의 장점을 받아들이기 시작했다는 것은 많은 시사점을 준다.

이혼은 흔들리는 가정의 해체를 의미한다. 가족이 뿔뿔이 흩어져 방황하게 되고 구심점을 상실하게 된다. 우리나라의 이혼이 늘어나는 것은 전통사회의 공동체 개념의 쇠락, 핵가족화로의 급격한 이동, 경제력의 남성 의존에서 여성 취업의 증가로 인한 여성경제소득의 증가, 사회적 문화 일탈현상, 부부갈등 시 중재자의 부재로 인한 막가파식 사고라고 요약할 수 있다.

불륜이 난무하는 텔레비전 드라마와 일부여론의 부풀리기 등으로 가정파괴는 가속도가 붙은 느낌이다. 이혼으로 가정이 파괴되면 돌아서면 남이라는 부부 사이의 관계형성은 소멸되지만 남은 아이들의 문제는 단순하지만은 않다. 이혼가정의 아이들은 부모의 이혼으로 배신에 중심을 잡지 못하고 일에 대한 열정도 사라지게 된다. 슬픈 마음이 어린 아이들의 마음에 상처를 주고 어루만져 주어도 영글지 않는 아픔을 평생 보유하게 된다.

젊은이들의 여러 가지 이유를 앞세워 결혼을 뒤로 미루고 있는 현실은 바람직하지 않다. 30세가 훌쩍 넘어 결혼해서 가정을 꾸리면 후손도 자연히 늦어지고 뒤늦게 아이 기르고 교육시키는 데 고생을 하게 된다. 만혼으로 인해 출산율이 낮아지면서 유치원과 초등학교 교실이 비어가고 중학교, 고등학교로 이어가고 있는 현실을 직시해야 한다. 출산율을 높이기 위해 국가나 지방자치 단체가 발 벗고 나서지만 뾰족한 반응은 나오지 않고 있다. 가정의 흔들림은 사회를 병들게 하고 국가는 중병으로 신음하게 된다.

흔들리는 가정을 보면서 아버지, 어머니의 면허 자격증을 발급하자는 이야기가 우스갯소리로 들리지 않는다.

가정교육의 부흥

나는 주례를 설 때마다 신혼부부에게 단골메뉴로 꺼내는 말이 있다. 사랑의 시작과 진행과 끝맺음은 사랑의 신비가 상존해야 함을 강조하면서 '남자는 여자를 만들고 여자는 남자를 만든다'는 말을 주된 메시지로 주례사를 전개한다.

그리고 이인삼각 경기를 예로 들고 검은 머리 파뿌리가 되도록 영원한 사랑을 맹세하라고 주문한다. '검은머리 파뿌리가 되도록…'이란 말을 처음 사용한 분은 언어의 마술사로 존경하며 결혼식에서 그 말을 들어보지 못했다면 그 주례사는 앞니 빠진 금강새와 같으리라. 그런데 아이러니한 것은 신혼여행을 다녀온 후 신혼부부에게 주례사의 내용을 질문하면 일부 단어 외에는 기억을 하지 못하고 망각한다는 것이다. 그것은 앞으로 만들어갈 가정의 모습보다 지금 결혼의 환희에 푹 빠져 있기 때문이리라.

가정은 아주 작은 사회이다. 가정이 건강하고 올곧으면 사회도 튼튼하고 맑고 환함을 유지할 수 있다. 가정이 사회의 거울이라 하면, 뒤집으면 사회는 가정의 거울이다.

요즈음 가정의 역할과 기능이 약화된 것을 걱정하는 사람들이 늘어나고 있다. 핵가족화가 진행되면서 가정교육이 무너지고 있다. 시간적으로 여유가 없다는 핑계로 밥상머리 교육이 자취를 감추고 있다. 단순한 사회에서 복잡한 사회로 전환하면서 현대인의 삶은 고달프고 시간에 쫓기는 생활이 일상화 되고 있다. 여유를 갖고 대화하고 명상을 즐기며 편안하게 자식들과 부모들과 가족들과의 대화의 시간이 없어지고 있다. 대화의 단절은 소통에 문제가 생긴다. 가족 간의 관계와 나와 남과의 관계에 이상이 생기는 것이다.

예전에는 의·식·주 문제가 어느 가정에나 코앞의 현실로 다가와서 교육에 관한 한 학교에 떠밀어 놓고 생업에 종사하는 가정이 대부분이었다.

경제적 부를 창출하여 가족의 생계를 유지하는 데 온 힘을 집중하는 것이 우선순위에서 가장 앞에 두었던 것이다. 지금은 가정경제가 튼튼해지고 먹고, 입고, 자는 문제가 해결되면서 가정이 윤택해지고 있다. 가족들의 관심사는 교육, 여행, 오락 등 다양한 부문으로 삶의 질 향상에 비중을 둔다.

또한 아이들도 다산(多産)에서 소산(小産)으로 가족체계가 바뀌면서 급격한 노령화사회의 전개는 많은 문제점과 고민을 안겨주고 있다. 많음에서 적음은 대전환이다. 문제는 소가족 제도화에서 한 아이에게 투입되는 교육의 질 정도를 생각해보면 가정마다 너무 큰 격차가 벌어지고 있다는 것이다. 부모의 학력 차이는 육아의 방법에 많은 영향을 주는 것은 주지의 사실이며 경제력의 차이로 인한 양육의 격차는 해결방법이 난감한 실정이다. 생후부터 유치원 입학까지 아이들 간의 교육력 차이는 유치원과 초등교육에 어려움을 가중시키고 있는 것이 현실이다.

예전에는 한글을 깨치는 정도에서 아이들이 초등학교에 입학했다고 하면 지금은 국어교육은 물론 영어, 수학, 여러 재능을 갖고 오는 아이들과 그렇지 못한 아이들이 섞여 있다. 개인차가 큰 아이들이 같은 학급에 배정되어 교육을 받는다는 것이 모순이라고 보여진다. 이는 학교에서 손댈 수 없는 구조적 문제라고 해석된다. 높은 수준의 가정교육의 평준화를 제창한다.

때문에

사람은 누구나 자기보호본능이 있어서 자기행동에 대해 여러 가지 방어기제를 사용한다. 하는 일이 잘 성사되면 내 탓으로 돌리고 일이 잘 안 풀리거나 불리한 상황에 직면하게 되면 변명 내지는 돌파구를 찾게 된다.

그래서 흔히 쓰는 말이 ‘때문에’라는 접미사이다.

‘때문에’라는 말의 앞에 자주 등장하는 것이 너, 친구, 부모에서 학교, 이웃, 마을, 제도로 더 나아가 민족, 나라까지 들먹이고 심할 경우에는 조상에까지 이르게 된다. 그러나 일의 진행 여부를 곰곰이 따져서 분석해보면 근인과 원인 모두 나에게 귀속된다. 그런데도 일이 어긋나면 상대방에게 전가시킨다.

물론 사람이 최선을 다해도 여러 가지 변인에 의해 다른 결과가 나올 수 있고 운도 따르는 것은 부인할 수 없다. 때때로 생각지도 않았던 기상천외의 결과에 우리는 놀라는 경우가 있기는 하다.

우리는 ‘때문에’라는 말을 앞세우기보다는 자신에게 내재해 있는 역량을 총동원해야 한다. 계획은 짜임새 있게 수립하고 진인사 대 천명의 생각으로 최선을 노력을 기울이면 좋은 결과를 기대할 수 있지 않을까 반문해본다. ‘때문에’라는 말은 패배주의에서 자신을 위로하려는 궁색한 행위로 밖에 생각되지 않는다.

사람은 누구나 두뇌 활동이 쉬지 않고 활발하게 일어난다. 생각하고 말하고 듣고 행동하는 것은 모두 두뇌활동의 결과물이다. 사물을 분석하고 결합하고 비판하고 판단하는 것은 내 영역에서 이루어지는 것이므로 책임을 나에게로 귀속시켜야 한다.

‘때문에’라는 말로 위로 받고 책임을 전가시키는 것은 소인들의 전유물이고 부도덕한 일이다. 삶의 결과는 내가 중심에 있기 때문에 그건 성립이 안 되고 비열한 짓이다. 살아가면서 ‘때문에’라는 패배주의를 불식시켜야 한다.

너 때문에 내가 피해를 보고 이 모양 이 꼴이 되었다고 원망하지 말아야 한다. 설사 타인에 의해 지금의 내 모습이 결정되었다 하더라도 그것은 자신의 판단에도 결함이 있는 것이다.

자동차 사고의 경우를 보면 일방적 과실보다는 쌍방의 과실이 더 많이 채택되고 있음은 무엇을 의미하는가? 모든 것은 나의 신중한 결정에 의해 결과가 산출되는 것 아닌가?

'때문에'라는 말의 사용빈도를 줄여 나가야 한다. 사물의 중심에는 내가 존재하는 것이며 계획도 실행도 결과도 내가 감수해야 한다. 초등학교는 일기쓰기를 지속적으로 권장하고 일기 검사도 자주 한다. 행동의 변화를 유도하기 위해 초등학교는 일일삼성(一日三省)을 권유한다. 또한 자신을 채찍질하는 것도 지도한다. 그러한 것이 상급학교로 가면서 멈춰서는 안 된다. 행동을 갈고 닦으면 '때문에'라는 접미사는 자취를 감추게 된다.

사람의 차이

인간의 두뇌는 생득적 요인과 후천적 요인의 의해 사람마다 현격한 차이를 나타낸다. 지능에 대한 연구는 그동안 활발히 진행되어 측정과 표기 방법에 상당한 발전을 가져 왔지만 신뢰에는 한계가 있고 참고사항으로만 이용된다.

요즈음은 다중지능이론이 나와서 상당히 진화를 가져온 것으로 생각되지만 역시 지능은 오리무중이라고 해도 과언은 아니다.

학교정책을 입안하는 사람들의 가장 큰 오류는 인간의 차이를 간과한다는데 잘못이 있다고 본다. 학교 평준화 정책이 가장 대표적이라고 생각한다. 내가 초등학교에서 중학교에 진학할 때는 반드시 시험을 거쳐 학교에 입학 했는데 지금은 상상할 수도 없는 일이다. 호랑이 담배피던 얘기지만 중학교 합격생도 신문하단에 그 명단이 발표되어 환호했던 일이 생각난다. 초등학교에서 중학교는 여과장치 없이 자동으로 입학하고 고등학교도 약간의 차이는 있지만 선지원 후배정의 방식이 주로 사용된다. 평준화 지역에서는 전 단계 학교의 학력은 아무런 의미도 없고 반영 자체를 하지 않는다. 70%가 넘는 사람들이 평준화를 찬성하여 그 정책을 선택할 수밖에 없다는 것이다. 참으로 해괴망측한 정책이라고 할 수밖에 없다.

선생님들은 시골학교의 수업을 도시학교의 수업보다도 많이 힘들어 한다. 개인 차이가 너무 크기 때문에 포커스를 어디에 맞춰 수업을 이끌 것인가에 고민을 해야 한다. 수업에서 중요한 발문은 어떻게 던질 것인가도 많은 생각을 필요로 한다. 알아듣는 학생과 알아듣지 못하는 학생이 공존하기 때문이다. 기초학력이 부족한 것이 매우 중요한 해결과제이다. 초등학교의 학습 결손은 중학교로 이어지고 중학교의 학습 결손은 고등학교 교육의 진행을 방해 한다. 지식체계가 하위 항목에서 상위 항목으로 연결되어 있는 탓이다. 사람의 차이가 극명하게 나타나는 데도 지금처럼 학교에서 열무김치 버무리듯이 적당히 섞어서 맛을 내게 하는 교육은 이제 접어야 한다. 완전학습 제도의 도입도 사람의 차이를 줄이는 하나의 방법이다.

직업 설계

　인간의 욕구 중에서 가장 상위단계는 자아실현이다. 우리들의 삶의 목표는 누구나 자아실현에 두고 그것은 대부분 직업을 통해 구현하게 된다. 사람들은 직업을 통해 소득을 창출하고 멋진 생활을 향유하며 가정의 행복도 창조한다. 따라서 좋은 직업을 갖기 위한 치열한 경쟁은 사실상 초등학교 입학과 동시에 스타트하는 것이라 해도 무리는 아니다. 사회 우등생은 성적순이 아니라지만 학력은 엄연히 순서를 정하는 데 기준이 되고 학력이 또한 명문대 졸업 여부와 크게 무관하지 않다. 공부가 전부가 아니라고 떠들어대지만 그것을 믿는 사람은 한국에서 드물 것이다. 그러나 중요한 것은 사회가 지금보다 조금 더 발전하면 직업의 선호 여부가 높고 낮음은 크게 중요시 않게 될 것으로 생각된다.

　직업의 평준화가 아주 빠른 속도로 우리에게 다가오고 있다. 전통적으로 직업의 선호도는 소득의 많고 적음에 따라 순위가 결정되었는데 이제는 직업의 안정성에 큰 비중을 두고 구직자들이 달려들고 있다. 그러면 앞으로는 어떤 변화가 출현하게 될까 조심스럽게 예상해보는 것도 재미있는 일이다. 앞으로 직업의 귀천은 점차 그 모습을 감추고 무엇을 할 수 있는가 즉, 능력의 차이가 소득의 크기를 결정하고 사람들에게 어필하게 된다. 그리고 소득의 독점 보다는 소득의 분점을 이루는 방향으로 움직일 것으로 예측된다. 수많은 종류의 새로운 직업이 나타나면서 세상의 변화를 유도하고 그런 움직임은 핵폭탄처럼 우리에게 다가온다. 그러한 엄청난 파괴력은 자연스럽고 평이하게 우리들의 생각과 행동을 지배하게 된다.

직업으로 인해 사람들은 웃고 울고 미래에 대한 희망도 자신감도 가진다. 오늘도 직업을 찾기 위해 사람들이 거리를 방황하고 직업전선에서 밀려나는 사람들이 웃음을 잃고 있다. 또한 세상을 잃는 것과 같은 심정으로 얼굴을 찡그린다. 젊은 학생들이 고교, 대학, 대학원을 다니면서 꿈꿔왔던 직업의 세계로 진출하지 못하고 탄식과 분노가 큰 물줄기를 형성하고 이상기류를 형성하고 있다. 이들이 일할 곳을 제공하는 것은 매우 시급한 일이다.

직업의 세계에서 밀려나고 소외되어 가는 사람들을 정부가 나서서 다독거려야 한다. 말로만 일자리를 창출한다고 소리 높일 것이 아니라 학력과 능력에 걸맞는 직업의 고리역할이 필요하다.

예절교육의 외출

예절은 인간행동의 여러 가지 덕목 중에서 으뜸으로 우리의 선인들은 이를 가장 중시했다. 우리나라가 동방예의지국이란 호칭을 받은 것도 여기에 연유한다. 근대 학교가 태동하면서 전통의 동양문화와 수입된 서양문화가 충돌을 일으킨 것은 역사를 통해 잘 알고 있는 사실이다. 동양문화에 비해 서양문화는 실용주의에 기초를 둔다. 서양문화의 빠른 파급은 전통적 가치를 소멸시키는 데 큰 영향을 미친다.

가정교육이 약화되고 가문을 중시하던 민족적 전통도 약화되기 시작한 것이다.

그러나 필자가 별빛중학교에 근무할 때 전주 이씨 가문의 학생회장 집안은 남달랐다. 왕족임을 자랑스럽게 여기고 가풍으로 내려오는 행동수칙을 철저하게 준수하는 교육을 한다. 가정에서 학교 등하교 시에도 부모에게 큰절을 올리고 의관은 늘 바르게 하며 언행을 유의하고 선비정신을 귀 따갑게 가르친다. 그 집안은 왕족은 영원하다는 것을 교육시키는 데 큰 감동을 받았다.

그런데 오늘을 사는 우리는 예절이 파괴되고 실종되었음을 느끼고 개탄하며 살아간다. 예절교육이 외출한지 꽤 오래 시간이 흘렀는데 복귀하지 않고 미아가 되어 광야에서 방황하고 있다. 도덕이 땅에 떨어졌다고 뭇사람들이 땅을 치고 통탄을 하지만 메아리만 울릴 뿐 어떻게 해야 한다는 대안은 내놓지 않고 혼란만 가중시키고 있다. 무늬만 예절교육은 이제 가을걷이 하듯 마감하고 전통적 예절교육을 시대상황에 맞게 손질해서 가르쳐야 한다. 관례·혼례·제례·상례로 나누어진 전통적 예절은 시대 변화에 따라 상당한 손질이 필요한 시점에 놓여있다. 예절교육은 인간의 행동을 수정하는 데도 상당한 효과가 있음은 누구나 아는 사실이다.

나의 학창시절은 꽤나 많은 시간이 흘렀지만 내 마음에 각인되어 뚜렷한 흔적으로 남아있는 것은 한민족이 동방예의지국의 후예들이라는 것이다. 그러나 우리가 기르고 있는 후학들은 예절에 별 관심이 없는 듯하다. 남을 배려하기보다 내가 편한 대로 그냥 자신을 표현한다. 옳고 그름을 판단하는 것도 이들에게 부담이 될 뿐이다. 공동체보다는 내 자식 위주의 개인주의 즉, 부모들이 애지중지 내 자식만 소중하게 기른 탓이리라 단정해보는 것은 무리일까. 어린 시절 행동에 잘못이 있으면 버르장머리 없는 자식이라고 심하게 꾸지람을 듣던 때를 상상해본다. 이제 작은 예절부터 큰 예절에 이르기까지 밥상머리 교육을 강화할 때이다. 어른들이 나서서 예절의 방향을 제시하고 잘못을 고쳐주는 처방들이 나와야 한다. 사회생활에서 예절은 영원한 것이다.

다문화 사회

세계는 한국의 눈부신 경제적 성공에 대해 많은 질문을 하고 질문에 대한 답을 기대하고 있다. 한국은 한때 IMF 구조 금융으로 세계인의 질시의 대상이 되기도 했지만 짧은 시간에 경제적 고통을 극복하고 다시 화려한 스포트라이트를 받는 국가로 발돋움하고 있다. 필자가 어린 시절 외국인이 본 한국인은 구심점을 중심으로 뭉치지 못하는 모래알 같은 민족이라고 비아냥거린 것이 기억난다. 우리는 초대 이승만 대통령의 말씀처럼 '뭉쳐야 살고 흩어지면 죽는다'는 말을 음미하면서 살아야 한다. 과거의 한국을 비하했던 그러한 세계인의 비난도 교육이 극복해야 할 숙제로 생각된다.

이제 우리는 국가는 물론 사회, 교육, 문화 모든 부문에서 글로벌화를 지향하고 있다. 우리가 원하든 원치 않든 외국으로 나갈 수밖에 없는 것이 한국의 입장이다. 외국인도 상당수가 입국하여 거의 차별

없이 한국생활을 즐기고 있다. 이제는 한국의, 한국에 의한, 한국을 위한 국수주의를 버려야할 시점이다. 애국심에 호소하려는 아집 가지고는 세계와 당당히 겨룰 수 없다. 어느 학교에나 잉글리시 존이 있다. 더 나아가 차이니스존, 재팬존도 만들어야 한다. 각국 언어를 쓰는 행사를 일시적이 아닌 분기별로라도 말하기 대회, 문화경연 대회 등을 도입해서 실질적인 세계화 교육을 마련해야 한다.

단군 이래 5000년 역사의 소용돌이 속에서도 단일 민족임을 세계 만방에 자랑했던 우리 민족도 어느 샌가 민족 간의 섞임 현상이 두드러지게 나타나고 있다. 인구의 남녀 균형비가 깨지면서 인간이 동물처럼 금전에 의해 매매되어 삶의 장소를 이동하는 진풍경이 벌어지고 있다. 이제는 도시 농촌 가리지 않고 민족의 섞임 현상은 확대되고 있다. 피부가 다르고 언어가 다르고 문화가 다른 민족들이 합법이든 불법이든 가리지 않고 그들의 영역에서 자리를 확대하고 있다. 아직은 우려할 상황이 아니라고 고개를 절래 흔들지만 머지않아 우리나라의 정체성을 찾을 수 있을지 걱정이 앞선다. 또한 문화의 충돌을 야기할 수 있다는 것도 간과해서는 안 된다. 뿌리가 완전한 다른 민족까지 아무 탈 없이 재미있게 공동 목표를 향해 나아간다는 것은 쉬운 일이 아니다. 학교현장에서 일어나는 현상도 다수가 소수를 지배하게 되고 다수가 절대적 우위에서 군림하게 되면 소수는 자연히 피해를 보게 되고 피해 정도가 커가면서 저항하게 되고 나아가서 투쟁하게 되는 것은 명약관화하다. 우리가 타국에서 겪어야 했던 설움을 똑같이 전수해서는 안 된다. 글로벌화 하는 세계에서는 다문화 공존을 모색하고 파트너로서 인정하는 것부터 출발해야 한다.

홈 스쿨의 위력

학교는 지구가 멸망하지 않는 한 지금처럼 학생들을 교육하는 기관으로 살아남을 수 있을지 곰곰이 생각해본다. 최악의 경우 학교가 사망선고를 받아서 사라지는 경우도 가정해본다. 안타깝게도 학교는 그동안 절대 불가침이라는 궤도를 이탈하고 수많은 도전에 직면하고 있다.

한국교육에 태클을 거는 까닭은 무엇일까? 학교교육에 옐로카드를 내미는 연유는 어디에서 찾아야 할까? 학교교육에 긍정적 신호보다는 부정적 신호를 보내는 것은 웬일일까? 학교교육에 전폭적 지지를 철회하는 이유는 무엇일까? 학교교육에서 후련함 보다는 답답함을 느끼는 것은 나만의 생각일까? 최악의 경우 학교가 문을 닫게 된다면 그 이후의 파장은 어떻게 전개될까? 학교에 독설을 퍼붓고 비난하며 외면하는 것은 일부만의 단편적인 생각인가?

학교에 대한 많은 의구심이 우리를 슬프게 한다. 이제 학교는 국민의 소리에 귀 기울여 그들의 쓴 소리를 메모해야 한다. 학교는 계속적으로 제도적 단점을 보완하고 장점을 확충시켜 나가지 않으면 학교가 도태될 수 있다는 것은 가정이 아닌 현실로 나타나고 있다.

미국의 교육이 전 세계적으로 동경의 대상이 되고 교육의 모델로 부러움의 위치에 올라와 있지만 그들 나름대로 고민하고 단점을 보완하는 데 골머리를 앓고 있는 것은 사실이다. 그것은 미국의 일부 학생과 학부모들이 학교교육을 거부하고 약 200만 명의 학생들이 홈

스쿨을 통해 공부하고 있다. 가정에서 자급자족 교육을 하고 있는 것은 아이러니한 얘기이고 남의 고민으로 치부해서는 아니 된다.

우리나라 교육에도 이러한 불똥이 언제 튈지 모르는 위험이 잠재되어 있다. 품질관리론을 보면 TQC(전사적 품질 관리)란 말이 있다. 상품의 품질은 어느 한 부문만 관리해서는 소기의 성과를 얻을 수 없다. 공장 내부의 전 부문에서 모든 근로자들이 참여할 때 불량제로의 목적에 도달할 수 있다는 이론이다. 국가가 필요로 하는 인재를 염두에 두고, 개인의 자아실현을 끊임없이 자극해서 사람 됨됨이를 만들어가는 교육이 학교에서 진실하게 이루어지고 있는가 자성해본다.

미국교육은 존 듀이의 교육진화론 이론을 존중하는데 그는 세상에는 절대 진리는 없고 계속 진화하기 때문에 생각의 강요보다 경험을 통한 깨달음에 더 비중을 두고 교육할 것을 조언한다. 어쩌면 자유방임에 가까운 이러한 교육은 제멋대로 크는 나무로 성장하는 결과를 초래한다고 단정해서는 위험하다. 그가 이야기하는 것을 곰곰이 생각해서 단맛을 추출해내야 한다. 홈 스쿨이 가정에 국한되었던 데서 이제는 더욱 발전적으로 진화하고 있다. 가정과 가정이 연대하고 네트워크화 하면서 효율성을 넓혀가고 있다. 학교를 위협할 정도까지 홈 스쿨이 크지는 않지만 주시할 필요가 있다는 데 모두가 동의한다.

Part 4

교육강국의 길

같이 가자

　이인삼각 경기는 초등학교 운동회에서 단체 경기의 단골메뉴로 등장한다.

　이 경기는 두 사람이 짝꿍이 되어 발목을 단단히 동여매고 어깨를 나란히 하고 반환점을 향해 출발한다. 첫발을 뗄 때부터 호흡과 장단이 맞아야 한다. 앞으로 진행 중에도 하나 둘 구령에 따라 보폭을 같게 하고 박자를 맞춰가며 진행 속도가 같지 않으면 한 쪽으로 일그러지다가 나자빠지게 된다.

　이 경기가 대중의 사랑을 받는 것은 출발지점에서 도착지점까지 완주하기가 쉽지 않고 진행 과정에서 갖가지 변수로 인해 발이 엉키고 꼬이고 넘어지고 그 행보에 웃음을 자아내기 때문이다.

　교육계도 여느 사회와 마찬가지로 보수와 진보가 대립각을 세우고 격렬한 전투를 벌이고 있다. 공동의 목표를 향해 대화하고 양보하고 타협하려 하지 않고 상대가 굴복할 때까지 어떤 것도 줄 수 없다는 적과 적의 개념만이 존재한다. 그러나 이것은 매우 위험한 생각이다. 결국은 모두가 승리자가 되지 못하고 사멸하는 처참함만 가져오게 된다.

교총, 전교조, 한교조 모두 이 땅의 교육자들의 모임 아닌가. 색깔만 다르지 추구하는 교육 이념은 이 나라를 이끌어갈 인재를 쓸모 있게 길러낸다는 공통분모를 가지고 있는 것이다.

그런데 낡은 이데올로기, 외국에서는 이미 쓰레기통에 버린 사상과 이념교육에 향수를 느끼고 있다. 견토지쟁(犬兎之爭)에서 얻을 수 있는 것은 없는 것이다.

일부 선생님들이 낡은 사상에 매료돼서 은근히 부추기며 주입시키고 있는 것이 현실이다. 얼빠진 이념적 사상을 그리워하고 거짓으로 포장한 것을 참교육인 양 위장하고 학생을 끌어들인다면 이 얼마나 커다란 죄악인가?

생각해보라. 지금 세상이 진화돼서 갈 길이 바쁜데 어처구니없는 방향으로 아이들을 이끈다면 주변에서 돌팔매질을 해도 할 말이 없다고 생각한다. 옐로카드를 꺼내들고 강력한 주의나 경고를 주고 순수한 우리 새싹들을 보호해야 할 시점이다.

세계는 무한경쟁의 시대로 접어들고 있다. 변하고 또 변해서 새로운 전략을 짜서 대응을 해도 이긴다는 보장이 없다. 우리 교육계의 병폐는 저마다 최고인 양 '에헴'하고 큰소리친다는 것이다. 누구의 얘기에도 귀 기울이지 않고 독선적으로 나간다면 경쟁에서 지는 것은 분명한 것이다.

학교에서 학업에 정진한다는 것은 꼭 직업을 선택하고 준비하기 위한 전단계라고 주장할 수는 없다. 그리고 공부를 잘하는 것이 성공을 예언하는 것이라 단정할 수도 없다. 또한 아이들에게 하기 싫은 공부를 하도록 강요하는 것도 바람직하지는 않다. 친구들과 사회적 인간관계를 형성하고 문화적 소양을 쌓는 것이 학교에서 해야 할 중요한 과제임에도 동의한다.

그러나 아이들에게 공부를 하거나 말거나 방치하고 내가 하고 싶은 것을 마음대로 하라고 방치하는 것은 어떤 결과를 낳을 것인가도 예상해보아야 한다. 교육은 학생들이 세상의 아름다운 여러 모습도 보고 즐기며 미래의 나의 직업 가능성도 시험해보며 행복한 삶을 어떻게 꾸려나가서 내 인생을 예쁘게 갈무리해 갈 것인가도 일깨워 주어야 한다.

자본주의와 사회주의가 이념적 차이로 인해 서로 대립각을 세우고 자기주장의 목청을 높이는 것은 상처만 크게 할 뿐이다. 어느 한 쪽이 강자이고 다른 쪽이 약자이면 재미도 없고 흥미도 느낄 수 없다. 사회는 끊임없이 발전하면서 선호하는 방향이 급격히 바뀔 수도 있다.

학교 교육에서 중요한 것은 편향적 시각을 강요하는 것은 위험하다는 것이다. 아이들은 판단력이 부족하기 때문에 쉽게 받아들이고 비판 없이 동화될 수 있는 것을 명심해야 한다.

낡은 이데올로기에 빠져들면 상대의 말에 귀 기울이지 않고 타협도 없는 절름발이 교육이 되는 것이다. 교육에서 중요한 것은 중용을 유지하는 것이다. 어느 한 쪽으로 치우치지 않고 균형을 유지하면서 올바르게 자기 판단을 하도록 조언해주고 이끄는 일이다. 특히 어린 시절 성장을 거듭해 나가는 아이들에게 편향된 시각을 심어주는 것은 평생 동안 사리 판단을 저해하는 빌미를 제공하기 때문에 커다란 부담을 짐 지우는 것이다.

고육의 아름다움

우리들의 삶을 아름다운 무지개 빛깔에 비유해 보는 것도 재미있는 일이다. 그리고 사람은 어떤 장소에서 머물러 있는 것이 중요한 게 아니고 삶의 방향을 어떻게 잡아 나아가는가에 무게를 두어야 한다.

유태인은 지적 능력이 뛰어나고, 독일인은 부지런하고, 미국인은 세밀하게 조사하는 능력이 남다르고, 중국인은 주어진 삶을 새롭게 개척해 나가는 힘이 있고, 한국인은 쉽게 무너지지 않는 강인함과 사물에 대한 유연함을 갖고 있다는 말이 있다.

우리 학생들이 늘 가슴에 새겨 두어야 할 말은 "Why we are here"이다.

왜 여기에 있는지 끊임없이 질문을 던지고 해답을 얻기 위해 사색하고 불교도처럼 삼보일배를 하면서 나 자신을 성찰해서 큰 인물을 만들고 나를 완성해 나가야 한다.

지금 한국은 좋든 싫든 세계 속의 한국으로 자리매김하고 있고 세계인의 주목을 받고 있다.

동네 골목대장처럼 언행을 하면 웃음거리밖에 되지 않는다. 그러면 경쟁에서 곧 도태된다. 세계화의 핵심은 자유로운 경쟁과 페어플레이가 보장되면서 냉혹한 환경을 뛰어넘어야 한다.

승리를 위한 관건은 자율 경쟁력의 확보에 있다.

대부분의 학생들은 방학기간에 학력을 최우선으로 공부에 몰두하지만 틈틈이 학교생활에서 체험하지 못한 신비스러움을 경험하고 새로운 자료를 수집하여 정보화하고 나의 정신세계를 확장시키는 데 중점을 두길 권고한다.

역사에 빛나는 업적을 쌓은 큰 인물들을 보면 미래에 대한 확고한 비전과 창의력 개발에 집중력을 발휘하였음을 알게 된다.

그들은 문학으로 음악이나 미술로 인문과학이나 자연과학에서 때론 스포츠 부문에서 자기만의 독특한 재능을 꽃 피워 인류를 행복하고 풍요롭게 만든 사람들이다.

우리는 그러한 위인들을 모델로 삼고 자기를 끊임없이 성찰하면서 명상하고 나를 채찍질해 가야 한다.

운동선수들에게 하계나 동계 훈련기간은 다음 시즌의 승패와 직결되기 때문에 중요한 의미를 부여하게 된다. 땀과 눈물과 열정은 성공의 길로 가는데 모두가 인정하는 불문율로 통한다.

우리는 Plan, Do, See를 누구나 알고 있다. 계획을 세우는 것은 미래에 나의 꿈을 달성하기 위한 설계도이다. 실행과정은 설계도에 의해 작업이 이루어지며 목표를 향해 정조준해서 활시위를 힘차게 당겨야 한다.

실행과정에서는 언제나 오류가 발생한다. 잘못의 발견은 곧바로 궤도를 수정하게 되고 무리수를 두었을 때는 속도를 조절하여 끊임없이 진행시키는 것을 생활화해야 한다.

성과가 보이기 시작하면 피드백시켜 반성평가의 시간을 갖고 또다시 수정하고 보완된 계획으로 새롭게 충전해 나가야 한다. 여름과 겨울은 나를 만드는 절호의 기회이다.

이런 과정을 되풀이해서 자기완성의 길로 나갈 수 있다는 것이 인간의 위대함이라 할 수 있다.

연계교육의 매력

학교살림의 첫 시작은 학교 교육계획을 수립하는 일부터 시작된다. 국가인재 양성의 근간을 바탕으로 교육부의 계획이 나오면 도교육청은 도 나름대로의 특색 있는 교육의 방향을 설정하고 이를 학교에 알려준다.

학교는 학교장과 교사, 학생, 학부모의 생각과 지혜를 응축시켜 교육계획을 짠다. 이때 학교는 교직원 모두가 바삐 움직이게 되고 짜여진 교육 프로그램에 따라 교육활동을 전개하게 된다.

그런데 중요한 것은 학교마다 교육계획은 비슷한 것 같지만 전혀 다른 속성을 지닌다.

교육철학이 다르고 교육의 방향설정이 다르고 교육내용의 중점을 어느 곳에 집중하는가에 따라 교육의 색깔은 다른 빛깔로 우리에게 다가온다. 필자가 여기서 교육의 '스와핑'을 이야기하는 것은 학교마다 색다르고 번뜩이는 교육계획이 담겨져 있어 그것을 공유하기 위해 학교 간에 교환 교육활동을 하자는 취지이다.

필자가 생각하는 교육 스와핑의 중심개념은 그 학교가 가장 자랑할 만한 교육활동을 교환형식으로 공유하며 교육의 효과를 확산시키는 열린 모습을 상상해 보는 것이다.

그러기 위해서는 지금처럼 초등과 중등의 학교 간 구분을 어느 정도 파괴하고 폐쇄적인 교육활동에서 탈피하자는 것이다. 그리고 교육활동의 연합체의 구성원을 초·중등 가릴 것 없이 오고 가는 학교 교육으로 연계성도 높이고 교육의 재미도 더해 보자는 의도이다. 교환교육에서 예산은 중요한 변수로 작용한다. 예산은 필요한 부분에 수혈하고 잘 사용되어지는가를 검토하고 낭비요소는 없는가 공동으로 점검도 할 수 있다.

예산은 피의 흐름과 같이 학교 구석구석에 활력을 실어 날라야 한다. 그리고 불끈 주먹을 쥐면 힘이 솟는 소중한 재화이기도 하다. 혈관이 막히면 막힌 부분이 터져 엄청난 불상사를 가져온다. 빠른 조치가 없으면 죽음으로 이어져간다. 막힌 곳이 없게 만사형통하듯 빠르게 순환이 되어야 하고 저항 없이 소통이 되도록 예산의 효율성을 극대화하는 것이 필요하다.

이리 쪼개고 저리 쪼개서 각 부문으로 전달된 교육예산은 짜임새가 있어야 하고 소중하게 사용해서 투입보다 산출이 크게 날 수 있도록 전심전력을 다해야 한다.

연계교육의 매력을 발견해서 지역교육의 장점을 돋보이게 하고 공유할 수 있는 기회가 주어져야 한다. 아울러 단점은 개선해서 지역 간 교육의 차이를 줄여나가야 한다.

교육의 브랜드 가치

댐에 물이 가득차서 만수위를 나타내면 보기에도 좋고 모두들 부자가 된 느낌이다. 작고 보잘것없는 물방울도 흐름을 끊으면 모이고 저장되어 이렇게 거대한 댐을 만들고 댐의 물은 유용한 경제재로 소중하게 쓰이게 된다. 새로운 물로 담수를 계속하려면 댐 안에 자리 잡고 있는 물은 과감하게 쏟아내고 새로운 물로 채워야 한다. 소양강 댐을 물끄러미 바라보면서 우리 교육을 생각해본다. 어느 사이에 한국교육은 공룡과 같은 존재로 비대화하고 볼륨이 커졌다. GDP의 약 5%를 끌어다 쓰고, 교육과 관련된 인구는 1,300만 명에 육박하고 있다. 이제 한국교육은 도약을 위한 발판을 마련하기 위해 새로운 틀을 짜야할 시점에 있다. 한국교육은 이제 구각(舊殼)을 벗고 교육의 하드웨어를 과감히 바꾸는 것이 무엇보다 중요하다. 그것은 국가가 감당할 수 있는 자본력투입의 규모로 예측할 수 있다. 또 하나는 교육을 주도적으로 이끄는 소프트웨어를 개발하고 진행시키는 교육자료 개발팀과 교사의 수업기법을 획기적으로 향상시키는 교수학습 개발팀으로 구성해야 한다. 한국교육을 브랜드화 하는 문제에 정부차원의 연구 인력을 적극적으로 뒷받침해야 우리 교육이 살아난다. 교육의 가치가 상승하면 그와 관련된 상품을 외국에 판매하는 것은 어려운 일이 아니다.

교육과 관련된 상품의 부가가치를 높이는 것은 어렵지 않다고 본다. 우리 민족은 무에서 유를 창조하는 것에 일가견이 있고 그것은 우리의 장점이고 강점이기 때문이다. 우리의 역사가 한민족이 대단한 민족임을 증명하고 있다.

한국교육을 이대로 두어서는 안 된다. 수술하기 어려울 정도까지 규모가 커지고 어디부터 어떻게 수습하고 다루어 나가야 할지 막연하다. 곪긴 했지만 부문별로 분과를 조직하여 갖가지 안을 만들고 토론하고 결론을 도출하자. 각 분과에서 넘어온 안을 종합해서 새로운 방안을 내면 그 정책은 힘을 받을 수 있고 가속도가 붙게 된다. 이때 국민적 합의와 감시는 필수적이라고 할 수 있다.

우리는 지금까지 외국의 교육을 베껴서 학교현장에 적용하는 데 급급하지 않았는지 생각해본다. 우리가 발굴을 하지 않거나 모르고 있어서이지 우리 교육도 보석보다 더 찬란한 교육방법이 숨어 있다고 확신한다.

우리의 풍습과 토양에 맞지 않는 것을 취사선택해서 걸러낼 겨를도 없이 모방하는 데 매달렸던 것이다. 이제는 조상의 슬기가 묻혀있는 우리 고유의 전통을 찾으려는 노력을 활발히 전개하고 이를 현장에 접목시켜야 한다.

우리 것을 발굴해서 지키고, 이어 가게 하고 개량해서 한반도에 국한하지 않고 아시아로 퍼짐 현상이 일게 하고 세계로 도약할 수 있도록 민족의 지혜와 마음을 모아야 한다.

교육과 신분상승

스위스는 다양한 언어와 다양한 문화가 충돌 없이 공존한다. 즉, 다양성을 존중하는 나라이다. 그렇게 작은 나라가 세계인이 존경하고 인정받는 국가로 발돋움한 연유를 생각해본다. 우리의 착각은 수업시간에 제시된 학습목표를 아이들이 저항 없이 쉽게 달성한다고 믿는다. 또한 불가능도 때를 잘 만나거나 운이 있으면 가능하다고 철석같이 믿는다. 사람은 개인차가 있고 그 개인 간의 차이를 축소시켜 나가는 것이 교육활동에서 교사가 할 일이다. 개인 차이는 시간의 흐름이 해소시키기도 하지만 노력이 더 중요하다.

스위스 같은 초미니 국가에서 29명의 노벨상 수상자를 내고 특허 보유율이 높은 비결은 무엇일까? 우리가 벤치마킹해야 할 부분은 어떤 것이 있는지 살펴보고 받아들여야 한다.

우리나라는 교육기간이 너무 길다. 유치원 1년, 초등 6년, 중·고등 6년, 대학 4년, 대학원 2년 등 총 20여 년을 공부에 매달려야 한다는 것은 국가적인 낭비이다. 긴 시간 학력에 매달려 학위를 받아도 선뜻 일하면서 꿈을 펼칠 직장이 많지 않다.

학력을 부추기지 않고 나를 위해 공부하며 자아실현을 일깨워주는 핀란드교육은 남과의 경쟁이 아닌 개인의 발달을 강력히 지원해준다. 사람은 누구나 서민보다는 귀족처럼 살아가길 원한다. 속세에서 살아가기보다는 높은 자리에서 하인을 거느리고 선비처럼 살아가길 희망한다. 경제적으로 의·식·주에 쪼들리기보다는 재벌처럼 풍요를 누리며 부러움 속에 살길 원한다. 그러한 것을 성취하는 것은 교육을 통한 신분상승이라고 굳게 믿고 있다. 근래에 들어 기러기 부부들이 급격히 늘어나고 있다. 한국에서 교육 받기보다는 외국유학이 신분상승에 유리하다는 신기루를 찾아 나선 결과이다. 세계 어디를 가도 한국 유학생이 없는 곳이 없다고 한다. 이는 커다란 착각이고 낮은 성공 가능성에 도전하는 것이다. 우리 교육도 외국의 교육과 견줄만하고 비교우위도 무시 못함을 알아야 한다.

학교야 놀자!

학교는 여름방학과 겨울방학이 있다. 그 기간을 활용해 자신을 되돌아보고 부족한 부분을 채우고 다양한 분야에 특기적성을 찾아보고 직업의 세계도 체험하며, 미래도 설계하고 준비하는 소중한 기회를 갖게 된다.

방학을 손꼽아 기다리는 학생들의 마음이 설렘은 물론이고 전문성 신장과 연수차출 등의 어려움이 있지만 교사 역시 방학은 기회의 시간이 된다. 교사가 인기 직업의 선두그룹에 합세하게 된 것도 방학의 매력이 작용했으리라 본다.

그런데 어느 날부터 노동시간을 단축해서 복지를 늘려야 한다는 강한 주장은 주 5일제를 만들어냈다. 새로운 제도가 도입되면서부터 학교는 매월 2주와 4주는 쉬고 적막이 흐르는 곳으로 바뀌고 있다.

한국 노동자의 노동시간이 너무 길다는 지적은 일리가 있다. 그런데 이제 우리도 이만큼 만들어 놨는데 좀 쉬자는 자만심의 발로는 아닌지 생각해본다.

달릴 때 가속도를 내야 빠르게 목표지점에 도달할 수 있는 데 말이다. 역사는 분명 여러 가지가 복합적으로 작용하여 사건을 만들어낸다. 호화찬란했던 문명이 망가지게 된 가장 큰 원인을 자만심이 싹튼 데서 역사의 교훈이 비롯된 것으로 우리에게 경종을 울리고 있다.

여름 · 겨울방학을 쉬고, 봄방학을 쉬고, 거기에 덧붙여 매월 2~4주를 쉬는데 앞으로 1~3주까지 쉰다면 언제 학생들은 공부를 하게 할 것인가 숨이 막혀 온다. 탄식이 절로 난다. 옐로카드를 들어야 한다. 학교는 시끄러운 곳이어야 한다. 노래 소리가 들리고, 춤추는 모습이 보이고, 그림 그리는 예쁜 모습이 보이고, 어학학습 소리가 들려야 한다. 뛰고 땀내며 운동하고, 음식 굽는 냄새도 나며, 살아 숨 쉬는 곳이 되어야 한다. 필자는 처가에서 누에치기를 경험하며 학교교육을 생각한 적이 있다.

세상에서 가장 아름답고 우아한 옷의 소재가 되는 실크는 왕족과 상류사회의 전유물로 보통 사람들에게도 많은 사랑을 받고 있다.

누에는 1분에 약 35㎝의 실을 토해내기 시작하면 중단하지 않는다. 고치가 완성될 때까지 어림잡아 1,500m 정도의 실크를 우리에게 선물하고 생애를 마치게 된다고 한다.

자연에서 이루어지고 있는 일 하나하나의 껍질을 벗겨보면 신비롭고 무아지경에 빠지게 된다. 견직물로 질감이 매끄럽고 부드러움에 놀라게 되고 합성기술이 발달한 오늘날에도 실크는 도저히 그 천년의 신비를 재현해 낼 수 없다고 한다. 과학의 발달이 앞서나가도 신의 영역은 인간이 넘볼 수 없다는 것을 증명하는 것이다. 뽕잎을 먹고 자란 누에가 우리에게 주는 선물에서 우리는 많은 시사점을 얻는다.

일생을 동물의 왕으로 군림했던 호랑이도 죽어서 가죽을 남긴다는 말이 있다. 아니 호랑이 뼈로 만든 약재는 사람들에게 큰 인기리에 판매된다. 지금은 동물 보호 규제로 호랑이 관련 약품이 사라졌다. 우리는 씨 누에의 보잘것없는 작은 점에서 비단을 생산하는 과정을 지켜보면서 사람만이 가지는 유산은 어떤 것을 남길 것인가를 생각해야 한다. 우리 인류에게 커다란 등불이 될 수 있는 아이템을 남기도록 하자.

학교는 밤새도록 불이 꺼지지 않아야 하며 휴식을 취하고 노는 장소가 되어서는 안 된다. 지역사회 주민들의, 학부모들의, 독서의 산실이 되어야 한다. 토론의 장소, 회합의 장소, 친교의 장소가 되어야 하고, 지역문화의 중심에 서서 학교의 기능성을 높여가야 한다. 옛날의 초등학교 운동회는 그 지역의 축제였고 화합의 잔치 한마당이었다. 어린 아이들과 언니 오빠들과, 어머니, 아버지, 할아버지, 할머니 가릴 것 없이 남녀노소가 하나가 되어 웃고, 떠들고, 먹고, 마시고, 보기도 좋았다. 아름다운 축제로 자리매김한 것이 어느 날 부작용을 거론하며 없어지고 마는 비운을 겪어야 했다. 학교가 문화의 중심이 되고 교육을 시키는 신성한 장소에서 문화가 꽃 피울 수 있도록 우리 모두 힘을 모아 주어야 하지 않을까

공교육의 오해

    교육문제를 가만히 들여다보면 얽히고 설킨 실타래를 연상케 한다. 이리 꼬이고 저리 꼬여서 속 시원히 풀어낼 묘안이 없다. 그 어렵다는 미분과 적분의 문제풀이와는 비교가 되지 않으니 말이다.

    공교육을 바라보는 비뚤어진 시각은 연일 언론을 통해 강한 포성을 쏟아내고 있다. 공교육이 사교육보다도 못하다고 비아냥거리는 사람들도 눈에 띤다. 공교육을 살려야 한다고 언성을 높이고 야단법석들이다. 교육공무원들이 무지하고 무능력하고 놀고먹는 것처럼 일부에서 조명탄을 쏘면 국민들은 무차별적으로 비난의 화살을 날려 보낸다. 겉만 보고 쉽게 단정하는 것은 커다란 오류를 범할 수 있는 데도 비난은 멈추지 않는다.

    학교평가를 공교육을 정상화하는 방안으로 밀어 붙이는 것도 일리는 있지만 뒤쳐진 학교에 대해 호령하고 사교육은 이제 그들의 영역을 뛰어넘어 공교육을 위협하고 있다. 무조건 닦달하고 명령하면 크게 달라진다고 생각하는 것이 우스꽝스럽기 만하다. 사교육은 공교육을 뒷받침하는 선에서 그 존재 가치가 있다. 사교육 시장은 너무나 비대해져서 커질 대로 커져가고 있다. 단위시간당 공교육과 사교육의 교육비 지급 차이는 비교가 안 될 정도이다. 학부모의 교육비 지출이 사교육에 쏠려있어 가정 경제에도 큰 부담을 지우고 있다. 사교육에 대한 강력한 규제가 힘들다는 것은 이해가 간다. 사교육시장이 거대한 노동력을 흡수하고 학력향상 등 교육활동에 커다란 공헌을 하고 있다는 것은 인정한다.

그러나 지금 사교육은 공교육을 뛰어 넘으려는 엉뚱한 생각을 하지 않는가 의심이 가고 공교육과 씨름을 한 판 벌이겠다는 기세이다. 이에 덧붙여 일부 학부모들은 공교육을 불신하고 사교육시장을 두드린다. 사교육을 더 선호하고 칭찬하면서 무게중심도 사교육에 실어주려는 경향이 있다.

교육부는 대학입시 학원이 어떻게 움직이고 있는지 철저하게 점검하고 교육의 궤도를 이탈할 때에는 가차 없는 제재를 가해야 한다.

그리고 대입 기숙학원이 교육기관으로서 역할을 수행하는지 아니면 기업으로서 방향을 잡고 움직이는지 알아보아야 한다. 대학입시에서 성과만 내면 된다는 생각에서 눈감고 방치한다면 공교육은 기초교육만하고 아이들이 놀이터 정도로 생각하게 될까 두렵다.

공교육의 시스템 문제가 화두가 될 때에는 늘 단골메뉴로 등장하는 것이 공교육의 강화 문제이다. 마치 공교육에 암 덩어리라도 안고 있는 양 침소봉대(針小棒大)하는 것이 너무 우스꽝스럽고 가소로운 생각마저 든다.

사립학교가 현대적 교육시스템의 기반을 닦은 것이라면 사교육 시장은 돈벌이가 우선하는 곳이다. 외국의 사립학교는 전통도 있고 거의 귀족화한 경향을 보이고 있어 국민들에게 선호도가 매우 높은 것으로 나타나고 있다. 우리나라의 사립학교도 외국의 유명 사립학교를 닮아갈 필요가 있다.

다만 공교육이 여론의 집중포화로 초토화되고 이리 비틀 저리 비틀 제정신을 차리지 못하고 있는 것은 안타깝다.

일부 학교가 비난받을 문제를 가지고 이슈화시켜 학교를 공격하는 일은 지양되어야 마땅하다. 오히려 열악한 교육시설과 교육력의 약한 볼륨으로 어려움을 겪고 국가의 재정지원을 덜 받는 것에 대해 교육 당국에 책임을 물어야 할 것 같다.

외국어고, 자립형 사립고라는 특혜 꿀단지를 만들어 놓고 우수학생을 손쉽게 끌어 모으고 있다. 나머지 아이들을 평준화라는 이름아래 균등 배정 받아 고생하는 학교교육을 꾸짖고 비난하는 것은 정말 잘못된 일이다.

평준화의 폐해

우리 교육계에 평준화가 무리하게 도입된 지도 여러 해가 지나고 있다. 평준화는 학교현장에 뿌리를 내린 것처럼 보인다. 평준화는 교육의 평등성에 바탕을 두고 앞서거나 뒤쳐짐 없이 고르게 인간의 능력을 끌어 올려서 교육의 효율성을 높인다는 데 대해서는 동의한다. 따라서 평준화는 비평준화에 비해 수월한 교육제도이고 대중적 지지도 쉽게 이끌어낼 수 있는 제도이다. 그러나 인간의 능력이 다양하고 추구하는 이상도 다르고 그들이 가지는 학습능력도 천차만별인데 학생을 같은 범주에 넣고 같이 가게 한다는 것은 얼마나 비효율적인 생각인가 반문해본다.

한 예로 평준화의 단점을 보완하려고 이동식 수업을 강력하게 밀고가고 예산지원도 해주고 있다. 이것이 효율성면에서 타당하고 얻어지는 결과도 긍정적인가는 고개를 절래절래 흔들 수밖에 없다. 물론 도시학교에서 실시되는 수준별 이동식 수업은 그런대로 효율성을 기대할 수 있다. 하지만 교원자원이 부족한 농촌학교는 전혀 기대 밖이다. 또한 평가라는 말이 나오면 두통으로 열병을 앓게 된다.

우리는 이런 눈 가리고 아웅 하는 교육에서 과감하게 벗어나야 한다. 대중적 지지가 높다고 해서 그것이 정답이라고 우겨서는 안 된다. 잘하는 아이들은 잘하는 데로 모아서 자극을 주고 못하는 아이들은 교육내용을 쉽게 차별화하여 그 수준에 맞는 교육활동이 전개되도록 해주어야 한다.

평준화된 환상을 깨는 것은 빠를수록 좋다. 평준화의 놀음은 쓰레기통에 내다버려야 한다. 적절한 경쟁이 없는 교육은 죽은 교육이기 때문이다.

지나친 경쟁을 유발하는 것은 폐해가 크지만 균등배정 방식의 평준화는 교육의 편함을 추구하는 나쁜 제도이다.

교육의 효율성을 높이는 것이 아니라 교육의 낭비를 가져오는 우를 범하고 있는 것이다. 학교 교육활동에서 예산 낭비 요소를 찾기 위해 감사를 하면 국민들은 그 결과에 어떤 반응을 보일까? 가슴이 미어지고 답답한 것은 필자뿐일까? 사람의 두뇌와 능력은 분명이 차이가 있는데 그것을 평준화라는 이름아래 뽑기 식으로 아이들을 배분한다면 그 결과는 명약관화한 것이다. 한 학교에 비슷한 능력을 보유한 아이들을 모아 교육력을 높이는 것이 중요하다. 상이성을 가진 아이들을 배정해서 교육활동을 하는 모순을 바꾸어야한다. 수준별 이동 수업이라는 포장된 안을 가지고 눈가림식 교육을 한다면, 또 위장교육을 한다면 웃음 밖에 나오지 않는다. 강력한 비난과 함께 옐로카드를 내밀어야 한다.

유사한 아이들끼리 모아서 그들의 지식세계를 확장시키고 떨어지는 아이들은 그들대로 그들이 선호하는 교육으로 이끌어주고 직업적 급여의 차이를 적게 하는 방향으로 정책을 펼쳐야 타당한 일이다.

붕어빵 교육

시장이나 사람들이 북적되는 길거리에 나가면 붕어빵 장수가 진을 치고 붕어빵을 구워 손님들을 부르는 정겨운 장면을 보게 된다.

가던 길 멈추고 서성거리며 붕어빵 굽는 모습을 들여다본다. 정형화된 쇠틀에 묽은 밀가루 반죽을 부어 단팥을 넣어 알맞게 익히면 나도 모르게 침이 꿀꺽 넘어간다.

아이들이나 어른들이나 갓 구워낸 붕어빵을 뚝 잘라 그 뜨거움을 식히기 위해 입으로 호호 불며 먹는 것은 보기도 좋고 맛도 일품이다.

오래전부터 우리들의 간식거리로 호평을 받고 있는 한국인의 대표빵이다.

붕어빵은 원래 19세기 말에 일본의 도미빵에서 유래한 것이라 전한다. 긴 세월을 두고 지금까지 그 생명을 유지하고 있는 것은 그 맛의 묘미와 표현하기 어려울 정도의 매력에서 찾을 수 있으리라.

필자는 붕어빵을 굽는 광경을 물끄러미 바라보면서 우리의 학교교육을 연상해본다. 이는 학교교육의 획일성을 걱정하기 때문이다.

학교라는 제한된 공간에서 같은 교육프로그램을, 거의 같은 수업 기법으로, 똑같은 모양으로 붕어빵 찍어내듯이 만들어 가고 있는 것이 아닌가 의구심을 갖게 된다. 저마다 생각이 다르고 능력이 다르고 목표가 다른 학생들을 같은 잣대로, 똑같은 모양으로 만든다면 참으로 위험한 교육적 발상이 아닐 수 없다.

교육의 다양성은 존중되어야 하고 방향도 그리로 특화되어 가야 한다. 학교에서 똑같은 모양의 인간을 길러 내는 것은 바보들이나 하는 무책임한 일이다. 백이면 백, 천이면 천 모두가 다른 색깔과 다른 모양과 다른 느낌을 소유하고 있는 것이 사람이다. 개성도 다르고 노는 것도 다르고 생각하는 것도 모두 다르다. 학교는 다른 것에서 같은 것을, 같은 것에서 다른 것을 분리해 낼 수 있는 기법도 가르쳐야 한다. 소프라노와 알토, 테너와 베이스는 각기 독립되는 소리를 내면서 네 가지 소리가 합쳐져서 아름다운 화음이 나올 수 있는 것이다. 어느 한 파트의 소리가 강하거나 약해서는 좋은 합창이 될 수 없다. 4부 합창에서는 남의 소리를 들어가면서 내 소리를 내고 어울림과 화음이 잘되도록 해야 한다.

교육의 다양성 추구는 학교가 그들의 개성을 돋보이게 하고 자기 색깔을 분명히 하고 자기의 의견을 강하게 드러내고 미래를 자기가 예쁘게 그려낼 수 있도록 함께 도와주어야 한다.

이건 이렇게 하라고 윽박지르고 억압하고 강요해서는 창조의 씨는 말라버린다. 창조의 씨가 시들어버리면 현상유지만 있을 뿐 교육의 진화 발전은 요원한 꿈이 되고 만다.

인류의 문화가 정체되고 발전이 없다면 우리의 삶도 재미가 없어지고 풍요도 누릴 수 없게 된다. 이제는 붕어빵 찍어내듯 정형화된 학교교육은 선생님이 앞장서서 거부하고 방향을 틀어야 한다. 개성이 돋보이고 다르면서도 같은 느낌을 줄 수 있는 교육이 펼쳐져야 한다.

교실 혁명

　교실은 사람을 사람 되게 만들기 위해 가지치기도 하고 올곧게 커 갈 수 있도록 필요한 자양분을 공급하는 신성한 장소이다. 교실에서 아이들은 꿈을 꾸고 미래를 내다보면서 그 꿈을 구체화하며 아름다운 미래를 더욱 멋있게 디자인하게 된다. 꿈을 구체화 하는 길은 우리에게 다가올 앞날을 설계하고 준비하고 실행하는 가시밭길이다. 그 길은 멀고도 험하다. 끊임없는 인내와 노력이 없으면 다가가지 못하고 신기루에 불과하기 때문이다. 때론 자신에게 무섭게 채찍을 가해야 하고 외로움과도 싸워 승리해야 하고 수많은 장해물을 뛰어넘어야 한다.

　교실은 학교생활의 거의 모든 시간을 소비하는 장소이다. 또래집단의 생활하는 교실에서는 너도나도 예쁜 새싹이 돋아나고 인간관계도 돈독히 하고 어떤 주제가 주어지지 않더라도 화두가 되는 제목을 놓고 격렬하게 토론의장도 마련해야 한다. 우리는 같은 핏줄을 타고난 민족이라 이심전심 뜻하는 바가 같아 유리한 고지에 서있다.

　그리고 교실에는 따뜻한 사랑도 넘쳐야 하고 봉사라는 사랑의 나눔도 실천해야 한다. 심적 변화가 민감하게 교차하는 학교생활에서 원치 않는 잘못이 발생했다면 하늘에 고해성사도 보아야 하고 때론 울먹이다가 소리 내어 통곡도 하고 의구심에 대한 해답도 끊임없이 찾아내야 한다. 원인이 무엇일까? 무엇이 부족했는가? 대책은 어떤 것이 있을까? 우리 스스로 결론을 모색하고 갈망하는 것을 찾아봐야 한다. 우리가 해답을 찾지 못한다면 급우들과 공동으로 문제에 접근해서 아이디어를 내고 해답을 교환하고 정답이 없으면 최대공약수를 걸러내는 작업도 이뤄내야 한다.

교실의 역할은 인간을 변화시키는 데 초점을 맞춘다. 인간은 스스로 자신을 변화시키는 일에 몰두한다. 동서고금의 예언을 뒤적이지 않더라도 교육은 항상 우리 일상생활의 중심에 위치한다. 교육에 관한 논쟁은 백가쟁명(百家爭鳴)이다. 교실에서는 교사와 학습자의 열정이 마주치는 선에서 교육의 성과는 부산물을 산출하게 된다. X좌표와 Y좌표의 만나는 점이 성과이다. 우리들이 만드는 교육의 성과는 명예와 부를 가져온다. 교육의 성과가 클 때 우리들은 부와 명예를 움켜쥘 수 있고 자아실현에 가까이 다가가게 되는 것이다.

교실에서 우리 만들기는 생명존중 사상에서 시작되어야 한다. 조상님이 물려주신 우리 몸과 정신은 값지고 귀중한 것이므로 함부로 다루어서는 안 된다는 것을 귀가 따갑도록 가르쳐야 한다. 우리를 닦고 소중하게 여기면 매사가 즐겁고 우리를 일으켜 세워야 한다는 생각이 저절로 스며들게 된다.

요즘은 생명경시 사상이 폭넓게 자리 잡고 있다. 온실에서 연약하게 기른 아이들이라서 그런지 의지가 약하고 작은 일에 상처를 받아 쉽게 생명을 버리는 일이 자주 발생하고 있다. 강한 정신력이 밑바탕이 되어 교실에서 우리 만들기를 시작하고 강한 한국인으로 우뚝 설

수 있도록 채근해야 한다.

교실에서 혁명이 일어나야 우리 교육이 달라졌다고 칭송받게 된다.

교육의 르네상스

중세 유럽문명에 충격을 가해 불길처럼 번져갔던 르네상스는 시각에 따라 다르게 평가될 수 있다. 그러나 분명한 것은 문화예술 등 다방면에서 '다시 태어남'을 실험했던 이정표로 많은 사람들이 기억하고 있다.

사회 모든 부문에 재탄생을 목표로 했던 이 운동으로 인해 유럽이 근세로 접어들고 사회는 생기가 돌았으며 어느 부문에서는 최고의 절정기를 맛보는 융성의 시대가 도래한 것으로 평가한다. 미래의 꿈이 살아 숨 쉬는 학교도 어둠을 걷고 창문을 활짝 열어 쏟아져 들어오는 햇빛의 세례를 온몸에 감싸 안아보자. 새롭게 태어날 수 있다면 이 얼마나 황홀한 축복의 날을 맞이하는 것인가.

창조적 파괴라는 말을 이런 경우에 대입해본다. 새로움을 조성하기 위해서는 묵은 것, 때 묻은 것, 과거에서 이어져 온 것을 아주 과감히 던져 부숴버리고 그 토대 위에 예쁘고 아름답게 실용적으로 신축해야 멋도 있고 맛도 난다.

중세로마의 문화적 부흥 운동은 오늘날에도 자주 회자되는 문구이다. 로마문명의 부활이 단서가 되어 세계적으로 정체를 거듭하던 문명사를 환하게 끌어올린 역사적 사건으로 역사가들은 평가한다.

우리나라는 문관 위주의 잘못된 역사관 설정으로 가난을 대물림하고 일부 고관대작을 중심으로 영화를 독점하는 우를 범해서 나라가 크지 못한 것은 주지의 사실이다. 그 당시에 좀 더 폭넓은 지혜로 시야를 확대해서 사회의 다양한 분야를 자극하고 힘을 모았다면 어떠했을까 하는 아쉬운 마음이 든다. 늦은 감은 있지만 1960년도부터 국가적 혼란이 수습되고 사회의 병폐를 개선하는 데 집중력을 발휘했다. 근대화의 기치를 높이 들고 일본의 경제개발 모델을 과감히 도입한 것이 밑알이 되어 세계의 부러움을 사는 우리나라가 만들어진 것이리라. 강력한 경제성장의 뒷받침은 교육 분야가 공헌한 것을 누구나 인정한다. 지금은 세계사의 분수령이라고 일컬어지는 이천년을 넘어섰다.

이제 우리 한민족은 새로운 목표를 설정하고 민족의 힘을 모아 르네상스 같은 부흥기를 창조해야 한다. 모래알처럼 뭉치지 못하는 민족이라고 얕잡아보는 소리를 접어야 한다. 세계무대의 중심에 우뚝 서서 한민족의 우수성을 연출하는 것도 교육의 몫이다.

아픈 상처가 있어 기억하고 싶지 않은 역사는 재현하지 않아야 한다. 그러나 중세 유럽 문명의 화려한 부활을 태동시킨 르네상스를 우리 교육에서 재조명해 보았으면 한다. 한국교육이 세계교육을 이끌 날이 다가오고 있다.

이미지 창조

우리는 사람을 처음으로 대면해서 시각을 통해 들어오는 느낌을 첫인상이라고 지칭한다. 우리의 눈은 수많은 정보를 인지하여 뇌로 전달하기 때문에 사물을 처음 대면했을 때의 이미지가 잔영으로 강하게 남게 된다.

대인관계에서 첫인상은 매우 중요한 키포인트가 된다. 남녀가 맞선을 보았을 때에도 첫인상은 만남의 계속 여부를 뛰어넘어 결혼의 가능성도 예언해 준다 해도 크게 빗나간 말은 아닐 것이다.

우리는 다양한 사람을 접촉하고 만나면서 인간관계를 형성한다. 그런데 만나는 사람마다 느낌으로 오는 이미지가 있다.

필자의 첫인상 또는 이미지를 솔직 담백하게 얘기해 달라고 말하면 대부분의 사람들이 이렇게 대답한다. 차갑다. 강한 카리스마가 있다. 인물이 영 아니다, 미남은 아니다, 나이보다 비교적 젊어 보인다, 앙드레 김의 동생 같다(인상과 목소리가 닮았다고 함), 접근하기 어려운 사람 같다, 성질 꽤나 있어 보인다 등, 사람에 대한 이미지는 누구에게나 비치는 것이 거의 비슷한 경향을 나타낸다. 어떤 사람을 모델로 해서 느끼는 감정을 말하게 하면 각양각색이긴 해도 종합하면 느낌의 범주는 놀랍게도 동일하다. 여기서 우리는 이미지 창조라는 말이 중요하다는 것을 알고 자신의 이미지 관리에 신경을 써야 함을 알게 된다.

상품의 이미지는 소비행동에 대한 예측이 가능함을 짐작케 한다.

따라서 기업은 상품의 이미지를 부각시키기 위해 광고 매체를 통해 시각, 청각, 촉각, 미각, 후각을 자극하기 위한 방안을 찾기 위해 몰두하게 된다.

학교에 대한 이미지는 그 학교가 어떤 인간을 기르기 위해 노력하며 교육받는 학생들의 태도형성과 학생과 학부모의 기대수준에 접근하는 교육을 하고 있는가에 중점을 둔다.

물론 고등학교는 교육적 노력이 대학 진학과 연결되어 학교이미지 형성에 매우 큰 잣대로 작용한다. 학교 구성원 모두가 명문고 건설에 집착하는 것은 재학생, 졸업생, 지역사회의 명예를 높이고 영광을 가지고 오기 때문이다.

이제 우리는 학교 브랜드 시대에 살고 있다. 학교의 리더가 학교를 멋지게 친환경적이고 교육활동하기에 유용하도록 외적으로 가꾸어도 내적 교육활동의 구상이나 계획, 설계가 따라주지 않으면 높은 브랜드 가치나 생산성을 높 일 수 없는 것이다. 이미지를 창조하는 일은 가치를 높이는 것과 상통한다.

교육 장터

시골 장날은 많은 사람들이 손꼽아 기다리는 날이다. 장 구경을 나가면 살 것도 많고 볼 것도 많고 친구도 만나고 수다도 떨면서 먹을거리에도 눈길이 간다. 이웃마을 소식도 듣고 살아가는 이야기도 나눈다. 시골인심이 후하다는 것도 장터에서는 쉽게 느껴진다. 산에서 채취한 갖가지 농산물도 있고 밭에서 재배한 채소와 비닐하우스에서 햇빛이 부족해 초록의 제 빛을 내지 못하지만 식탁에서 제법 사랑을 받는 채소류도 만날 수 있다.

예전에는 생산 방법이 단순하고 생산기술도 낙후되어 생산량도 넉넉지 못해 궁색한 생활을 할 수밖에 없었음이 안타깝다. 아침 장날 장꾼들의 얼굴에는 하루의 기대가 가득 넘친다. 닷새 만에 한 번 돌아오는 장날에 대박을 꿈꾸지만 얼음 녹듯 꿈이 사라지는 경우는 다반사로 일어난다. 상품의 잔량은 오후로 가면서 기대 반 우려 반으로 바뀌고 해질 무렵에도 희비가 엇갈리는 표정을 쉽게 읽을 수 있다.

장날에 시선을 끄는 것은 그 지방에서 생산되어 반입되는 특산물이다. 다른 장터에서 볼 수 없는 특산물일 경우 더욱 주목을 받게 된다. 시골장날 풍경을 물끄러미 바라보면서 교육을 떠올린다. 닷새에 한 번씩 열리는 장날은 아니지만 한 달에 한 번이라도 교육의 장을 열어 보았으면 하고 희망을 뇌까려 본다. 교육장터에서는 노래도 하고 시도 읽고 연극도 한다. 그리고 악기도 연주하고 재능도 뽐내 본다. 웃고 떠들고 슬픔에 젖기도 하고 폭소도 자아내는 교육의 장날을 만들고 싶다.

만약을 가정해서 교육 장날의 풍경을 연상해 보는 것도 재미있고 흥미 있는 일이다. 아이들의 재능이 이곳저곳에서 장꾼들을 모아 놓고 다양하게 펼쳐졌으면 얼마나 좋을까. 소란스럽게 동네가 떠나갈 듯 시끄러워도 좋을 듯하다.

학예회가 초등학교 교육에서만 강조되고 중·고교로 올라가면서 축소되고 없어져 버리는 교육은 이제 개선되어야 한다. 교육의 연계성 단절은 교육의 싹을 싹둑 잘라버린다. 교육 발전을 저해하는 잘못된 정책은 개선하고 하나하나 고쳐나가야 한다.

교육품평회도 열어서 교육의 내용에 대해 발표도 하고 비교도 하고 열띤 토론도 나눈다. 잘하는 교육은 더욱 부추기고 못하는 교육은 문제점이 무엇이고 개선할 것도 찾아본다. 발전방향을 어떻게 잡아야 하는지 신속한 의견들이 오고 가서 교육의 나아갈 방향을 명확히 해 주어야 한다.

학교마다 학교자랑 코너를 마련해서 이 학교 저 학교의 교육적 특색이 부각되도록 꾸민다. 그리고 비교 분석할 수 있는 기회가 제공되어야 한다. 그것은 학교별 경쟁을 유도하는 것은 물론 자기 학교의 교육을 거울에 비추어 볼 수 있는 계기가 되고 반성 평가의 기틀이 된다는 데 중요한 의미가 있다.

학교 간 정보의 공유도 교육 장날의 풍경이다. 과거의 교육, 현재의 교육, 미래의 교육을 비교할 수 있는 교육 발전 코너도 만들어서 장꾼들을 끌어 모으는 것도 필요하다. 과거의 빛나는 교육적 혜안도 찾아보고 미래의 한국 교육이 나아갈 방향도 제시하며 가정에서 준비할 것과 개인의 다짐은 어떤 것이 필요한지 교사들의 마음가짐은 어떤 것이 있는지 교육장날의 메뉴판에 올려 져야 한다.

교육 장날에는 교사들의 재능이나 수업 기법 발표의 장도 마련하는 페스티벌이 되었으면 한다. 불꽃 튀는 경쟁 속에서도 예술이 있고 교육 기법이 있고 교사의 인간다움이 살아 숨 쉬는 장소에서 학생과 학부모가 같이 손을 잡고 대화를 나누며 무언가 교육이 살아있다는 것을 보여주어야 한다.

대학의 팽창

　대학이 기하급수적으로 양적 팽창을 거듭하다가 이제는 학생 수의 감소현상으로 그 후유증이 나타나기 시작하고 있다. 대학생의 질적 수준도 양적팽창에 비례하여 그 수준이 매우 열악하다고 많은 사람들이 얘기하고 있다. 요즘 사람들이 흔히 하는 말은 대학원교육이 대학교육 수준이고, 대학교육은 고교교육 수준이라고 비아냥거린다. 고교교육은 중학수준이고, 중학교육은 초등학교 교육수준이라고 혹평하는 사람들도 점점 늘어나고 있다

　대학의 양적 팽창은 학력 인플레라는 신종용어를 탄생시키고 있다. 너도나도 힘들이지 않고 대학교육을 받고 학사학위를 취득할 수 있게 된 것을 빗대어 하는 말로 해석된다. 대학에서 쏟아져 나오는 학생들을 수용할 수 있는 직장은 낙타가 바늘구멍을 뚫는 것과 같은 어려움에 봉착하고 있다. 한술 더 떠서 미국에서 시작된 세계 금융위기는 위기의식을 고조시켜서 세계정세는 미궁 속으로 빠져들고 있다.

　한치 앞을 내다 볼 수 없는 경제 상황이 계속되고 거대한 비구름과 폭풍은 우리의 숨통을 조이고 있는 느낌이다. 지금 한국 경제가 비교적 괜찮다는 것은 환율의 마약으로 나타나는 기현상이라고 설명하는 사람도 있다.

　어찌되었건 대학 교육정책 입안자의 무리수와 대학들이 돈벌이에 집중하다 보니 대학은 팽창을 거듭하게 되고 그 여파로 한국대학들은 위기에 봉착하고 있다.

지금이라도 대학에 과감한 메스를 가해서 경쟁력이 없는 대학과 학과들을 통폐합하고 인원을 감소시켜 나가야 한다. 인정에 끌린다든지 목소리 높이는 대학을 감안하다가는 모두 낭떠러지로 추락하고 만다.

고등학교의 전문계가 오늘날처럼 홀대 받은 시절은 없었다. 이런 현상을 치유하기 위해서라도 1969년에 도입되었던 대학입학 예비고사제를 부활할 것을 제안한다.

대학 입학 예비고사가 대학생의 기하급수적인 수적 증가에 따른 질적 저하를 개선하고 대학의 권위를 인정하기 위한 것이었음을 새롭게 곱씹어 볼 필요가 있다. 오늘날처럼 대학 수준이 극과 극을 달리는 것을 해소하고 대학 간의 학력을 향상시키기 위해서도 이 제도는 괜찮을 것으로 필자는 생각한다. 대학입시 제도의 복잡성에 대한 비판은 어제 오늘의 일이 아니다.

지금 입시제도는 누구를 위한 제도인지 묻고 싶다. 입시제도를 통해 대학은 돈벌이에 나서서 죄 없는 고교생과 학부모들을 울리고도 눈 하나 깜짝 않는 현실이 싫어지는 것은 모두의 마음이 아닐까?

경쟁을 중심에 두고 단순화시키는 것이 공부 잘하는 학생도 살고 공부가 뒤떨어지는 학생들도 제 갈 길을 찾아 진로를 일찍 결정할 수 있다.

학력이 높은 학생들을 따로 모아 그들끼리 경쟁시키고 취업 쪽으로 나가야 할 학생들을 그들끼리 경쟁하게 하는 것이 고교의 전문계 교육도 살리는 길이다.

지금의 학교 교육은 입시의 지옥에서 헤어 나오지 못하고 오로지 입시만을 위한 교육, 인간으로서의 두루 갖춰내야 할 여러 가지 덕목과 분야를 외면한 채 절름발이를 양산하여 사회에 쏟아 놓는 것과 별 다를 것이 없다. 수험생이 가지 않고 경쟁력이 떨어지는 대학을 가지 치기해서 대학의 권위를 높이고 고교교육을 정상화시키는 것이 한국 교육을 살리는 지름길이다.

학교의 부활

가톨릭에서 예수의 부활은 예수의 탄생과 함께 획기적인 종교적 사건으로 받아들여지고 있고 종교인들에게 있어 믿음의 중심을 이루고 있다. 이는 사(死)가 생(生)으로 바뀌는 것은 기적이다. 종교에서는 기적을 어느 사건보다도 앞에 두고 강조한다. 기적은 믿음을 유인할 수 있는 가장 큰 힘이 된다. 학교도 예수의 부활처럼 획기적인 사건이 일어나야 한다.

학교는 학생들에게 신비스런 낙원이다. 학교가 신비스런 곳이 되기 위해서는 엄청난 투자가 뒤따라야 한다. 겉이 신비스런 것보다는 안이 신비스러운 것이 오래 기억된다. 교육의 묘미도 겉보다는 안에 꼭꼭 숨어 있다.

학교는 아이들의 마음을 따뜻하게 어루만지고 힘을 실어 주어야 한다. 그들이 교육의 생명수를 마시면서 갈증을 해소하고 발돋움할 힘을 저축할 수 있어야 한다. 자기가 생각하는 것, 부족한 것, 지향하는 것을 귀담아 들어주고 마음의 먼지를 훌훌 털어버리고 스트레스를 날려 보내게 도와줘야 한다.

　학교교육은 정답이 없는 난해한 엉킨 실타래라 할 수 있다. 실타래를 푸는 방법도 복잡할뿐더러 풀어내고 나면 또 다른 문제가 발생하여 어려움에 봉착한다. 학교 문제는 그만큼 뜨거운 감자임에 틀림없다.

　학교의 아이들은 미래를 설계하고 준비하며 다양하고 복잡한 직업의 세계를 끊임없이 넘나들어야 한다. 그리고 필요한 부분을 선택해서 트레이닝을 부지런히 수행하면서 기회가 주어질 시기를 저울질해야 한다. 선생님도 아이들의 움직임을 지켜보면서 필요한 것을 가르치고 손을 잡아주고 대화하면서 강한 메시지를 전달해야 한다. 우리가 사는 세상은 소리가 지배하는 세상에서 빛이 지배하는 세상으로 빠르게 진화하고 있다.

　학교가 죽었다라고 말하는 사람들을 우리는 정신 나간 미치광이라고 몰아붙일 수 있다. 그러나 보는 관점에 따라 다르겠지만 그것은 주관적인 위험한 발상이다. 학교가 사람을 사람 되게 기르지 못한다고 그들은 주장한다. 학생들이 배움을 떠나 교육과 관계없는 일에 집중한다면 학교는 고사상태에 빠진 것이나 다름없다고 그들은 학교를 질책한다.

　학교의 교육력을 보다 강화시키는 것이 학교가 부활하는 지름길이다. 학교의 부활은 우리 미래의 희망을 부각시키고 에듀토피아로 가는 섬광과 같은 것이다. 학교에서 교육을 담당한다는 것은 설렘이 있고 가슴이 떨리는 성스러운 행위이다. 학교의 부활은 교육을 담당하는 교사의 부활이 우선이고 학생의 부활이 두 번째이다.

교육 상품 수출

　우리나라는 천연자원 빈국으로 손에 아무것도 쥔 것이 없는 상황에서 출발하여 오늘날 세계 9위의 수출국이라는 경이적인 기적을 만들어 냈다. 세계는 한국인의 도전정신과 그 저력에 놀라움을 표시하고 있다. 이를 바탕으로 우리들의 삶의 질도 윤택해졌다.

　해방 이후 좌익과 우익 간의 세력다툼을 시작으로 정부 수립 후의 국가 정체성 확립문제, 남북 간의 6·25동란, 빈곤의 탈출 등 사회적 혼란은 말로 표현할 수 없었다. 나는 4·19학생 혁명을 지켜보고 5·16군사혁명도 담담히 받아들였다. 혼란을 잠재우는 데에 군이 앞장서긴 했지만 강력한 리더의 등장으로 국민적 역량을 하나로 모아 새로운 국가 건설이 시작되었다. 군사정부는 민족중흥을 기치로 내걸고 농업국가를 공업국가로 전환시키는 데 국력을 집중한 것이 성공요인이 되었다. 천연자원이 빈약하고 인적자원은 풍부한 우리는 생산된 상품을 내수시장보다는 수출로 연결하는 전략을 수립하여 강력히 밀고 나갔다. 초기 수출품이 조잡하고 볼품이 없어 세계인의 웃음거리가 되기도 했지만 개량을 거듭하여 지금은 한국제품이 세계적으로 첨단을 달릴 정도로 성장하고 있다.

　이제는 교육상품의 수출 전략을 구안하고 방법을 강구해서 돈벌이에 나서야 할 때가 도래한 것이다. 부유한 국가창설을 위해 땀 흘려 일해서 이 만큼 만든 것은 장한 일이고 큰 박수 받아도 부족함이 없다. 예전의 교육방법이 서양에 의존했다면 이제 우리 교육도 진화를 거듭해서 외국과 동등한 수준에 올라있음을 부인할 수 없다. 필자의 생각으론 우리의 교육체제에서 유치원과 초등교육이 가장 앞서 있으며 경쟁력도 갖춰져 있다고 조심스럽게 전망해본다. 중등교육은 입시의 부담에 전력하다보니 교육내용은 몰라도 교육방법은 많이 뒤쳐져 있다고 생각된다. 따라서 앞서 있는 부분부터 교육상품을 개발하고 우리보다 뒤떨어진 지역에 지적 자본으로 수출하는 방법을 연구하고 모색해야 한다.

세계가 점차 글로벌화하고 정보의 자유로운 이동으로 지구촌의 협소화가 진행되고 있다. 우리가 주도하는 세계적인 유아교육, 초등교육 박람회를 개최하여 우리 교육의 힘을 세계에 선보이는 노력이 절실히 필요한 시점이다. 교육관련 상품의 적극적인 개발로 세계에 우리 교육의 우수함을 자랑하고 홍보하고 수출의 활로를 개척하자. 교육상품의 개발은 부가가치를 높임은 물론 레드오션 분야가 아닌 블루오션 분야로 각광받을 것으로 확신한다.

수업을 유언하듯

사람은 죽음에 다다르면 그가 살아온 인생을 피드백 해보게 된다. 병원에서 전문의가 생의 마감이라는 사형선고를 내리면 갖가지 회한이 가로등 불빛처럼 면면이 떠오르게 될 것이다. 대부분은 생애 만족보다는 아쉬움에 무게를 더 두게 된다.

죽음은 모든 것이 끝났음을 의미하기 때문에 죽음 앞에서 누구나 유언을 하게 된다. 그 유언에는 뜨거운 마음이 용솟음쳐서 말을 잇기 어렵지만 그래도 남길 말을 뜨겁게 토해내게 된다.

연구수업 협의회가 열리면 나는 선생님들에게 수업의 목표와 과정 그리고 형성평가를 유언하듯 학생들에게 진행하라고 권고한다. 참으로 어려운 주문임에는 틀림없다. 그러나 그 의미는 매 수업시간 마다 최선을 다하라는 당부로 받아들였으면 하는데 이상론이라고 부담을 갖는다.

교육의 본질은 수업에 의해 그 목표 달성 여부가 판가름 난다. 수업의 기법은 수업을 성공과 실패로 구분하는 중요한 변수가 된다.

물론 교실에서 수업에 임하는 교사에게 가장 중요한 것은 전문성의 확보 문제이다. 교사가 자기 전공분야에서 전문적 지식을 막힘없이 수업으로 전개해 나가는 것은 내 교직 경험으로 쉬운 일이 아니다.

도시의 거대 학교에서는 한 학년 정도만 교재연구를 하면 큰 부담 없이 수업에 임할 수 있으나 여러 학년을 맡고 부전공 이외의 다른 과목이 주어지게 되면 자연히 수업에 부담도 되고 부실하게 지도될 가능성이 높다.

거기에다 주제에 대한 지도기법까지 창안해 내야하는 문제도 고민 거리의 하나이다. 또한 수업에서 교사의 발문은 수업의 성공과 실패를 가늠하는 중요변수로 작용한다. 발문이 학생들에게 어떻게 주어지는가에 따라 두뇌의 복잡한 상호작용은 작용과 반작용을 거듭하며 반응도 다양하게 표출될 수 있다. 수업을 하기 전에 선생님은 발문전략을 가지고 수업에 들어가야 한다. 확산적 발문과 수렴적 발문은 두뇌활동이 상이하게 나타나기 때문이다.

수업할 때마다 느끼는 것은 교사 학생 모두가 만족하는 수업을 지향하지만 종료종이 울려서 교실 밖을 나오면 역시 껄꺼름한, 왠지 변을 보다 접은 느낌이 드는 것은 나만의 생각이었을까?

이러한 현상이 반복되면 교사도 학생도 모두 좌절을 경험하게 되고 수업에 대한 효과는 반감되어진다.

교사의 전문성 향상은 교사가 확보해야할 최우선 과제이다. 폭넓은 지식을 어떻게 효과적으로 전할 것인가의 문제와 수업기법은 교사연수에서 매우 중요하게 다루어져야 한다. 수업의 메뉴선정은 교사가 신경 써야 할 연구과제이다. 아이들은 늘 먹는 밥과 반찬에 쉽게 싫증을 느낀다. 한식만을 고집할 것이 아니라 돈가스도 준비하고, 자장면도 맛보게 하며, 때론 스파게티도 선보여서 입맛을 돋우어야 한다. 전통 떡도 밥상에 올리고 피자도 같이 곁들이면 그들은 금상첨화를 느낀다. 편식은 영양실조만 불러올 뿐이다. 선생님들의 수업 메뉴짜기는 수업성공의 지름길이다.

전문계의 위기

예전에는 중학교를 졸업하고 고등학교에 진학할 경우 인문계에 비해 전문계 선호도가 높아서 입시 경쟁률이 치열하고 우수학생도 전문계 차지였다.

그 시절에는 전문계 인력의 수요는 많은데 공급이 제한적이었다.

취업을 걱정하지 않아도 원하는 좋은 직장을 취사선택해서 들어갔다. 상업계, 공업계를 가리지 않고 상종가를 치며 인기가 높았던 때 얘기이다.

지금부터 반세기 전에는 우리나라가 경제개발 초기단계로 농업 제일주의에서 상공 제일주의로 전환하는 시기였다. 너도 나도 기술을 익혀서 공장이나 기업에 들어가 급여를 받아 저축하고 그러한 자식들의 모습에 부모들도 만족했다. 재산이 불어나고 쏠쏠하게 모이는 현금 늘리기 재미에 아름다운 미래도 설계했다.

중소기업을 창업한 CEO들이 짧은 기간에 부와 명성을 얻고 이들이 가는 길은 탄탄대로를 시련 없이 구축해 나가기도 했다.

우리나라의 재벌이 자리를 잡게 된 것도 이 시기에 형성되어 오늘날의 세계적인 기업으로 도약한 것이다. 근래에 들어 전문계고가 인기를 상실하게 된 원인은 여러 가지가 복합적으로 작용한 것으로 분석할 수 있다. 기업이 고학력자를 선호하게 되고 전문적 기능을 보유한 인력을 찾으면서 몰락의 길을 걷게 된다. 또한 아이를 많이 낳지 않으므로 인해 부모들은 무리를 해서라도 대학, 대학원 과정을 이수하게 한다. 높은 학력은 좋은 직장에서 더 많은 급여를 받는다고 믿기 때문에 전문계고를 소, 닭 보듯 하게 되는 것이다. 너도 나도 인문계에 진학해서 대학, 대학원에서 학사, 석사, 박사를 꿈꾼다. 모두 그런 것은 아니지만 아이들의 적성이나 흥미 또는 미래설계와는 관계없이 들어갈 수 있는 대학에다 맞추고 그때 나의 전공을 결정한다.

한 번밖에 기회가 없는 나의 인생을 거꾸로 맞추면 나는 거꾸로 가는 기관차가 되는 것이다. 물론 자녀를 하나나 둘밖에 두지 않는 사회풍조가 만연해서 그 귀한 자식을 전문계에 진학시켜 블루칼라를 만드는 일에 학생과 학부모가 모두 동의하지 않고 화이트칼라를 만들고 싶은 소망이 사회에 두껍게 깔려 있다.

이제 전문계고는 이름을 바꾸고 과를 바꾸고 교육내용을 바꾸고 입맛에 맞게 변신을 해도 인문계 선호현상은 그 열기를 더해가고 전문계는 천덕꾸러기로 전락하는 느낌이다.

정부가 사태의 심각성을 인지하고 특성화고, 마이스터고 등 획기적인 안을 내놓고 여론몰이를 하지만 아직은 만족할만한 성과는 나타나지 않고 오리무중인 상태이다.

이러한 시큰둥한 반응을 해소하려면 전문계에서 직업교육을 받은 후 사회에 나가 급여나 대우에서 어떠한 차별도 없는 시스템을 구축하는 일이 시급하다.

전문계에 가고 싶고, 배우고 싶고, 배운 내용으로 소득이 보장되는 안이 나오면 중병으로 신음하는 전문계를 살릴 수 있을 것이다. 산업계 인력을 언제까지나 외국인을 수입해서 충당할 수 있다는 생각은 착각이다.

학교를 살리려면

오늘날은 모든 것이 상품화되어 사고파는 세상으로 바뀌고 있다. 예전에는 따뜻한 정으로 주고받고 오고 가는 가운데 인간관계가 돈독하게 형성되어 사회가 차갑지 않았다. 사회가 냉정해지고 사막처럼 메말라 가는 것은 인간관계가 소원해짐을 의미한다. 주된 고객이 청소년인 교육 분야도 교육비가 상승하고 사교육과 평생교육 분야에서는 교육비가 매우 높은 가격이 형성 되어 사람들의 입에 많이 회자되고 있다. 교육은 원래 아이들에게 현실 보다는 이상을 앞세우고 경쟁 보다는 협력을 강조한다. 학생들은 주어진 환경을 조화 있게 이용해서 정신적 부를 증가시키고 일하고 싶은 분야에서 직업을 갖고 좋은 사람 만나서 행복한 삶을 전개하고 싶어 한다. 노후에는 봉사활동을 하면서 생을 마무리 하는 것이 일반적 삶의 형태이다. 그러나 교육을 매개로 해서 서민에서 귀족으로 획기적으로 이동하고 싶은 것이 우리 모두의 바람이다. 그러나 사람은 지능의 차이, 능력의 차이, 경제력의 차이에서 숙연해지고 옷깃을 여민다. 이러한 요인들을 뛰어넘기에는 한계가 있다.

교육비가 천정부지로 가격이 상승하면 이러한 신분상승을 위한 경제력의 확보는 어렵게 되고 만다. 그리고 학교에서 지나친 경쟁의 유도는 협력을 파괴하게 된다. 지금의 공장형 학교 시스템을 수정 보완하고 새롭게 변신해 나가야 한다. 그렇지 않으면 오늘날의 엄청난 사회변화의 속도를 수용하기 어려울뿐더러 다양성에 적응하지 못해 경쟁력을 잃게 된다.

경쟁을 할 수 없다는 것은 곧 패배를 의미하며 곧바로 폐기과정을 거친다고 보면 그 파장과 충격은 상상하기조차 어려워진다. 학교를 살리려면 학교교육을 책임지고 있는 학교장의 마인드가 새로워져야 한다. 나이가 많다고, 오랜 세월 경험을 쌓았다고 내가 생각하는 것, 내가 추구하는 것이 표준이라고 고집 부린다면 그 결과는 보지 않아도 끔찍한 결과를 낳을 것이 분명하다. 젊은 교사들보다 생각이 고정되어 있어 가장 많이 바꿔야 할 사람이 학교 관리자이다. 생각이 폐쇄적이고 고집불통이고 과거 지향적이라면 미래를 살아갈 아이들 교육에 장애물밖에 되지 않는다. 학교장의 두뇌세탁은 여러 번의 세탁 과정을 거쳐야 한다.

교육의 편차

　오늘의 교육은 학생들의 교육 편차, 학부모들의 교육편차, 지역 사회에서의 교육편차 등이 매우 중요한 해결과제로 떠오르고 있다. 가진 자와 못가진 자, 배운 자와 못 배운 자, 빠르게 대응하는 자와 느리게 대응하는 자, 앞서가는 자와 뒤쳐지는 자, 도시교육과 농촌교육의 편차, 부르주아적 교육과 프롤레타리아 교육의 편차 등을 생각해 볼 수 있다. 신은 인간에게 이기적이라는 특허품을 뇌에 부어주었다. 자기의 생각이 가장 옳은 것이며 자신의 행동이 표준이 되고 나는 신과 비슷한 존재라고 생각하고 살아가는 것이다. 인간이 신의 피조물이기 때문에 외모도 신을 본떠서 만들고 내적 심리 상태나 뇌의 활동도 신의 영역에는 미치지 못하지만 유사하게 설계를 해서 창조되었을 것이라고 나는 본다. 그런 연유로 저 높은 곳을 향해 기도하고 바람을 요구하고 결국에는 천국을 그리워하며 몸과 마음이 그리로 향한다.

　교사들의 교육에 대한 편차는 다른 분야에서 일하는 사람들보다도 아주 크다는 것을 느낀다. 사람을 사람답게 가르쳐서 국가의 유용한 인재로 만든다는 것에 교사들은 동의를 한다. 그러나 가르치는 내용이나 접근방법이 다 다르기 때문에 즉, 정답이 없기 때문에 백가쟁명(百家-爭鳴)식인 것이다. 다른 사람과의 의견교환을 통해 교육의 편차를 줄여서 함께 같은 방향을 향해 질주하는 것이 교육의 성과도 높일 수 있다. 학교는 교사들의 학력이 매우 높고 자신을 신성시하는 이기적인 생각이 강하기 때문에 이를 적절히 조정하고 조율해 나가는 것이 필요하다. 내 것만 옳고 남의 것은 보잘것없다고 간과해 버리면 개방적인 학교가 아닌 폐쇄적인 학교로 나아가게 된다.

학교는 배움을 계속하는 학생들이 보고 듣고 말하고 느끼는 곳이다. 교육활동에 편차가 크게 되면 교육적 갈등이 파고 든다. 교육적 갈등은 대립을 가져오고 대립은 싸움에 돌입하기 쉽다. 싸움은 상처만 남게 되고 승자도 패자도 없는 어정쩡한 상태로 어려움만 가중시키게 된다. 선생님은 학생을 비난하고 책임을 떠넘겨서는 안 된다. 학생의 잘못을 따끔하게 질책하더라도 사랑이 숨어 있어야 한다. 학생은 선생님을 신뢰하고 존경해야 한다. 전문성에 도전하는 것은 금물이다. 학부모는 진흙탕에서 싸움하듯 시비를 걸기보다 학교교육을 바꿀 아이디어를 제시해야 한다. 지역사회는 지역적 이기주의에 편승해서 학교를 구속하려는 것은 불법이며 부당한 일이다. 교육편차는 교육문제에 대해 한 발짝 물러서서 지혜를 찾는 것이 정답이다.

Part 5

학교 교육의 진화

비빔밥 맛 교육

　요즘 우리나라 국민이 좋아하는 비빔밥에 국내외의 관심이 고조되고 있다. 비빔밥은 세계인의 사랑을 독차지하는 식품으로 도약을 꿈꾸고 있기도 하다. 비빔밥은 맛도 뛰어나지만 여러 가지 재료들이 절묘하게 섞여서 저마다의 비밀스런 맛을 낸다. 인기의 비결은 웰빙식품이라는 데에 많은 점수를 받고 있다. 우리는 비빔밥이라는 좋은 아이템을 가지고 있으면서도 그동안 이를 세계에 알려야겠다는 생각을 하지 못하다가 이제야 부산을 떨고 그 가능성에 도전하고 있다. 비빔밥을 만들어 세계인의 이목을 끈 것처럼 한국의 교육에 대해 명상의 시간을 가져본다. 한국의 교육도 세계에 내놓을 수 있다는 자신감에서 이제 우리 교육을 만들어갈 때이다.

　하얀 도화지에 갖가지 색칠을 하는 교육의 과정은 어렵고도 난해한 일이다. 어떻게 하는 것이 교육의 정답인지는 불분명하다. 교육방법의 정답을 찾는 일이 쉽지 않다고 해서 포기해서는 안 된다.

우리들이 기르려는 아이들을 비빔밥 만들듯이 적당히 생각하는 것은 위험한일이다. 교육에서 적당주의처럼 해악을 주는 것은 없기 때문이다.

비빔밥은 재료 간의 교묘하고 기술적인 조화, 신의 손끝에서 나온다는 절묘함의 결합이다. 맛있는 비빔밥을 만들듯이 우리 교사들은 교육방법을 연구하고 발전시키고 우리들 자신의 것으로 만들어야 한다.

비빔밥 속에는 세상을 살아가는 지혜가 담겨져 있다. 비빈다는 것은 젓는다는 의사를 포함하고 있다. 세상은 서로 다른 사람들이 모여서 공동체를 이루고 서로 의지하며 공동의 목표를 향해 나아가는 것이다. 서로 다른 재료들이 섞여서 기기묘묘한 조화를 이루고 맛을 내며 먹는 사람에게 기쁨을 주는 것은 생각할수록 신기한 일이다. 최근 들어 한국인이 먹는 한식에 대해 세계인들의 관심은 절정에 다다르고 있다. 그만큼 우리나라의 위상이 상승하면서 한글과 한식에 대해 회자되고 있는 것은 환영할 만하다.

특히 숙성식품인 김치나 기호식품인 비빔밥, 불고기, 떡볶이, 삼계탕 등에 대한 찬사는 한식의 세계화 가능성을 열어 주고 있다.

한식이 외국인들의 입맛에 쏙 들어서 구만리 머나 먼 세계의 골목까지 퍼져나간다면 세계인은 한국을 더 많이 이해하고 돈 벌이가 늘어나서 우리의 주머니도 두둑해질 수 있다. 머지않아 우리들도 세계의 어느 곳을 가더라도 음식 걱정을 하지 않아도 될 성 싶다.

학교 간에 자매결연을 체결하기 위해 중국의 흑룡강성 목단강시를 방문한 적이 있다. 우리 일행은 한국음식 생각에 고향 반점을 찾아 한식을 주문했었다. 상차림이 꽤 먹음직스러워 보여 허기에 지친 우리는 재빠르게 수저를 들었다. 시식 선언도 없이 음식에 손을 댔다. 시장이 반찬이라는 말은 여기선 통하지 않았다. 무늬만 한식이지 그 맛이 우리의 기대수준과는 너무나 동떨어짐에 실망했다. 한국 음식의 맛이 아니고 이상하게 변형되어 있음을 발견하곤 모두들 탄식과 놀라움뿐이었다. 반면에 뉴욕중심가의 한국음식점에서 먹는 한식의 맛은 서울음식을 능가할 정도로 백점짜리였다. 순간 불현듯 뇌리를 스치는 것은 한식의 맛 표준화라고 생각했다.

비빔밥은 세계인이 선호하는 한국 음식으로 그 영역을 넓혀가고 있다. 기내식으로도 제공되고 있고 외국의 여러 나라 레스토랑에서 많은 사람들의 사랑을 받고 있다니 절로 흥겹다. 토종은 아니고 변종이라 하더라도 그것은 그네들만의 입맛의 차이에서 오는 것이고 비빔밥 자체의 재료는 한국 고유의 맛을 내는 오리지널 방법이 채택되리라고 본다.

우리 국민들은 우리 음식에 대해 자존심이 적은 것 같다. 늘 먹기 때문에 신기한 것도 새로운 것도 없다고 푸념할 지 모른다. 그러나 우리가 먹는 음식이 웰빙에 가깝고 숙성을 시켜 몸에 아주 좋은 영향을 미치는 것에 많은 사람들은 동의하고 있다.

우리 것에 대한 홀대는 스스로는 낮추고 열등감을 불러 올 수 있는 것이다. 한식이 갖가지 반찬과 국을 곁들여서 먹는 것이 세계 어디에 이만한 음식이 있는가 생각해 보라.

사람의 입맛이 간사해서 좋아하는 음식이 다 다르긴 해도 우리 음식을 능가하기 어렵다고 생각한다. 학교의 급식소에서 자랑스러운 우리 한식을 자주 선보이고 입맛 길들이기를 재촉하자.

뜨는 언어

　영어교육을 바꿔보려고 부산을 떨고 변신을 거듭한 지도 꽤나 오랜 시간이 흐르고 있다. 초등학교에 영어교육이 도입되고 원어민선생이 우리네 학교에 배치되고 영어 어학실이 만들어지고 듣기, 말하기 중심의 교육이 강화되어 현장에 밀착된 채 영어교육이 확장되고 있다. 어느 과목보다도 영어교육의 사교육 바람이 거세게 불고 있다. 효과 여부를 따져볼 겨를도 없이 묻지 마 영어교육이 현장에서 굉음을 내고 있다.

　학교마다 잉글리시 존이라는 구역이 설정되어 그 구역에서는 우리말 사용이 제한되고 반드시 영어로만 말하고 듣는 것을 강요하고 있다. 잉글리시존의 환경구성도 학교마다 다르고 수준도 천차만별이며 분위기 조성에도 극명한 차이를 보이고 있다.

　중요한 것은 영어가 지배하는 세상에 변화의 바람이 불고 있다는 사실이다. 중국어가 세상의 주목을 받기 시작한 것이다. 지금은 예전에 가난했던 중국이 아니다. 이제는 불쌍한 중국은 더욱 아니다. 보잘 것없는 중국이 이제는 세계를 향해 훨훨 날고 있다. 중국의 급격한 부상을 경계하지만 큰 흐름을 막을 수는 없는 일이다. 중국인이 세계를 평정할 것 같은 무서운 생각이 드는 것은 나쁜일까 반문해본다. 오랜 시간 세계의 중심국가로 우뚝 서서 강력한 힘을 발휘한 미국과 영국이 침몰하고 있다. 국제적으로 한국의 힘은 아직 미미하지만 머지않아 그 위상은 크게 달라질 것으로 예측된다. 뜨는 국가는 뜨는 언어를 가지고 있다. 세계는 한글의 독창성, 창의성과 과학적인 자음 모음의 구성, 언어의 유연성에 주목하고 있다.

교육은 우리가 기를 아이들이 사회에서 어떠한 역할을 하고 개인의 자아실현과 국가가 필요로 하는 인재 양성에 타깃을 어디에 두고 있는가를 고려하고 교육의 방향을 설정해야 한다. 뜨는 국가, 뜨는 언어를 주시하면서 교사는 학교현장에서 늘 신선한 아이디어를 발굴하여 교육력으로 이어가고 호학정신(好學精神)을 심어주는 데 정성을 기울여야 한다. 또한 좋은 생각과 좋은 행동을 발전시키고 사색과 내면세계를 두드려보는 일을 게을리 하지 않도록 도와야 한다. 한국은 이제 소국도 아니고 빈국도 아니다. 한글은 한국인만이 사용하는 제한된 지역의 언어가 아니다. 세계를 향해 우리의 한글이 달음박질을 시작해야 한다.

이러한 과정을 거쳐 아이들은 미래로 세계로 웅비하는 큰 인물로 우뚝 설 수 있는 것이다. 우리는 모두 교육이라는 두 글자를 가슴에 담고 미래를 향해 힘찬 항해를 계속하고 있다. 모두가 원하는 목적지에 안착하기 위해 맡은바 역할을 다하고, 서로 보이게 혹은 보이지 않게 연결되어 있는 우리들의 관계를 소중히 발전시켜야 한다. 한국인이 세계를 움켜쥐는 날을 위해서 교육의 힘을 비축하자.

산소 같은 교육

어항 안의 열대어들이 멋지게 유영하는 모습을 물끄러미 바라보면 마음이 황홀해진다. 자유자재로 헤엄치는 모습에서 신비로움도 느낀다.

그들은 사람에게 없는 아가미가 있어 물속에서만 생존이 가능하다. 어항이라는 제한된 공간에 갇혀 있는 것이 안쓰럽기는 하지만 그들에게 걱정이나 그림자를 찾을 수는 없다. 어항 안은 흐르는 물이 아니기에 산소의 공급은 필수적이다.

사람도 생존하는 데 꼭 있어야 할 것이 체내에 산소를 공급해주는 것이다. 혈액의 이동은 물론 장기의 활동에 산소가 반드시 필요하기 때문이다.

넓고 넓은 우주를 향해 우주선이 발사될 때도, 바닷속 생물을 탐사할 때도 산소는 재산목록 1호에 속한다. 호흡이 고르지 못한 중환자에게 꼭 필요한 것은 산소마스크이다. 산소는 생물체의 생사를 가를 수 있는 위대한 힘이 있다.

교육은 인간에게 있어 산소와 같은 역할을 한다. 신선하고 맑고 깨끗한 산소를 원활하게 공급할 때 생동감이 넘치고 상큼함을 같이 느끼게 된다.

교육은 사람을 높여 준다.

교육은 사람을 넓게 한다.

교육은 사람을 깊게 한다.

교육은 가까운 곳만 바라볼 수 있었던 것을 멀리 아주 멀리 시야에 들어오게 하는 혜안도 길러준다.

교육을 받지 않은 유아의 머리는 비어있다. 따라서 유아가 할 수 있는 일은 제한적이다. 그러나 유아에게 교육력이 작용하면 지적 · 정서적으로 달라지기 시작한다. 사람이 세상에 태어날 때 머리에 깔린 하드웨어는 별로 없다. 마치 흰 도화지에 그림물감을 선택해서 칠하는 것에 따라 삶의 크기는 결정되어진다. 천방지축으로 날뛰는 사람도 교육을 받게 되면 점잖아진다.

질곡에 빠져 고통 속에 있는 사람도 교육의 힘으로 치유할 수 있으며 맑고 환한 미소로 힘차게 살아가는 방법도 터득할 수 있다.

교육은 사람이 살아가는 데 반드시 있어야할 필요충분조건이라 할 수 있다. 신의 위대함도 교육을 통해 모방할 수 있다.

미래 변화의 예측

소리의 속도와 빛의 속도를 비교해본다. 과학자들이 측정한 소리의 속도는 1초에 340m를 달리지만 빛의 속도는 1억 5,000만 km를 달린다. 소리와 빛의 속도차이는 비교가 곤란할 정도의 어마어마한 차이이다. 세계는 지금 변화의 속도가 소리의 속도에서 빛의 속도로 무섭게 진화를 거듭하고 있다. 어제는 오늘에 의해, 오늘은 내일에 의해 묻혀버리고 새로운 것이 자리를 차지한다. 우리는 변화를 강요받고 있다는 사실을 빨리 인지하고 망설임 없이 빠르게 변화해 갈 필요가 있다.

　과거의 변화는 아주 느리고 완만했지만 오늘날의 변화는 획기적이고 급격하게 나타난다. 변화는 미래의 희망을 약속하고 생존을 향한 힘찬 발걸음이다.

　변화의 시대에 적응하기 위해서는 능동적이며 적극적인 사고가 필요하고, 매사를 긍정적으로 보고 진취적으로 행동하며 자기제어 능력과 이미지 관리에도 세심한 주의를 기울여야 한다. 우리가 주저 없이 변화하는 것은 성공의 티켓을 주머니에 소유하고 있다는 것과 마찬가지이다.

　다른 사람과 나를 또 다른 시각에서 비교하고 차별화도 끊임없이 시도하고 국제경쟁력이 있는 인재로 나의 몸값을 높여나가야 한다.

　인생에 있어 누구에게나 단 한 번밖에 없는 고교시절은 꿈도 많고, 눈물도 많고, 고민도 많고, 친구도 많다. 할 일도 많고 하고 싶은 것도 많다. 어울릴 것도 많다. 그렇기 때문에 머리에, 가슴에 보석 같은 지식을 가득가득 채워 넣어야 한다.

　우리들에게 곧 닥칠 미래는 정형화된 것, 획일화된 것, 보편화된 것을 거부하고 색다른 것, 독특한 것, 차별화된 것을 요구하기 때문에 우리들의 생각과 행동을 그리로 맞춰나가야 한다. 한국 상품이 세계 시장에서 각광을 받는 것은 변화에 빠르게 적응하는 전략적 접근이 있었기 때문이다. 한국은 좁고 세계는 넓으므로 저 넓은 곳을 향해 문을 힘차게 두드려야 한다. 세계를 상대로 나를 키우고 성장의 고삐를 부여잡고 뻗어나가야 한다. 공부 꽤나 하는 젊은이들이 세계의 유명한 대학의 문을 거칠게 두드리고 있다. 도전정신이 삶에서 살아 움직일 때 세계를 자신의 손아귀에 넣을 수 있는 용기도 생기는 것이다.

운동선수들이 신기록에 도전하는 모습을 머릿속에 그려보자. 기존 기록을 갈아치우기 위해서 그들의 피나는 노력을 닮아가야 한다. 육상선수를 예로 든다면 출발선상에서의 경쾌한 출발기법, 주행기법, 결승선에서의 골인기법, 계주인 경우 배턴터치 기법 등 수천, 수만 번의 연습을 거치면서 경쟁선수와의 싸움, 신기록과의 싸움을 헤쳐 나가는 것이다. 구기선수들의 경우 손톱 발톱에 손상이 와서 짓물러도 비가 오나 눈이 오나 바람이 부나 강도 높은 연습을 통해 선수로서의 자질을 길러간다.

그들은 또한 정도를 걷는 멋진 스포츠맨십을 지향한다. 그들에겐 거짓이 없다. 위선도 없다. 팀플레이를 위한 태클은 있으나 해악을 전제로 한 고의적인 태클은 거의 없다. 지금 우리 사회가 병들어 있어 반칙과 모략과 사기가 일반화된 경우와는 너무 다른 모습이다. 그들은 Bad Man을 버리고 Good Man을 선호한다. 스포츠정신의 불씨를 가슴에 품고 승부의 세계에 도전하는 것이다.

옐로카드 받는 학교

옐로카드는 운동경기를 진행하는 도중에 운동선수가 경기 규칙에서 금지하는 사항을 지키지 않았을 경우 주심이 노란 빛깔의 카드를 제시하여 경고를 줄 경우 사용된다.

옐로카드는 경기과열로 인한 위험으로부터 선수를 보호하고 어느 한 방향으로 치우치지 않고 공정한 경기를 운영해야할 경우에 사용된다.

하나의 경기에서 옐로카드를 두 번 받게 되면 그 선수는 아무런 저항 없이 퇴장해야 하며 그걸 보는 관중들 또한 씁쓸한 맛을 느끼게 된다. 상대방 선수를 때리거나 심한 타격, 결정적 득점기회를 박탈하게 되면 레드카드가 나오고 그 선수는 즉각 그라운드를 나가야 한다.

옐로카드를 구안한 아스톤경은 길을 걷다가 우연히 신호등의 노란색과 빨간색에서 힌트를 얻었다고 한다. 옐로카드와 레드카드를 구상한 그는 1970년 멕시코 월드컵부터 사용하여 축구경기에서 페어플레이를 이끌어 낸 아이디어맨이다.

학부모의 교육에 대한 관심이 높아지고 참여가 늘어나면서 학교의 교육정책에 대한 비판적 시각이 증가하고 있는 것이 현실이다.

예전에는 학교 교육에 대해 전폭적 지지와 함께 어떤 잘못도 바라만보고 의견 개진이 없었다. 요즘은 학부모들이 감 놓아라, 대추 놓아라, 주문도 많고 주객이 전도된 느낌이다. 매스컴의 교육활동에 대한 감시와 보도 활동이 대폭 증가하면서 학교도 시련에 빠져들고 있다.

예전에는 학부모의 교육적 관여가 초등학교에 한정되던 것이 중학교는 물론 고등학교로 점차 확대되고 있다. 학부모의 학력수준이 교사들과 대등한 위치까지 도달하고 일부 대도시에서는 높은 학력의 보유는 물론 교육학을 전공한 학부모들도 다수 포진하고 있다는 것이다. 또한 하나 둘밖에 없는 자식에 대한 교육적 기대와 열정이 하늘을 찌를 듯 강력해진 것이다.

닫혀 있던 학교는 교문을 활짝 열어놓고 물밀듯이 밀어닥치는 교육적 주문에 귀 기울일 때이다. 그들은 교육활동에 관해 신선한 아이디어와 방향을 제시를 할 수 있을 정도로 무장되어 있다. 필자는 학부모들과의 대화에서 높은 교육철학과 소신을 발견할 때마다 놀라고 나를 새롭게 가다듬는다.

이제 학생들과 학부모들, 지역사회는 깨어 있는 집단으로 잘못된 교육활동에 대해 언제든지 우리들에게 옐로카드를 제시하고 그것이 개선되지 않고 반복될 때에는 강력한 제재수단인 레드카드를 내어 놓을 수 있는 힘을 보유하고 있다.

이제 교육자들의 독무대는 사라지고 좋은 시절은 지나갔다. 우리를 바라보는 시선이 뜨겁게 달구어져 있다는 것을 빨리 깨달아야 한다.

그들은 오늘도 학교교육을 지켜보며 중심의 역할을 톡톡히 해내고 있다. 중립적 시각에서 교육의 전반적 흐름을 눈여겨 관찰하면서 반칙에 대해 옐로카드로 단호한 결단을 내리는 압박을 가하고 있다. 한편으로 강력한 태클은 학교에 활력을 줄 수도 있고 자신을 되돌아보는 기회도 제공한다.

그렇다고 정당한 교육활동이 위축 되어서는 안 된다. 교사로서의 당당한 권리와 부당한 판정에 대해서는 강력한 자기표현과 댓글을 달아야 한다.

학교의 교육마당에는 팽팽한 긴장감이 조성되고 있다. 학생이나 학부모는 학교의 교육활동을 현미경으로 관찰하듯 주시하고 있다.

밀실에서 비공개로 이루어지던 수업이 낱낱이 공개되고 교육활동에 대한 학생들의 입소문은 위력을 발휘하고 있다. 나의 교육적 능력이 동료와 학부모에게 발가벗겨져서 감출 수도 숨을 수도 없는 열린 상태로 평가점수를 받아야 한다. 학교의 교육정책도 교육 과정과 수업의 진행도 행사의 잘잘못에 대해서도 학교는 언제든지 옐로카드를 받을 수 있다는 것을 대비해야 한다. 학교의 독립성이 훼손된다고 우길 수만은 없다. 옐로카드를 주고받는 가운데 학교는 쑥쑥 자라야 한다.

도덕이 지배하는 학교

도덕은 인간이 사회생활을 하는 데 있어 가장 으뜸이 되는 덕목이다. 도덕은 사회를 유지 발전시키고 사회지탱에 커다란 지렛대 역할을 한다. 그런데 요즈음 도덕은 소리 없이 열병을 앓고 무너져 내리고 있다.

도덕은 편의주의와 이기주의의 결과로 내팽겨져 사람들의 관심 밖으로 밀려나고 사회의 한 모퉁이에서 신음하고 있다.

병든 사회에 도덕이라는 조명등을 켜고 불을 밝혀야 한다. 도덕이 없는 세상은 무질서가 판치고 공포감이 상존하며 진실이 땅속에 묻혀 버린다. 주객이 전도되어 옳고 그름을 판단하는 데 혼란을 일으키고 거짓이 횡행하여 가치의 분간이 어렵게 된다.

도덕의 재무장운동이 다시 시작되어야 한다. 횃불을 들고 사회운동으로 삼천리 방방곡곡에 퍼져 나가야 한다. 모든 사람들이 부싯돌로 작은 불빛을 내서 광솔불에서 등잔불로 바뀌고 촛불에서 광명의 전깃불로 어둠을 가시게 하듯 우리들의 가슴에 도덕의 불을 질러야 한다.

　도덕은 법에 앞서 인간 삶을 지배하는 근간이 된다. 도덕은 사회를 밝고 환하게 비추는 조명등의 역할을 한다. 예부터 우리 조상들은 모든 덕목의 중심을 도덕에 두고 일거수일투족을 어우르면서 살아왔다. 고대로부터 도덕에 어긋난 행동을 한다는 것에 대해 자신과 조상을 욕되는 행위라고도 생각했다. 사회지배의 중심축 역할을 한 도덕이 근래에 들어 붕괴되면서 사회는 도덕이 실종되고 혼란은 극에 달하고 있다. 필자가 지방대의 세미나에 참여했을 때 '도덕으로 나라를 재무장하자'는 문구가 가슴에 파고들어 전율을 느낀 적이 있었다. 지금부터라도 부싯돌로 불을 켜보자고 제안한다. 부싯돌은 이산화규소 성분이 침전되거나 플랑크톤의 사체가 암석화 되어 생긴 차고 단단한 돌을 말한다. 이 돌을 마찰시키면 마찰력으로 불이 발생한다. 이 마찰력은 불을 얻는 데 필수적인 자원으로 원시시대에는 물론 18세기까지도 일부 사용되었다는 설이 있다.

　우리 국민 모두가 부싯돌을 가지고 다니면서 아주 약한 불빛이지만 거기에 도덕의 혼을 담아 부싯돌을 부딪쳐서 불을 밝히자. 그것이 도덕 재무장에 힘을 실어 주는 일이다. 오늘날처럼 사회가 병들고 중병에 신음하는 것도 도덕이 실종된 후유증이라 할 수 있다. 학교가 도덕 재무장의 중심에 서야 한다.

노벨상 타령

　노벨상은 인간의 삶의 질을 한 차원 높인 사람의 지적업적에 대해 수여하는 세계적 권위를 인정받는 상이다. 일 년에 한 번씩 발표되는 노벨상 수상자를 발표할 때마다 우리는 왜 노벨상과 거리가 멀까 궁금하기도 하고 자괴감에 빠지기도 한다. 우리나라가 가난한 나라에서 지금의 위치에 오르기까지 민족의 단합된 역량은 세계인이 놀라움과 경탄을 나타내고 있다. 반면에 학문발전의 업적과 공로를 인정받지 못하는 것은 안타까운 일이다. 아직 세계적으로 인정받을 만큼의 수준에 미치지 못했음을 자성해보아야 한다. 원래 학문은 끊임없는 부지런함과 집념이 따라야 하고 그 결과 생산물도 획기적인 것이어야 한다. 우리나라는 짧은 기간에 특정분야에서 연구를 집중해서 세계적 수준의 상품을 제조 판매하는 데는 성공했지만 기초 학문분야의 관심과 연구가 부족하며 전반적인 학문의 볼륨이 매우 취약하다고 할 수 있다. 사회의 볼륨을 키워나가서 어느 한쪽으로 집중하지 않고 분산되어 고른 발전을 유도하는 것이 중요하다. 기초 학문분야에 사람들이 몰리지 않는 것은 생계를 유지하는 일에 어려움이 있기 때문에 응하지 않고 방치되기 때문이다. 우리는 노벨상 수상 전략을 각 부문에 전문가 그룹을 결성하여 미시적 접근이 아닌 거시적 접근방법을 찾아내야 한다.

　매년 가을이 되면 한국인들은 우울증에 빠진다. 세상에 태어나서 누구나 한 번쯤은 노벨상을 받고 싶어 한다. 그 수상자가 발표되는데 우리나라는 매년 여지없이 기대는 물거품이 되고 만다.

1901년 노벨상이 지정된 이후 109년이 지나는 동안 노벨물리학상, 화학상, 생리의학상, 문학상, 경제학상의 수상자가 한 명도 배출되지 못한 것은 통탄할 일이다. 원인은 여러 가지가 있겠지만 기초 학문분야의 두께가 얇고 튼튼하지 못해서 응용학문 분야까지 허술하고 체계적이지 못한 것이 아닌가 나름대로 생각해본다.

사람이 태어날 때부터 노벨상 후보라고 예언하는 사람은 아무도 없다. 영·유아기를 거치면서 부모가 아이의 미래성장 전략을 짜고 발달과정에 깊이 개입한다. 성장 단계별로 최선을 다할 때 아이들은 가능성을 발현할 수 있게 된다. 유치원, 초등학교, 중·고등학교, 대학을 거치면서 영재가능성을 발견한 아이들을 학문의 세계에 빠져들게 해야 한다. 또한 기초학문에서 응용학문에 이르기까지 다른 사람이 눈여겨보지 않는 분야를 기웃거려야 한다. 또한 연구에 집념을 보일 때 체계가 수립되고 세계적인 학자로서의 권위를 인정받는 발걸음을 내딛게 된다.

노벨상을 목표로 학문을 연구하는 것은 가소로운 일이긴 해도 노벨상이 인류를 위해 공헌한 연구 실적이 뛰어난 사람에게 주어지기 때문에 알고 다가가야 한다. 본인의 피나는 노력도 있어야 하고 국가도 국제적 위상이 높아져서 세계인이 존경받는 국가의 건설도 노벨상 수상의 지름길이 된다. 노벨상 후보로 가까이 갈 수 있는 사람들을 배출하는 것은 학교의 책임이다.

춤추는 학교

춤은 이성에 대한 구애행위로부터 시작되었다는 말이 있다. 얼마 전까지만 해도 춤을 춘다는 것은 매우 이례적이고 색안경을 쓰고 사람을 보는 우스꽝스러운 일이 우리 주변에 다반사로 일어나곤 했다.

그러나 근래에 와서 춤이 대중화 하고 우리들의 생활 가까이에 다가오면서 그러한 선입견은 사라지고 있다. 너나 할 것 없이 무용의 장르에서 파생된 다양한 춤의 세계관을 노크하고 있다.

외국에서는 생활과 춤이 밀접한 관계를 갖고 공존하고 있다. 타인과의 관계에서 춤은 인간관계 개선의 가교역할을 하면서 촉매제로서의 작용도 같이한다.

우리는 주변사람들이 춤을 춘다면 이상한 눈으로 평가절하하고 거부하는 우를 범하는 것이 현실이다. 그러나 춤을 추면 보기도 유연할 뿐더러 흥도 나고 상대방과의 즐거운 시간을 공유하는 것이 매우 흥겹게 느껴진다. 건전한 방향으로도 학생들이 춤의 세계를 알고 즐길 수 있도록 다양한 종류의 춤을 교육해야 한다. 건전한 춤 문화를 학교가 앞장서서 펼쳐가야 한다. 필자는 춤의 세계를 전혀 모르는 문외한이다. 우리나라에서 춤을 춘다는 것은 늘 어둡고 컴컴한 장소에서 은밀하게 행하여 온 것이 사실이다. 광명 천지가 된 오늘날에는 음지에서 양지로 전환시켜야 한다.

무용을 순수예술이라 하면 춤은 생활예술이라고 할 수 있다. 사람이 삶의 과정에서 공부만 하고 또 일에만 몰두한다면 얼마나 무미건조한 생활인가 반문해본다.

웃고 떠들고 노래도 하고 춤도 추고 생애를 바르게 즐기는 교육을 해나가야 한다. 최근의 학교는 동아리 활동을 활성화하는 시책이 펼쳐지고 있다. 춤을 가르치는 것이 서양문화를 답습하는 것이라는 생각을 버려야 할 때다. 춤은 인간관계를 돈독히 하고 건강유지에도 큰 도움을 주는 아이템이다. 열린 학교에서는 전통적 가치관도 중시하면서 삶의 모습이 바뀌고 사회발전에 따른 건전한 생활문화를 연결시켜 주는 것도 중요한 교육의 과제이다.

아름다운 음악에 맞춰 스텝을 밟고 유연한 몸놀림은 보는 사람과 춤추는 사람 모두에게 엔도르핀을 제공하는 흥겨운 모습이다.

학교에서 포크댄스에서 보다 더 발전적인 스포츠 댄스를 가르치고 아이들의 삶을 윤택하게 하는 새로운 교육계획을 만들어야 한다.

너무 지나치게 춤에 빠져 드는 것을 경계하면서 밝고 환한 춤 교육이 필요한 시점이다. 국가의 경제적 성장은 국민의 생활을 윤택하게 만든다. 생활의 풍요로움은 의·식·주의 억압을 떨쳐버리고 문화생활의 여유를 갈망한다. 우리들의 생활혁명은 춤으로부터 시작될 것이다.

학교 컨설팅

건강한 정신은 건강한 신체를 구성하는 데 필수 불가결한 과제이다. 이제는 학교도 건강한지 진단해 보고, 측정해 보고, 대책도 수립

해야 할 시점이다. 학교가 건강하지 못하고 병이 들었다면 그 원인은 무엇이고 진행과정은 어떠하며 어떠한 처방전을 가지고 어떻게 대응할 것인가를 궁리해 볼 필요가 있다. 학교가 병이 든 것을 찾아내려면 병원에서 사용되는 진단기기를 쓸 수는 없다. 학교 교육활동의 전반적인 부분을 진단하고 학교의 나아갈 방향을 제시해주는 방법으로 학교 컨설팅이 많이 활용된다. 필자가 근무하는 학교도 학교 컨설팅을 통해 바람직한 교육의 지향점을 모색해본 적이 있다. 한 마디로 실망이고 이러한 겉핥기식 컨설팅은 아무런 의미가 없다고 생각한다. 컨설팅 비용만 많이 들고 성과가 별로 없는 업체를 선정한 것이 화근이다. 더 많은 연구와 도전, 구체적인 방향 제시만이 학교를 건강하게 하는 지름길이 될 것이다.

병이 들었다는 것은 학교구성원이 병든 것이다. 병을 고치기 위해서는 환자를 진단하고 고전적 방법이지만 X-RAY를 통해 의심 가는 부분을 적나라하게 투시해 보는 일이 급선무이다. 요즘은 초음파, CT, PET, MRI 등 첨단기기를 동원하여 아주 미세한 부분의 이상도 첨단기기가 판독해 주는 세상이다. 썩어가는 환부는 과감하게 도려내어 새살이 돋게 해주어야 한다. 별것이 아니라 방치하면 앞으로 전이를 거듭하여 교육 전체를 사망케 할 수 있기 때문이다. 학교가 얼마만큼 아픈가를 따져보기 위해 전문가의 진맥이 필요한 시점이다.

한의학에서는 평생 동안 사람의 건강을 좌우하는 면역력은 만 6세까지 완성된다는 견해가 지배적이라고 한다. 이 이야기는 한의학자와의 면담에서 들은 것이지만 사물의 기초가 어릴 때 그 기반이 다져지는 것으로 볼 때 같은 맥락일 것이다.

사람은 삶의 과정이 환경의 지배를 받고 주변 사람들과 교감하면서 희로애락도 겪게 되고 강한 스트레스로 인해 건강의 균형을 잃을 수도 있게 된다. 몸이 허약함을 느낄 때면 사람들은 내게 보약을 권장한다. 보약은 부족한 인체의 기운을 다시 찾고 인체의 음양기혈을 보충하여 몸 안의 장기 기능을 바로잡고 기능을 정상화시킨다. 한약은 면역력 증진에 결정적 역할을 하는 것 같다. 특히 가을에 찬바람이 나면 여름 내내 땀 흘리고 더위에 찌들고 지친 몸에 양기를 불어넣기 위해 보약을 다려먹는 사람들이 늘어난다.

경제적 부담은 크지만 보약을 복용하고 나면 몸이 가뿐하고 저항력이 향상된 까닭인지 혹독한 추위에도 감기 없이 겨울을 나고 몸의 활력이 솟구치곤 한다. 개인의 건강을 지켜나가듯이 학교의 건강을 늘 점검하고 진단하면서 문제가 어디 있고 처방과 섭생은 어떻게 할 것인지 심혈을 기울여야 한다. 학교를 건강하게 하고 나아갈 방향을 분명히 제시해 줄 수 있는 컨설팅에 대한 짜임새 있는 연구가 우선 필요하다. 예쁘고 화려하게 포장만 잘한 컨설팅은 학교를 바꾸는 데 아무런 도움을 줄 수 없다. 선무당이 사람 잡는 일은 하지 말아야 한다. 돌팔이 의사에게 진료를 맡길 때의 위험성을 인지하고 학교 컨설팅을 받아야 한다.

학교 기숙사 희망론

학교 교육개혁의 일환으로 기숙형 학교가 늘어나고 있다. 기숙사는 학교 안의 상아탑이다. 기숙사는 가정교육의 숙식기능을 학교로 전환하여 학생들에게 오직 교육활동에 전념할 수 있도록 배려한 공동생활의 샘터이다. 기숙사에 입소하는 날의 가정은 분주하고 온 가족이 부산을 떤다. 학생들은 따뜻한 부모의 사랑과 가족과의 만남을 뒤로하고 기숙사에 입소할 때의 마음은 가뿐하지 않다. 기숙사에 일단 입소하면 외출·외박이 금지되고 한 달 동안 폐쇄된 공간에서 공부에 전념해야 한다. 학교 교육 프로그램이 끝나면 야간 교육활동은 기숙사의 몫이다. 기숙사의 밤은 학습열기로 활력이 넘친다. 늦은 시간까지 때론 새벽까지 불야성을 이루고 학력향상을 위해 전진 또 전진을 거듭한다.

기숙사에서는 불필요한 잡담을 할 수가 없다. 체념도 없고 오직 집념과 집중력으로 살아 움직인다. 기숙사에서는 침묵이 금이다. 생활신조에서 협동을 앞세우지만 무서운 경쟁이 숨어 있다. 생존을 위해, 윗자리를 차지하기 위한 처절한 몸부림이 상존한다. 기숙사에 있는 학생들은 긴장의 끈을 놓을 수가 없다. 공부를 게을리 하거나 해태하게 되면 경쟁 상대에게 추월당하게 되고 회복할 때까지 마음고생은 이루 말할 수 없다. 기숙사 학생들은 스파르타식 통제를 받으며 엄격한 생활규범 속에서 생활한다. 그들의 일과는 밤 12시에 끝을 맺는다. 수면부족으로 자기와의 싸움은 처절하고 고통을 느낀다. 체력이 뒷받침되면 새벽 3시 넘어서까지 책과의 씨름을 펼친다. 통제된 생활에 대해 불평·불만을 나타내면 옐로카드가 나오면서 벌점이 주어지고 2회 이상 주의·경고를 받으면 기숙사를 나와 가정으로 가야 한다.

기숙사 학생들은 힘든 생활을 극복하면서 친구가 힘들어하면 서로 격려하며 어려움을 이겨나가도록 도와준다. 기숙사엔 그들만의 낭만도 존재한다. 생일파티도 열리고 주제를 놓고 격렬한 토론의 클라이맥스도 맛볼 수 있다. 매일 다르게 맛있는 간식이 주어지고 동성끼리 누드상태에서 목욕하면서 원초적 본능도 엿보게 된다. 분기별로 한 번씩 과자파티가 열리고 기숙사 생활의 애환도 발표하면서 학업의 방향을 공유하게 된다.

이러한 극한 상황에서 기숙사생활을 하게 되면 집중력 있게 공부해서 성적도 향상되고 인내심이 부족한 아이들도 엉겁결에 참을 수 있는 성격으로 진화된다. 학교마다 기숙사를 많이 지어 들어오고 싶어 하는 학생들을 수용하고 학교교육의 집중력을 배양했으면 한다. 기숙사가 기하급수적으로 늘어나면서 효율적인 운영기법의 논의가 필요하다. 대학에서 시작한 기숙사가 고등학교에서 꽃을 피우고 있다. 도시에도 시범적인 설치를 검토해야 한다. 기숙사는 큰 인재양성의 요람이고 한국 교육의 희망이다.

대장간과 장인정신

지금은 대장간이 사라지고 철강 산업이 진화를 거듭하여 현대적인 제철소로 바뀌었지만 나는 대장간에 대한 연민의 정을 느낀다.

예전에는 마을 어느 곳을 가나 대장간이 동네어귀에 자리 잡고 있어 생활에 필요로 하는 도구를 대장간을 통해 공급했다. 대장장이의 손에서 단단한 쇠는 마술처럼 녹아내린다. 빨간 쇳물은 필요로 하는 농기구 모양을 본뜨게 된다. 시간을 두고 식혀가면서 강도를 높이기 위해 쉴 새 없이 두드리는 과정을 거치면 신기하게도 생산성을 높일 수 있는 멋진 농기구가 만들어진다.

하나의 도구 내지 연모는 대장장이의 땀과 힘에 의해 생활의 유용한 도구로 화려하게 탄생하는 것이다. 학교교육을 대장간에 비유해본다. 사회에서 필요로 하는 인재를 만드는 과정은 바로 대장간에서 이루어지는 과정과 견주어 봐도 너무도 흡사하다. 초가지붕 밑의 대장간에서 화기에 땀이 뒤범벅이 된 채 두드리고 갈고 날을 세우며 끼워서 생활도구를 만드는 대장장이가 교사의 모습처럼 떠오른다.

훌륭한 인재의 양성은 땀이 흠뻑 젖은 대장장이가 기울이는 노력처럼 교사의 뜨거움과 열정이 가미되어야 가능하다. 조상이 물려준 내 몸은 참으로 소중한 존재이다. 예전에는 아이가 흔했지만 이제는 세대별로 한둘에 불과할 정도로 아이들이 귀하다. 아이들을 수입해서 사용하자는 극언도 나오고 있다. 교사는 남의 귀한 아이를 귀하게 길러줘야 한다.

오늘도 드물게 남아있는 대장간에 가서 화덕에 불을 지펴 강한 불에 의해 쇳덩이를 녹이는 광경을 본다. 쇳덩이는 마술에 걸린 듯 낫도 되고 도끼도 되고 호미도 된다. 찬물에 담금질을 하면 연장은 강함을 더하고 산에서 들에서 논밭에서 유용하게 쓰이게 된다.

대장간은 학교와 공통점을 가지고 있다. 대장간이 쓸모 있는 연장을 만들듯 학교는 아이들을 성공으로 이끌어서 나를 빛내고 가문의 명예를 높이기 위해 자기 나름대로 키워드를 설정하고 그에 따른 구체적인 방법들을 제시 하도록 가르쳐야 한다.

소규모, 소자본으로 시작된 대장간처럼 학교는 공업교육을 태동시켰으며 우리나라가 공업입국을 통한 부를 축적하는 원천이 된 것이다.

대장간은 오늘날 제철소라는 거대공장의 모태가 된 것을 우리는 까맣게 잊고 있다. 일본의 신일본 제철에서 제련기술의 기초를 습득한 우리는 연구의 집중력을 발휘하여 포스코와 현대제철을 탄생시켰다. 그 저변에는 교육의 힘이 크게 작용한 것이다.

학교 교육이 인문교육, 전문교육, 예·체능교육으로 나뉘어져서 교육활동을 하는데 이제는 전문교육에 그 누구도 관심을 갖지 않는 국가적 비극이 시작되고 있다. 오늘날 사회에서 성공한 지도자들 모두가 전문계 출신인 것은 자명한 일이다. 3D라는 홀대 속에 우리의 전문교육은 설자리를 잃고 사회적 외면 속에 죽어가고 있다. 그 자리를 동남아와 일부 외국의 노동자들로 채워나가고 있는 것이 현실이다. 굴뚝산업이 사라지고 거대 장치산업과 서비스 산업 위주로 나간다면 우리의 미래는 어둡고 나라의 운명 또한 밝지 않을 것이다. 왜냐하면 큰 것과 작은 것은 서로 의존하며 연관성을 갖고 같이 발전해왔기 때문이다.

대장간의 대장장이는 작은 오차에 대해 관대하지만 학생을 교육하는 교사는 세밀하고 따뜻하며 사랑이 전제되어야 한다.

진화의 표미

찰스 로버트 다윈은 '종의 기원'에서 그 당시 사회를 지배한 창조론에 반기를 높이 들었다. 그의 진화론은 코페르니쿠스의 '지동설'이나 프로이트의 '정신분석이론'과 함께 자연과 정신세계에 새로운 장을 여는 쾌거로 칭송받고 있다.

다윈은 '변이'와 '자연선택'이라는 개념의 결합을 통해 진화의 매커니즘을 주장했다. 그의 이론은 생물은 개체마다 변이가 있고 필연적 생존경쟁을 벌이는데 이들 중 환경에 가장 잘 적응된 개체는 살아남고 그렇지 않은 것은 도태된다고 본 것이다. 그의 이론을 떠올리면서 학교교육에 질문을 던진다. 학교도 진화론의 범주에 들어가는가? 학교는 경쟁에서 살아남기 위해 몸부림 치고 있는가?

더욱 충격적인 것은 다윈은 진화론에서 인간은 신에 의해 창조된 위대한 창조물도 아닌 지구를 지배·소유할 수 있는 존재가 아니라고 말하고 있다. 신의 절대적 권위에 정면으로 도전한 진화론은 창조론자들에 의해 몰매를 맞지만 결국은 생물학의 경계를 뛰어넘어 타학문에도 진화의 이론을 내세우는 계기가 된다. 즉 교육학, 역사학, 경제학, 사회학, 인문학 등 모든 학문 분야의 이론적 기초를 분명히 하는 어마어마한 공헌과 용기에 고개가 숙여진다.

외신보도에 의하면 세계 최대의 인터넷 기업인 나마론은 24시간 불이 꺼지지 않는 마케팅으로 2009년 매출이 약 192억 달러에 달했다고 한다. 그 비결은 현대 경영의 전략인 상품의 원가우위, 차별화, 집중화, 시장 선점을 뛰어넘는 진화를 거듭했다고 한다. 그들은 상상을 초월한 고객 만족 서비스와 모든 고객을 1대 1로 맞춤형 서비스를 제공해 터치만으로 제품을 구입하는 슈퍼 편리성을 도입한 데서 기인한다고 말한다. 이러한 획기적 변화를 상품판매에 한정한다고 간과해서는 안 된다. 그 의미를 곱씹어볼 필요가 있다. 디지털 시대에는 아날로그 방식이 전혀 먹혀들지 않는다. 지금까지 해온 방식과는 전혀 다른 새로운 전략을 들고 나와야 한다. 현장과 긴밀히 대입하여 그 추세에 주목하면서 또 다른 전략을 경주하는 것이 성공의 길로 가는 것이다. 참으로 놀라운 변화이다. 하루 온종일 상품을 마케팅하고 판매 활동에 들어가는 진화를 선택한 것이다. 그러한 작업을 사람이 아닌 시스템이 작동해서 상품을 파는 방법을 구안해서 성공을 주도하고 있는 것은 놀라움 그 자체이다.

학교는 예전에 비해 얼마만큼 진화되었는지 생각해본다. 학교의 외양과 교육내용, 교육활동이 어떻게 바뀌었을까? 진화론과 관련지어 비교해보는 것도 흥미 있는 일이다.

우리의 교육은 어떠한가? 배우는 내용과 교수 기법, 학교의 움직임, 교사와 학생의 마음가짐, 학부모들의 생각, 지역사회의 협력, 교육 입안자들의 기획능력 등은 어떠한가? 짚어볼 필요가 있다. 학교교육의 진화는 이전의 교육방법을 약간 변형하여 답습하는 것은 아무런 의미가 없는 것이다. 진화의 시각은 획기적이고 발전적이어야 한다.

학교의 문화

새 학교에 부임을 하면 그 학교에는 그 나름의 특성을 갖춘 학교문화가 존재함을 금방 알게 된다. 나의 오감을 동원하지 않더라도 묘하게 느낌으로 감지하게 된다. 마치 충청도에 가면 충청도만의 순박하고 급하지 않고 유연한 문화가 그들을 지배하는 것과 같은 이치이다. 제주도에 가면 섬만이 느끼는 아름다운 정취와 이국적인 풍경이 우리들의 마음을 사로잡는 것과 같다.

그 학교의 문화는 오래전부터 이어져 내려온 것이기 때문에 좀처럼 바꾸기 어렵고 아이들도 교사들도 그 문화에 쉽게 동화되고 빠져버리기도 한다. 때로는 지금까지 길들여지지 않은 문화에 거부감을 느끼고 마음고생을 하게도 된다. 학교문화는 학교가 설립되면서부터 형성된 것도 있고 동창회나 그 지역사회의 무형의 힘에 의해 형성된 것도 있다. 또한 특정한 리더에 의해 뿌리 내려진 것도 있고 아이들이 만들어서 끊이지 않고 이어져 내려온 문화도 있다.

학교문화는 긍정적이고 바람직한 부문도 있으나 부정적이고 교체해야 하는 나쁜 문화도 같이 존재한다. 워낙 뿌리가 깊어 캐낼 수도 없는 것도 있고 암 덩어리로 발전하여 고칠 수도 없는 불치의 문화도 존재한다.

나에게 학교문화는 도전의 대상이 된다. '이건 너무 바람직하다. 발전적으로 더욱 빛나게 해야 겠다'라고 마음을 먹기도 하지만 '아니야 이건 정말 아닌데'하고 도리질 하면서 바꿀 것을 벼르는 학생문화도 있다. 내가 관심을 가진 것도 긍정적 부문보다는 부정적 부문에 집중했던 것 같다. 부정을 긍정으로 바꿀 때 학교 문화는 꽃피우게 되고 학교 발전의 틀을 짤 수 있다고 확신한다.

학교는 미래의 나라주인이 주인노릇을 하기 위해 몸과 마음을 예쁘게 키워가는 공간이다. 학생들 얼굴모습은 비슷하면서도 전부 다르고 생각의 크기도 종류도 그 폭도 다양성을 나타낸다. 가정교육의 정도도 천차만별이고 능력의 차이도 많은 차이를 보이고 있다. 시각을 통해 사물을 인지하고 판단하는 능력과 청각을 통해 소리를 인지해서 두뇌에 저장하는 정도도 다름은 물론이다.

학교는 빙 둘러 울타리가 쳐져서 일부 병든 사회 문화의 유입에서 안전지대를 표방하는 듯하지만 그건 착각이다. 사회에 만연되어 있는 좋지 않는 병폐 현상이 아주 자유롭게 학교 울타리를 넘나들면서 고유의 학생들의 소박한 문화와 충돌하고 변형되어 나타나고 있다.

학생들만의 독특한 문화도 새로운 문화의 유입으로 재구성되어 색다른 청소년 문화로 포장된다. 학교의 문화는 사회와 국가의 문화 형성으로 연결된다. 학교만의 고유한 문화는 학생들의 정신에 의해 만들어진다. 그들의 문화가 천박하지 않고 미래지향적이 되도록 조언해서 화려하게 꽃피우도록 이끌어야 한다.

대량교육 시대

누구든지 컴퓨터를 켜고 가볍게 클릭을 하면 인터넷에 진입해서 정보의 바다에서 항해를 시작하게 된다. 떠돌아다니며 즐기는 정보사냥은 행복이 가득하다. 나에게 취사선택의 권한이 주어지고 무궁무진한 정보는 눈길을 끌기도 하고 무시당하는 정보도 부지기수이다. 유익한 정보가 있는가 하면 쓸모없는 정보, 때론 인간을 병들게 하는 나쁜 정보도 넘쳐 나는 것이 인터넷 세상이다.

인간은 이제 같은 사이버 공간에서 수많은 정보를 공유하면서 나름대로의 삶을 꾸려 가는 삶의 방식을 채택하고 있다. 시시각각으로 쏟아져 들어오는 신지식도 시간과 공간의 제약으로 극히 일부만을 가질 수밖에 없고 나머지는 의미 없는 죽은 지식으로 남게 된다.

이제는 교육도 대량교육 방식으로 불특정 다수에게 제공되는 것이 일반화되고 있다. 학교는 지금까지 경쟁자 없이 편안한 마음으로 보호받는 울타리 안에서 역할을 수행해 왔다. 그러나 눈부시게 진보한 세상에서 현재의 학교 교육시스템이 살아남을 수 있을까를 생각하면 앞이 컴컴해지고 빈혈과 함께 아찔함을 느낀다.

학교는 예전과 달리 경쟁의 우위를 지킬 수 없는 위기 상황에 서 있는 것이다. 인터넷을 통한 대량교육의 방법은 점차 증가 추세이기 때문에 학교는 잔뜩 긴장해야 한다. 빠른 정보의 역할을 담당하면서 많은 사람들을 끌어들이고 있는 인터넷은 학교의 가장 큰 위협 대상이다. 이러한 엄청난 변화의 꼭짓점에서 학교가 나아갈 방향을 어떻게 설정하고 학교에서 어떻게 받아들일 것인가의 연구가 활발히 진행되어야 한다.

대량 교육방법이 학교 교육을 위협하는 시대에 우리는 살고 있다. 방송통신 고등학교와 동 대학교는 오래전부터 이 땅에 뿌리를 내리고 수많은 졸업생을 배출하면서 도약을 꿈꾸고 있다. 지금은 사이버 대학과 사이버 연수과정이 인기를 끌면서 평생교육이 맹위를 떨치고 있다. 앞으로 학교는 학교 이외의 교육기관과 교육목적은 차이가 나지만 경쟁할 수밖에 없고 도태를 모면하기 위해 몸가짐을 새롭게 해야 한다. 언론매체나 그밖에 방법을 통한 대량교육 시대의 도래는 평생교육과 연관지어 생각할 수 있다. 학교교육에서 얻은 지식을 가지고는 복잡하고 다양한 오늘날을 살아가기 어렵다는 위기감에서 사람들은 지식

재무장에 매달리고 있는 것이다.

시대에 적합한 지식을 흡수하고 새롭게 전개되는 내일을 준비하기 위해 발걸음을 재촉하고 있는 것이다. 학교가 전통적인 교육방법을 고수하고 현실에 안주한다면 학교는 새로운 물결에 순응하지 못하고 거대한 댐이 무너졌을 때 일어날 수 있는 사태에 직면하게 된다는 위기감을 느껴야 한다.

수술 받는 학교

만약 학교를 해부한다고 말하면 섬뜩한 생각이 들어 온몸에 소름이 끼칠 것이다. 학교가 무엇이 잘못 되었기에, 무슨 중병이 걸렸기에 아니면 학교가 무슨 실험의 대상이라도 된단 말인가 하고 의구심을 갖게 된다.

요즘의 학교는 수술을 필요로 한다. 무엇이 오늘날의 학교에 메스를 가하지 않으면 존립의 위험한 지경에까지 갔는가를 유추해보고 병든 부분, 썩은 부분을 도려내어야 하는지 그리고 치유방안을 꼼꼼히 생각해 볼 필요가 있다. 그것은 학교가 교육의 본질에 근접해서 학생교육을 하고 있는가를 반문하는 데서 시작해야 한다. 부끄럽다고 감추거나 노출을 두려워해선 아니 된다. 세상의 일이란 숨바꼭질의 연속이다. 꼭꼭 숨어 찾지 못할 것 같아도 언젠가는 숨은 것은 찾아내고 찾아낼 수밖에 없는 것이 역사의 진리이다.

마취 없는 수술은 잔혹한 것이다. 견딜 수 없는 고통과 아픔이 뒤따르기 때문이다. 그렇다고 방치하면 더 큰 병으로 발전하고 그때는 수습 불능의 상태로까지 발전할 수 있다. 교육적 효과를 반감시키는 교육제도나 교육과정, 교육방법 등 다양한 부분을 다시 한 번 추슬러보고 수술이 필요한 부분은 과감히 접근해서 잘라내고 새살이 돋게 해야 한다. 암은 초기에 발견해서 적절한 치료방법을 강구해서 대응하는 것이 정설이다. 암이 무섭다고 공포감에 떨고 치료를 회피한다면 죽음은 소리 없이 찾아온다.

학교를 수술하기에 앞서 많은 전문가들이 학교를 진단하고 문제점이 무엇인지 그 문제점의 원인과 진행과정, 예상되는 결과를 짚어 의견을 교환하고 전문적 식견에 따라 어느 정도의 메스를 가해야 할지를 가늠하고 치밀한 준비와 과정을 밟아야 한다.

돌팔이 의사가 사람 잡는 식의 어설픈 접근은 견제해야 한다. 그리고 수술의 진행과정을 면밀히 관찰하고 주시하면서 회복과정도 그 이후의 건강 여부로 체크해보아야 한다.

꿈꾸는 학교

학교는 꿈을 꾸고 아름다운 꿈의 소망을 현실로 바꾸어가는 곳이다. 꿈은 사람을 신명나게 하고 용솟음치게 하는 마력이 있다. 꿈은 정신세계가 쉬지 않고 살아있음을 의미한다. 꿈을 꾸면 그 꿈을 쫓아

다니며 추적을 하게 된다. 그리고 현실세계와 연관을 지워보고 해몽도 곁들인다. 생활에 활력이 없는 사람은 꿈도 꾸지 않는다. 꿈을 꾼다 해도 시원찮은 꿈을 꾼다.

학생들의 꿈은 크고 아름다워야 하며 그 꿈을 체계적으로 다듬고 가꾸어갈 줄 알아야 한다. 선생님들의 꿈은 원대하고 사랑이 담긴 꿈이어야 한다. 사랑을 싣고 무한질주하는 꽃마차 같은 꿈이어야 한다. 학부모들의 꿈은 지혜가 담겨 있고 미래지향적인 꿈이어야 한다. 학교 구성원 모두가 개꿈을 꾸어서는 아니 된다. 노래를 부르듯이 활기 넘치는 꿈이어야 한다. 개꿈은 당첨의 가능성이 희박하고 꽝이 나올 가능성이 높은 꿈이다.

낮잠을 곤하게 자다가 꿈나라에 진입한다. 꿀맛보다도 더 단꿈을 꾼다. 학교는 꿈을 구조화시켜가는 곳이다. 꿈은 모호해서는 안 된다. 꿈을 현실에서 접근해 가도록 이끌어야 한다. 꿈은 미래설계와 밀접한 관련이 있고 미래를 설계하는 것은 학교생활에 힘을 보태준다. 답보상태에 머무르는 것은 방지하고 활력을 불어넣는다. 꿈은 마음에서 작은 밀알이 되어 싹을 틔우는 역할을 한다. 꿈이 늦으면 차 떠난 다음 손 흔드는 꼴이므로 일찍 꿈을 꾸도록 지도해야 한다.

꿈이 늦다는 것은 미래가 밝지 못하다는 것이다. 꿈이 잉태되고 여러 가지 자양분을 공급하여 그 꿈이 무럭무럭 커가도록 햇볕도 쪼이고 물도 주고 영양분도 제공해 주어야 한다. 사람마다 꿈의 크기는 다르고 꿈의 내용도 다르다. 꿈에 전설적인 동물인 용이 나타나서 하늘로 승천하는 꿈을 꾸면 복권도 사고 주위에 자랑도 하고 싶은데 나는 용꿈을 한 번도 꾸지 못한 아쉬움이 있다.

아이들의 꿈은 때론 허황되고 실현 불가능할 수도 있고 현실과 동떨어진 엉뚱한 꿈일 수도 있다. 그렇다 할지라도 사람의 마음속에 꿈이 잉태되어 자랄 수 있다는 것은 큰 의미를 가지는 것이다. 꿈은 그 사람의 행동을 제어하는 중요한 요인이 될 수 있다. 꿈이 있는 사람은 보는 것이, 듣는 것이, 말하는 것이, 느끼는 것이 다름을 알 수 있다. 꿈이 없는 것은 불행한 일이며 꿈이 없으면 마음이 공황상태로 치닫는다. 또한 자기를 아무렇게나 다루게 한다. 결국 꿈이 없다는 것은 자기 파괴의 길로 들어서는 불행이 찾아온다.

잠자는 모습은 아름답고 평화롭고 행복해 보인다. 잠은 피로를 이기기 위한 생리적이고 자연스런 현상이지만 꿈을 동반한다. 꿈속에서는 지나온 일에 대한 단순한 피드백도 있고 복잡하게 비춰지는 추억의 주마등도 있다. 미래에 대한 기대도 있고 설계도도 그리며 걱정과 바람이 뒤범벅되기도 한다. 무서워서 놀라 소리도 지르며 깨기도 하고 코미디처럼 웃기고 울면서 재미있음도 불현듯 나타난다.

수면에서 정신적 활동이 꿈으로 나타나는 것이다. 꿈은 낮의 정신적 활동의 스트레스를 잠을 통해 해소하는 것이기도 하다. 정신세계의 휴식이 없는 사람들은 정신장애를 일으키고 결국은 뇌가 심각히 손상되어 파괴될 수도 있을 것이다. 복잡한 뇌의 활동이 밤의 꿈을 통한 휴식으로 재충전되어 다음날 다시 평온한 상태로 정신활동을 시작하게 된다.

교육과 유행

　우리가 생활하는 데 유행이 가장 민감하게 작용하는 부분은 여성과 관련된 분야라고 생각한다. 여성의 머리 모양부터 화장품, 의류, 성형, 생활소품에 이르기까지 여성용품은 변화무쌍하다고 해도 과언이 아니다.

　남성들과 달리 여성들은 유행을 스스로 창조하고 유행을 좇고, 때론 유행을 경멸한다. 유행을 좇는 것은 자신의 존재를 확인하는 데서 출발하여 인정받고 때론 뽐내고 싶은 심리의 발현이기도 하다. 유행은 시대의 조류를 읽을 수 있는 중요한 잣대가 된다.

　그러나 유행은 많은 경제적 손실을 수반하게 된다. 경제력이 뒷받침되지 않으면 유행은 신기루와 같은 것이다. 교육에도 사회적 유행처럼 거세지는 않지만 유행이 있다. 평가의 객관식 유형이 확고하게 자리 잡았다가도 주관식 유형이, 더 나아가 논술이 요원의 불길처럼 퍼져 나가기도 한다. 체육교육이 전면에 나섰다가 예술교육이 파고들기도 하고, 영어교육이 교육의 전부인양 회자될 때도 있다. 반공교육이 지금은 말조차 생소하게 느껴지고 거론조차 되지 않는 잊힌 단어가 되었지만 예전에는 교육의 맨 앞자리에서 우리의 사상을 지배했다. 교육에서 유행이 휩쓸고 지나간 자리에는 한기마저 느껴질 때가 있다. 그러나 교육은 유행을 경계한다. 인간이 커나가는 과정에서는 여러 가지 싱싱하고 맛난 재료를 넣어 맛난 비빔밥이 만들어지듯이 어느 하나 경중 가릴 것 없이 아이들에게 다양한 부분이 투입되어야 하기 때문이다. 유행의 퍼짐현상은 디자이너나 연예인 또는 색다름을 추구하는 사람들에 의해 소리 없이 시작된다. 유행은 대중의 동의가 있을 때는 엄청난 위력을 발휘한다. 일본이나 동남아 일부 국가에서 불길처럼 퍼져 간 한류열풍이 이를 입증한다. 유행의 퍼짐 현상은 일반적으로 겨울의 메마른 대지를 함박눈이 소리 없이 덮어가듯 시작되어 때론 여름날 거세게 휘몰아치는 소나기처럼 대중 속에 파고든다. 그럼 교육에서 유행이란 있는가, 아니 있을 수 있는가를 생각해본다. 교육에서 유행이 있다면 어떤 것일까? 필자는 교육에서의 유행은 교육활동에 초점을 맞추어 생각해 보고자 한다. 유행은 어떤 가능성의 실험이기 때문에 많은 사람들의 관심사이고 동참할 마음도 매우 높다. 너무 유행을 맹목적으로 따라가는 것도 나쁘지만 유행을 경원시 하는 것도 시대 흐름에 뒤처지고 매너리즘에 빠질 수 있다. 교육에서 유행은 중립적 위치에서 관망하면서 너무 동조할 필요도, 너무 외면할 필요도 없는 것이 좋을 듯싶다.

불 꺼지지 않는 학교

　학교는 공공재로서 재산적 가치가 매우 높은 국가의 재산이다. 하지만 빈 시간을 이용하여 학교시설을 사용하려는 사람들에게 개방의 문호를 넓혀 사용가치를 높이는 것은 바람직한 일이다. 재산의 효용성을 높이는 것이야말로 경제원칙에 부합되는 일이기 때문이다.

초등학교와 중학교의 경우 정규 교육과정에 따른 수업이 종료되면 다양한 종류의 방과 후 교육활동이 이루어진다. 학교는 하루 종일 분주하게 움직인다. 동아리 활동까지 마치게 되면 학교는 적막이 감돈다. 교육 활동 이후의 여유 시간에 학교시설을 개방하는 문제를 생각해본다. 또한 주말에는 학교가 거의 비게 되어 휴면 상태로 돌입하게 된다. 주말에 지역 주민의 다양한 동아리 활동과 체력단련 장소로 활용되는 방안이 강구될 수 있다.

학교가 사용료를 징수하는 것도 지양하고 무료로 봉사하는 자세가 필요하다. 혹자는 시설 파괴나 전기·수도료 등을 징수하는 것이 당연하다고 보는데 그건 국가의 세금으로 운영되는 학교가 지역주민에게 그 정도의 아량은 베풀어야 할 것 같다.

기업체가 아닌 학교에서 돈 냄새가 나도록 하는 것은 바람직하지 못하다. 그러나 사람을 기르는 것도 비즈니스와 관련 있다고 생각하면 학교가 일부 돈과 관련짓는 것에 민감할 필요는 없다. 무한경쟁의 시대로 접어든 세계는 이제 비즈니스로 모든 것이 연결되어 있다. 불꽃 튀는 경쟁에서 살아남을 수 있기 위해서는 교육계도 과거의 폐쇄적인 생각을 과감하게 때려 부수고 새로운 물결에 동참해야 한다.

글로벌 경쟁사회에서 우리들의 생각은 창조 우선의 교육, 교수·학습 기법의 변화, 사고(思考)의 변화로 나가야 한다고 모든 사람들이 입을 맞추고 있다.

내적 진화와 외적 진화

학교의 외적 진화가 하드웨어의 구축에 있다면 학교의 내적 진화는 소프트웨어의 가짓수를 늘리고 다양화 하는 데 있다. 우리나라가 하드웨어 부분에서는 세계적 수준에 접근했다고 많은 사람들이 인정하고 있지만 소프트웨어부분에서는 아직 초기단계에 진입한 것으로 평가한다.

교육의 운영방법의 다양성을 구축하는 것은 교육의 효과를 증대시키는 데 있어 매우 긴요한 역할을 한다. 또는 소프트웨어의 개발은 교육의 효율성을 높이는 데 있어서도 매우 중요하다.

학교의 내적진화에 중심은 교사와 학생과 관련되어 있다. 교육활동이 실제적으로 이루어지는 것은 교사와 학생의 상호작용에 의해 교육의 성과는 나타나기 때문이다. 요즘은 교육활동이 학생의, 학생에 의한, 학생을 위한 교육방법을 강조하지만 여전히 교사의 주도적 역할은 교육의 수준과 교육적 결과에 막대한 영향을 미치고 있는 것은 분명하다.

학교의 외적 진화의 범위는 매우 넓게 해석될 수 있는 부분이다.

학교의 외적 모습은 예전이나 지금이나 크나큰 변화 없이 답보상태에 머물고 있다. 최근에 와서 강력한 변화의 회오리바람 속에서 학교의 외적 진화도 시동을 걸기 시작했다. 교육활동을 학생의 편의 중심으로 그 모습이 많이 바뀌어가고 있다

학교하면 떠오르는 것이 일자형 건물에 똑같은 모양의 교실, 딱딱

한 책걸상, 칠판과 백묵, 불편한 화장실, 사물함과 교실구성이 동일한 특별교실일 것이다. 그동안 학교의 외적 진화는 눈에 거의 띄지 않게 미미하게 답보상태에 머물렀다고 평가할 수 있다.

나라의 경제적 힘이 하드웨어인 학교의 모습을 크게 변형시키기에는 넉넉지 않았기 때문이다. 교육에 대한 투자에 소홀하고 경제적 이득이 없다는 단순한 판단 오류의 결과도 한몫을 한 것이다. 꽉 막힌 생각이 이제는 교육만이 나라의 힘을 크게 하고 경쟁에서 이길 수 있다는 생각이 공감대를 형성하여 지금의 학교모습은 신설학교를 중심으로 획기적이라 할 만큼 달라지고 있다.

전중환 교수는 '오래된 연장통'이라는 저술에서 진화심리학의 재미있는 이론을 펼치고 있다. 가임기의 여성은 좋은 유전자를 지닌 남성으로 코와 턱이 발달한 남자, 어깨가 넓고 근육이 탄탄한 남성, 분위기 있는 저음의 남성, 크고 훤칠한 키의 남성, 거칠고 사나이의 체취가 강한 남자를 선호한다는 것이다.

찰스다윈이 진화론을 언급한 뒤로 창조론자들과의 논쟁은 물론 많은 사람들로부터 뭇매를 맞고 지금도 시시비비는 계속 이어지고 있다. 분명한 것은 진화론에서는 지금도 진화가 진행 중이라는 것이다. 학교를 내적, 외적으로 진화시키는 것은 학생을 진화시키기 위한 전제조건이다. 선생님들도 진화를 멈추어서는 안 된다. 진화된 선생님으로부터 한 발짝 더 진화된 학생이 나오기 때문이다.

바꿔! 바꿔!

누구나 특별한 사정이 없는 한 초·중·고 학창시절은 기본으로 학업을 이수한다. 대학과 대학원은 선택에 따라 전공분야를 찾아서 진학 여부가 결정된다. 학창시절을 의미 있게 보내는 것은 평생 동안 삶의 자산이 되기 때문에 하루에 세 번 반성하면서 나를 키워야 한다. 학교는 초·중등 교육법의 규정에 의해 교육과정을 편성하여 아이들을 가르치게 된다. 교육과정은 보물단지와 같아서 가르치고 배워야 할 모든 내용이 담겨져 있다.

요즘 교육과정 운영의 유연성도 거론되지만 그것은 작은 미풍일 뿐 그 범주를 크게 벗어날 수 없는 것이 현실이다.

예전에 필자가 공부할 때의 학교모습과 지금의 학교모습을 비교해 보면 제일 많이 변화된 것은 교육과정으로 생각된다. 교육과정은 시대의 흐름과 궤를 같이하고 시대가 요구하는 인간상을 만드는 데 초점을 맞추기 때문이다.

그런데 중요한 것은 학생들이 가벼운 발걸음으로 이른 아침 교문에 들어서면 새로움을 느끼게 하고 시작의 상큼함을 맛볼 수 있게 세심한 배려가 필요한데 예나 지금이나 닮은꼴이다.

지금도 학생과에서 교문을 나라 지키듯 굳건히 잘도 지킨다. 두발, 용의복장에 지나친 시비를 거는 것은 달라져야 할 풍경이다. 꽤나 시간이 흘렀지만 어느 여가수가 '바꿔 바꿔'라는 노래를 불러 히트한 생각이 난다. 이 노래는 가사를 변형시켜 선거에도 대단한 돌풍을 일으켜 유권자의 머릿속에 각인되었다. 묵은 것, 낡은 것, 불필요한 것, 버려야할 것을 바꿔서 새로운 옷을 입히고 새 출발하자는 소망이 대중에게 맞아 떨어진 것이다. 학교교육이 활력을 읽고 매너리즘에 빠져서는 교육의 목적을 달성할 수 없다. 과거의 낡은 옷을 벗어버리고 아이들에게 새것을, 신기한 것을, 특이한 것을, 뭔가 다른 것을, 빼어난 것을, 흥미 있는 것을, 좋아하는 것을 취사선택할 기회를 제공해야 한다. 필자는 해방 후 세대지만 민족상잔의 6·25를 겪고 4·19 학생혁명과 5·16 군사혁명을 지켜보았다. 손이 바뀌는 세상에 익숙했던 것 같다.

새마을 운동으로 민족의 단합과 부흥의 열기를 지켜보고 참여도 했다. 안타까운 것은 남·북의 이념 대치는 우리의 군사력을 증강하는 데 결정적 계기로 작용했다는 것이다.

이제 한국의 국력은 세계가 부러워할 정도로 커지고 있다. 가난과 무지로 멸시를 받았던 민족이 첨단기술을 자랑하고 세계를 향해 무섭게 돌진하는 놀라운 민족으로 바뀌고 있다. 우리 민족의 우수성, 저력이 끊임없는 자극에 고무되어 국가를 튼튼한 반석 위에 올려놓기 위해 나를 바꾸고 우리를 바꾸고 사회를 바꾸고 국가를 바꾸는 일에 집중한 결과로 생각한다.

학교에서 공부하고 있는 아이들은 옛날 아이들이 아니다. 무척 영리하고 똑똑하며 상당한 정도로 진화된 아이들이다. 신인류의 출현이라 해도 과언이 아니다. 교사는 비가 오나 눈이 오나 바람이 부나, 맑은 날이나 흐린 날이나 가리지 않고 선두에 서서 가정을 바꾸고, 학교를 바꾸고 더 나아가 나라를 바꿔야 한다. 그래서 교사는 남을 이끌고 험난한 가시밭길을 지혜롭게 헤쳐 나가는 리더이다.

행동수정담론

　한국은 세계저으로 이름난 저출산국이다. 민족상쟁의 한국동란 이후 베이비붐이 일어 급격한 인구증가는 학교를 당황하게 만들기도 했다. 정부의 강력한 산아제한 정책으로 출산율이 떨어지고 다산은 소산으로 역전되었다. 아이들의 커가는 소리가 요란했던 시골학교가 이제는 텅텅 비어가고 있다. 학교는 밝고 맑고 순수하게 깨끗한 영혼들이 호흡하는 신성한 곳이다.

　아이들이 학교공간에서 꿈도 꾸고 미래도 설계하며 배움을 덧붙여 가고 친구도 사귀면서 앞으로의 그들의 삶을 준비해 간다. 덜 익고 덜 성숙하지만 그건 문제가 되지 않는다. 지금 그들이 주인노릇을 하는 시점이 아니기 때문에 시행착오도 잘못도 그건 크게 문제되지 않는다. 오히려 그런 잘못은 수정될 수 있으며 행동을 수정해 나가는 기법도 배우기 때문이다.

　난 교직생활을 하면서 엄격한 도덕기준을 설정하고 지키길 권장했다. 내게 초점을 맞추고 지나친 강요에 대해 하느님께 고해성사를 보고 통회한다. 학교가 너무 경직되면 숨을 쉴 수도 없고 창조의 기회도 박탈하게 된다는 것을 뒤늦게 깨달은 것이다. 학교에서 어느 학생의 행동을 사례연구를 통해 유심히 관찰해본다. 놀라운 것은 학생의 행동이 같은 경향성을 보인다는 것과 어느 시점에서 이미 그러한 행동이 학습되어 졌다는 것을 인식하게 된다. 이미 학습된 행동을 수정하는 것을 매우 어려운 과제이다. 행동수정은 많은 시간과 노력을 필요로 하며 성공과 실패 여부도 장담할 수 없다. 학생들의 겉으로 드러나는 행동은 선천적이라기보다는 주변의 환경과의 끊임없는 상호작용을 통해 학습된 행동이라는 것에 전적으로 동의한다. 또한 학생들의 행동은 자극에 의해 반응하며 돌발적으로 급조되는 경우를 학교현장에서 자주 보게 된다. 교사들은 이러한 부분에서 때론 당황하게 되고 행동치료 방법에 대해 고민하게 된다. 행동수정이론에서는 밖으로 드러나는 행동을 중시하는데 심리적인 면도 외연적 행동과 밀접한 관련을 갖기 때문에 심리치료와 행동치료를 같이 묶어서 단행하는 것이 효과적이라고 본다. 오늘날 정신과 의사들도 정신질환자가 이상행동에 대해 행동수정이론을 도입하고 치료과정을 밟는다. 학교에서 교사들은 행동수정에 대해 그 오묘함에 빠져든다. 아이들의 문제 행동은 어렵지만 작은 부분부터 고쳐 나가는 일로부터 시작된다. 행동수정을 성공적으로 이끌어서 새로운 사람으로 탈바꿈했을 때의 쾌감은 매우 달콤하고 의미 있는 일이다. 이미 학습되어 굳어진 이상행동을 개선해 나가는 것은 많은 인내와 상담과정을 거치지만 이런 일도 교육의 본질에 근접한 사항이므로 전 교사가 달려들어야 한다. 담임을 맡았던 젊은 교사시절에 행동수정이 불가능하다고 낙인 찍혔던 아이를 사례연구를 통해 바로잡아 주었던 성공사례는 지금도 나를 흥분시킨다.

맞춤 인재

학교는 인간을 교육시키는 장소로 사람 됨됨이를 중시한다. 기업은 이익을 창출하는 장소로 사람의 가치를 중시한다. 사람 됨됨이와 사람의 가치는 공통점을 가지면서 상이점도 동시에 나타난다.

인재양성을 두고 학교와 기업의 충돌이 여기서부터 충돌한다. 기업은 학교에서 기른 인재에 대해 만족하지 못하고 태클을 건다. 더 나아가서는 불편과 불만을 토로 한다. 이미 길러진 아이들은 이럴 수도 저럴 수도 없는 곤경에 빠진다.

기업은 학교가 필요로 하는 인재를 제대로 길러내지 못하기 때문에 기업 나름의 교육프로그램을 만들어서 다시 교육시켜야 한다는 것이다.

그런 현상을 시정하기 위해서 요즘은 맞춤형 인재 양성이 도입되고 있다. 기업과 학교 간에 기업에서 필요로 하는 인재에 초점을 맞추고 교육과정을 편성하여 운영한다.

대학에서 가르치는 내용과 기업이 필요로 하는 전공의 괴리현상을 좁혀서 학교에서 습득한 전공지식을 바로 기업에 연결시켜 불필요한 기업의 재교육 투자를 줄여보자는 것이다. 꿩 먹고 알 먹고 누이 좋고 매부 좋은 시스템이라고 할 수 있다. 요즘처럼 취업이 낙타가 바늘구멍을 통과하기 어려운 시점에 맞춤형 인재양성은 취업을 확정지을 수 있다는 장점이 있다. 기업은 필요한 부문에 공급과 수요를 과학적으로 예측하여 적재적소에 사람을 배치할 수 있는 이점이 있다.

국가적으로 우리나라 산업의 변화나 발전 추세를 예측하여 거시적 관점과 미시적 관점을 잘 조화시켜 인재양성에 나서야 한다. 주먹구구식으로 인재를 양성해서 책임지지 못하는 교육은 과감하게 쓰레기통에 버려야 한다.

기업이 진화하면 학교도 진화를 서둘러야 한다. 학교와 기업은 맞물려 돌아가는 뗄래야 뗄 수 없는 러닝 메이트이다. 삼성그룹이 세계적 기업으로 발돋움해서 세계인의 사랑을 받는 것은 인재제일이라는 경영철학을 실천한 데에 기인한다. 인재는 하늘이 주는 것이지만 교육을 통해 다이아몬드처럼 빛나는 보석을 만들어야 한다.

자동차가 메모리한 성능을 발휘하지 못하면 리콜해서 고쳐주듯 일본에서는 사람도 학교에 리콜을 요청한다고 한다. 의미 있는 충격적인 이야기이다.

Part 6

교단 산책

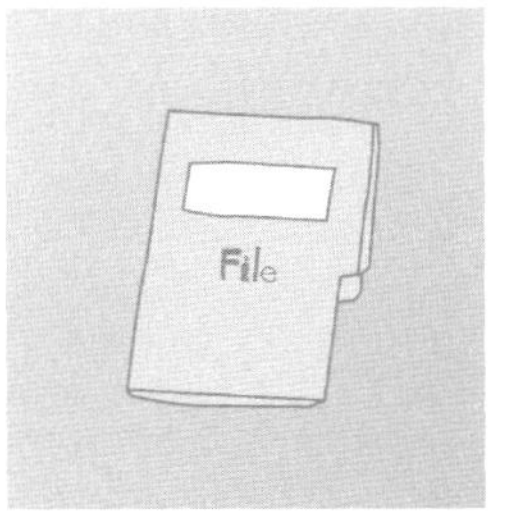

협궤열차

　수려선은 일제가 여주 이천 지방에서 생산되는 양질의 쌀을 수탈해서 수인선과 연결하여 인천항을 통해 일본국으로 실어 나르기 위해 건설한 협궤 철도이다.

　예부터 밥맛이 뛰어나 임금님 수라상에 올려 졌다는 여주 쌀의 주 생산지는 남한강을 껴안고 형성된 여주 평야로 한국 최고의 품질을 자랑하는 곡창지대이다. 첫 발령지 여주를 향해 협궤열차에 몸을 싣고 가슴엔 설렘으로 가득 찬 내 모습을 그려본다.

　그때 나는 대학을 갓 졸업한 젊고 패기에 찬 새내기 청년교사였다. 출발역인 수원역에서 먼 길 떠나는 나와 동행하는 어머니의 걱정스런 표정은 읽었지만 그래도 얼마나 든든하고 신이 났는지 모른다. 부릉부릉 부르릉 시동이 걸리고 협궤열차가 움직이기 시작한다. 출발역에서 많지 않은 승객을 태우고 협궤열차는 뚜뚜 기적을 울리며 뒤뚱 뒤뚱 수원 평야를 바람을 가르며 잘도 달린다.

그러나 웬걸 달리던 열차가 경사면을 만나면 탱탱한 풍선에 바람 빠지듯 힘에 겨워 쭈뼛거리기 시작한다. 열차 밀어 올리기 안내방송이 나오기 무섭게 사람들은 열차에서 뛰어내려 찰싹 달라붙어 있는 힘을 다해 밀어 올린다. '영차, 영차' 구령에 맞추어 합창을 하면 힘은 한 곳으로 모아진다. 언덕에 오르면 승객들은 잽싸게 올라타서 긴 한숨과 함께 하던 얘기를 잇기 시작한다. 수려선의 효용성이 문제가 되어, 폐선의 소용돌이 속에 말려들었다. 수익이 나지 않는다는 연유로 투자를 하지 않은 데서 온 코믹한 얘기이다. 그래도 낭만도 있고 웃음도 있고 흥미가 있었던 시절이다.

정거장엔 타고 내리는 손님도 없이 그냥 지나치는 역이 을씨년스럽게 눈에 들어왔다. 열차 이용 요금이 싼 맛에 주머니가 가벼웠던 서민들, 장을 찾아 나선 장돌뱅이, 친정을 다녀오던 새색시, 보따리가 유난히도 큰 아줌마 부대가 주된 승객이다. 협궤열차는 고속도로가 뚫리고 고속버스가 출현하면서 고객을 뺏긴다. 자연히 경쟁력을 상실하고 폐선의 운명에 놓이니 서민들의 타는 가슴 누가 알아주랴. 기찻길이 뜯기면서 깔려 있던 침목도 화목으로 전락하고 만다. 최근 들어 미국에서는 열차의 효율성을 재인식하고 고속 철도를 중심으로 과감한 투자를 계획하고 있다는 소식이 들린다. 기차는 초기 투자는 많이 들지만 환경 친화적이고 물류 이동이 저렴하고 신속성, 쾌적함에서 앞서기 때문이다.

서민들의 온갖 애환을 같이 싣고 달리면서 우리들의 마음을 따뜻하게 감싸고 아픈 상처를 보듬어 주던 협궤열차여! 이제는 부활의 손짓을 하려무나. 지금도 협궤열차는 내 꿈자리의 단골 메뉴로 가끔 등장한다. 때 묻지 않고 순수함이 배어있는 첫 부임지의 학교 교실과 논밭 그리고 냇가도 내 꿈의 무대가 된다. 나는 여주의 첫 발령지 학교를 시작으로 14개 학교를 돌고 돈 후 포천의 마지막 학교에서 종점의 기쁨을 만끽한다.

젊은 교사에게

　선생님하면 떠오르는 이미지가 예전에는 지적인 눈매에 회초리를 든 훈장을 연상케 한다. 또한 늘 원칙을 선호하고 전통에 충실하며 성품이 곧고 엄격한 사람이라는 느낌이 들기도 한다.

　선생님은 세상에 많고 많은 직업 중에 신의 부르심에 순응하며 오늘도 아침 해를 열고 저녁 해를 닫는다. 아이들과 씨름하다보면 이마에 진땀이 흐르고 파김치가 된다. 쉰 목소리로 괜한 일에 얼굴을 붉히기도 하고 목청을 높여 호령하기도 한다. 피로가 겹치고 몸이 아파 병원을 찾고 싶어도 병원에 갈 시간이 없다. 우리 몸의 자연적인 면역력에 몸을 맡길 때가 대부분이다.

　스트레스에 신경이 날카로워져도 생각이 커가고 몸이 늘어나는 아이들을 보면서 쏠쏠한 재미에 웃음꽃을 피운다. 날이면 날마다 학교라는 좁은 공간에서 이리저리 부대끼지만 아이들이 불러주는 '선생님' 소리에 소스라치게 놀라 나를 깨운다. 어느새 피로도 한 방에 날아간다.

바느질이 내 전공이 아니지만 자투리 시간을 이용해서 우리 반 아이들이 입을 미래의 옷을 마름질해서 꿰매본다. 그들에게 입힌 옷이 크고, 작고, 길고, 짧아 잘 어울리지 않지만 머지않아 멋쟁이가 될 거라는 생각에 입가에 미소가 흐른다. 우리의 뜨거운 혼을 아이들의 그릇에 채워준다. 운명이 그들의 미래를 결정지어 받아들일 수밖에 없다고 단정 지어도 달디 단 사랑을 듬뿍 발라주자. 마치 눈사람을 만들 때 눈을 뭉쳐 덧붙여 나가듯 말이다.

우리의 정성이 밀알이 되어 싹을 틔우고 가지를 뻗고 꽃을 피워 열매를 맺도록 밀어주고 이끌어 주자.

고대의 스승은 아무나 제자를 두지 않았다는 얘기가 있다. 제자의 선택 기준을 배움을 원하는 이의 자질과 학문에 대한 열정을 평가한 후 문하생으로 받아들였다고 한다. 또한 스승을 찾아 배움을 청하려면 몇 년간 허드렛일을 하다가 겨우 가르침을 받았다고 옛 서적 여러 곳에 소개되고 있다.

유명한 단비구법(斷臂求法)의 실화는 다음과 같다.

신광은 32세에 향산으로 들어와 8년간 좌선을 끝낸 후 승산에 있는 소림사로 달마선생을 찾아간다. 그날은 엄청난 눈이 내려 걸어도 힘든 상황이었다. 스승인 달마에게 가르침을 청했으나 묵묵부답에 밤을 꼬박 새우는 일이 거듭됐다. 이때 신광은 왼쪽 팔을 잘라서 자신의 굳은 뜻을 보여주었다. 그제야 배움에 대한 갈망을 안 달마선생은 집으로 불러들여 제자로 삼았다. 온고이지신(溫故而知新)의 실화로 오늘날과는 거리가 멀지만 많은 것을 떠올리게 한다.

젊은 교사가 뜨거운 열정으로 교육의 조류를 바꿔야 한다. 귀찮고 힘들고 지치더라도 우리 아이들의 미래는 교사의 손 안에 있다. 늙은 학교는 기대할 것이 없다.

활화산처럼

교육은 인간행동의 강력한 변화를 촉진시키는 데에 초점을 맞춘다. 교육을 통해 시야가 확장되고 소리의 광폭도 넓어지며 느낌의 정도도 예민해진다. 파블로프는 인간의 행동을 자극과 반응의 연합에 의해 일어난다고 보고 이를 규명하는 데 주어진 시간을 다 써버린 교육학자이다.

학교에서의 교육활동은 작용과 반작용이 동시에 존재한다. 작용을 긍정적인 징후라고 보면 반작용은 부정적 경향을 나타낸다. 교사는 교육적 작용에 너무 집착하는 것은 금물이다. 부작용에 대해 실망하거나 포기해서는 더욱 안 된다. 부작용을 작용으로 바꾸려는 노력을 시간을 두고 겸허하게 기다려야 한다. 투입(input)은 산출(output)을 동반한다. 그렇다고 투입이 있었다고 산출이 정량대로 똑같이 나오는 것은 아니다. 산출은 적을 수도 있고 많을 수도 있다.

교육은 휴화산처럼 잠 들어서는 안 된다. 살아 숨 쉬고 꿈틀거려야 한다. 활화산에서 끊임없이 내뿜는 연기와 용암의 분출을 보라.

뜨거운 열정에 생동감을 느끼고 존재하는 것을 엎어버리고 새로움을 창조한다.

교육은 기다림이다, 강한 인내도 필요하다. 교육에서 빠른 성장을 재촉하는 것은 어리석은 짓이다. 그렇다고 맘대로 자라라고 내버려두는 것은 범죄나 다름없는 일이다. 지구의 내면을 흐르면서 언제 분출할지 예측할 수 없는 뜨거운 용암처럼 선생님은 뜨거움으로 무장해야 한다. 선생님의 뜨거운 열정은 자랑스럽고 든든한 제자를 낳게 한다. 또 그 제자들이 선생님의 철학과 사상을 이어받아 더 위대한 스승으로 거듭나게 된다. 동양의 명의 허준 선생이 그 한 예이다.

지금의 아이들은 우리들이 사는 세상과는 전혀 다른 세상에서 살게 된다. 어느 누구도 겪어보지 못한 세상에서 슬기로운 삶을 유지하는 방법의 교육이 필요하다. 낡은 것을 깨뜨리고 새것을 신축하는 창조적 파괴가 필요하다.

일등과 꼴찌

우리는 학교에서 사회에서 끊임없이 줄서기 교육을 강요하고 있다. 줄서기는 가장 큰 이슈가 되고 논란이 많은 것이 현실이다. 인간은 능력의 차이를 원천적으로 가지고 태어나기 때문에 줄서기는 자연적인 현상이다. 학교에서 지능검사는 평가문항을 통해 구체화하고 그 결과에 일희일비하는 것은 누구나 겪는 일이다.

사람들은 일등에게 열렬한 박수를 보내고 꼴찌에게는 아무런 격려나 보상도 제공하지 않는다. 꼴찌에게는 침묵의 언어만이 따라다닐 뿐이다. 아이들은 어쩔 수 없이 그 결과에 순응하면서 희망을 잃고 좌절하기도 한다. 그럼 일등과 꼴찌는 어느 정도의 차이가 있는 걸까. 학교에서의 성적이 사회로 그대로 전이되고 이어 지는가 냉철히 분석하면 아니다 라는 답이 나온다. 꼴찌는 모두 쓸모없는 존재인가? 쓰레기통에 갖다 버려야 하는가? 그것도 아니다. 사람의 두뇌의 좋고 나쁨을 IQ 검사지를 통해 측정된 결과를 가지고 맹신하는 우리 모습을 보면 객관적으로 연구된 것이다. 그것에 대해 갑론을박 하려는 것이 아니다. 심리분석 전문가들이 오랜 연구를 통해 측정하려는 항목에 가까이 접근한 것만은 의심의 여지가 없다. 인간의 뇌의 기능은 신의 영역에 속하는 복잡한 구조를 갖고 난해하다는 것은 누구나 인정한다. 인간의 능력을 수치화하는 것에 큰 의미를 부여하기보다 참고 항목으로만 생각하자는 것이다. 사람의 겉모습과 얼굴은 사람마다 모두 다르다. 비슷할지언정 쌍둥이도 얼굴을 뜯어보면 그 모습이 다르다. 사람의 지능 정도도 천차만별이다. 수치화로 인한 우월감이나 열등감은 경계하고 주관성을 배제함이 옳다.

요즘은 다중지능이라 일컫는 언어, 논리수학, 신체운동, 음악, 공간, 자연 친화, 자기성찰, 인간친화 등의 분야를 달리해서 사람의 지능을 측정하고 있다. 다중지능이론도 측정의 한계가 있음은 물론이다.

두뇌가 좋고 나쁘다는 것을 단정하는 것은 사람을 꽁꽁 묶어 놓는 쇠사슬과 같다. 꼴찌라 해서 의기소침할 필요 없이 나름대로 자신 있는 분야를 찾아 서두르지 않고 키워나가야 한다. 지적능력과 재능은 상관관계가 크지 않기 때문에 자기를 위축시키는 것이 더 커다란 마음의 적이다.

학교에서 우등생이 사회에서 열등생으로 살아가는 것을 자주 목격한다. 반대로 학교에서 열등생으로 손가락질 받던 학생이 사회에서 그 역할이 출중함을 발견한다. 공부가 전부가 아님을 증명하는 것이다. 다만 학력이 높다는 것은 성공의 가능성을 예언할 수 있다는 것은 부인하기 어렵다. 일등과 꼴찌 모두에게 큰 박수로 격려하자.

선각자의 길

우리는 세상에 많고 많은 직업 중에서 자의든 타의든 교사라는 직업을 선택하고 평생 동안 아이들과 씨름하며 학교를 지킨다. 늘 그런 것처럼 교사는 아이들과 함께 아침 해를 열고 저녁 해를 닫는다. 교사는 늘 앞서서 생각하고 행동도 정도를 걷는 모델이다. 선각자의 길은 카멜레온처럼 시시각각으로 그 평가가 달라진다.

우리들의 이마에 때로는 진땀이 흐르고 병원을 찾고 싶을 때가 생겨도 자신의 면역력에 맡기고 아이들의 미래를 고민한다. 어느 때는 피로가 엄습하고 고달픔에 힘이 달려도 예쁜 아이들의 몸이 크고, 생각이 크는 쏠쏠한 재미에 나도 모르게 재충전되어 힘이 솟는다. 학교에서, 교실에서, 좁고 제한된 공간 속에서 아이들과 부대끼고 때로는 사색에 잠긴다. 교사는 명상의 시간을 자주 가져야 하는 직업이다.

오늘의 명상의 주제는 내 눈앞에 아른거리는 아이들을 성선설과 성악설에 대입시켜 보는 것이다. 이것이 맞는지 저것이 틀리는지 헷갈린다. 혼동이 오지만 억지로 정답을 찾으려고 무리수를 두지 않는다. 깨물어도 아프지 않은 우리 모두의 아이들이다. 그들에게 서툴지만 내가 만든 옷을 입혀보곤 입가에 미소를 담는다. 나의 뜨거운 영혼의 양식을 접시에 담아 그들의 식탁에 올려놓는다. 맛이 없어도 꼭꼭 씹어 그 맛을 음미하고 편식하지 않고 골고루 먹을 것을 권해본다. 나의 소박한 메시지가 밀알이 되어 싹을 틔우고 가지를 뻗으며 탐스런 열매를 맺도록 밀어준다. 강한 리더십으로 그들을 이끌며 수레바퀴를 힘차게 당기기도 한다. 재미없어도 웃음을 잃지 않고, 즐겁지 않아도 유쾌한 표정을 짓는다. 운명이 그들을 지배해도 그것을 이겨나가야 한다고 독려한다. 함박눈이 오는 날! 한 움큼의 눈을 뭉치고 덧붙여가며 눈사람을 만들듯 아이들에게 버터 맛의 사랑을 듬뿍 발라준다.

사람을 들여다보는 혜안은 교사의 생각을 크게 하고 마음을 넓게 만든다. 교사가 주목해야 할 가장 중요한 관점은 인간에 대한 사랑과 인간에 관한 끊임없는 연구이다. 사람을 대상으로 이리저리 부대끼고 사람을 계속해서 감동시켜 바람직한 방향으로 이끌어야 한다. 사람은 대부분 이기적이고 가식적인 위장으로 자신을 보호하려는 방어기제를 사용한다. 사람은 때론 자기의 말과 행동이 모든 언행의 표준이라고 착각한다. 지구의 중심에 자신이 존재한다고 확인하며 믿고 있다. 나는 학교생활에서 학생들에게 예스와 노를 분명히 할 것을 주문한다. 분명한 메시지의 전달은 그들이 어떤 사물에 대해 판단을 내려야 할 분기점에서 크나 큰 도움을 주기 때문이다.

메시지의 전달은 객관적이고 합리적일 때 타인의 동의를 받을 수 있다. 교사는 끊임없이 다방면의 전문적인 지식을 습득해서 클라이언트의 상담에 대비해야 한다. 학교현장에서는 예스와 노를 혼동하는 경우가 자주 나타난다. 미성년자에게 있어서는 판단력이 성숙하지 않아서이기도 하지만 교사들의 어설픈 지도가 그런 모습을 낳기도 한다. 상처받기 쉬운 아이들을 어루만지며 미래로 힘차게 달려가게 이끌어 나가자.

장학금 유감

장학금은 권학에 힘을 실어주기 위해 주는 학비보조금이다. 필자가 어린 시절에는 장학금이라는 말조차도 듣기 어려울 정도로 귀했고 가뭄에 콩 나듯이 장학금이 들어오면 학습능력이 뛰어난 학생에게 수여되고 일반 학생은 구경조차 할 수 없던 시절이었다.

최근 들어서 의식주 문제가 해결되고 생활의 여유가 생기면서 잉여금으로 장학 사업을 하는 개인이나 단체가 많이 생긴 것은 고무적인 일이다. 개인적 부를 이룬 사람이 기업 또는 동창회, 동향을 중심으로 장학 사업이 이루어지고 수여횟수나 수여금액이 날로 확대되고 있다.

예전처럼 돈이 없어 학업을 계속할 수 없다는 말은 핑계가 될 정도로 장학 지원 사업이 늘어나고 있다. 가정경제가 윤택한 집의 아이들은 돈 걱정 없이 학교를 다니지만 가난한 가정에서의 학비는 적지 않은 부담이 된다. 중학교까지는 의무교육의 혜택을 받지만 고등학교는 분기별 학비와 급식비, 보충수업비, 기숙사비, 학교 운영지원비 등을 납부해야 한다.

장학금은 지급하는 쪽이나 수혜 받는 쪽이나 권학에 대한 기대감에서 이루어지므로 고르게 분배되는 것이 원칙이다. 그러나 요즘은 권학의 의미가 많이 퇴색되고 일상적으로 주고받는 지원금으로 바뀌고 있다는 데 문제가 있다. 즉, 필자는 장학금 지급의 개선책으로 수혜 후에 학문에 대한 열정, 성적 변화 등을 종합적으로 판단하여 장학금이 강력한 자극이 되도록 제도적장치가 있어야 한다고 주장하고 싶다. 그리고 초등학교부터 지급된 장학금의 누가기록이 있어서 이중 삼중으로 독식하는 행위를 막아 다양하게 골고루 장학금이 지급되도록 제도적 개선이 있어야 한다. 공부 잘하는 학생들만 받는 장학금에서 다양한 분야에서 자극을 주는 장학금으로 나가야 한다. 가난하다고 손에 쥐어 주는 장학금은 아무런 의미를 찾기 어렵다.

필자가 근무하는 학교에는 이전학교에서는 보지 못하는 많은 장학금이 학교에 스폰되는 고무적인 일이 일어나고 있다. 반가운 일이고 농촌 어촌에서 경제적 어려움을 딛고 학업에 정진하는 학생들에겐 가뭄의 단비임이 틀림없다. 학교에서는 장학금의 쓰임새에 대해 고민하게 되고 효율성을 높여서 장학의 목적달성에 충실하게 된다.

대부분의 장학금은 지급액이 결정되고 장학생 선정에 대해서만 학교의 재량권을 위임하지만 선발과 지급정도를 학교에 일임하는 경우도 많이 있다.

이제는 장학금이 일반화 되어 많은 학생이 혜택을 보고 있지만 예전에는 장학금이 보리밭에서 쌀 한 톨 찾기 어려울 정도로 희귀했고 장학금을 타면 대단한 실력을 인정받았다는 것으로 기억된다.

지난 여름 전반기에는 학교에서 116명을 선정하여 10만 원씩 1,160만 원과 교직원 장학금 240만 원을 합해 1,400만 원을 여름방학식을 거행하면서 지급한 일이 있다.

그러나 장학금이 작은 돈 잔치로 끝나서는 안 된다는 생각이 든다. 그리고 장학금 주는 것에 수혜자가 크게 고마워하지 않을 때는 안타까움이 더해진다. 먹을 것이 없어 때론 피죽을 끓여먹고 개떡을 만들어 먹고 잘 먹어야 보리밥 먹고 자란 우리들과는 요즘 아이들은 너무 많이 변한 것이다. 양말을 기워 신고 교복을 기워 입고도 의젓했던 우리들이다. 여유를 만끽했던 옛 전사들은 사명감을 갖고 이 나라를 부흥시키는 데 몸 바쳐 일했는데 안타깝기만 하다.

앞으로는 장학금의 목적이 상실되었다고 확신이 서면 장학금의 횟수도 검토할 필요가 있다.

연애와 그 기법

초등학생 저학년 시절에는 남녀가 부끄러움 없이 즐겁고 재미있게 놀이를 통해 성의 역할을 자연스럽게 배운다. 중·고등학교 시절에는 이성에 눈도 뜨고 따뜻한 문자 교환과 눈빛의 부딪침에 의미를 담게 된다. 가벼운 신체접촉이 자연스럽게 행해지고 오빠 동생 사이는 연인관계로 발전한다. 학생들이 이성과 교류하고 사랑을 하는 것은 누가 이렇다 저렇다 가르치는 것이 아니다. 자기 나름대로 터득하고 시행착오를 거치면서 자기 방식의 사랑을 만들어간다는 것이다. 학교교육은 사람이 만나서 사랑하게 되고 사랑할 방법과 기법에 대해서는 외면하고 있다. 연애와 사랑은 인생에서 건강과 함께 매우 중요한 과제이다. 따라서 학교는 연애와 사랑을 하는 과정에서 파생되는 문제와 기법을 구체화해서 조언할 것을 권고한다. 사랑에 대한 실패는 개인에게 큰 상처를 안겨주고 그 상처는 결혼 후에 부부간 부적응으로 발전할 수 있다. 이성을 사랑하는 방법교육은 이제 본인이 알아서 하라는 것은 너무 가혹한 것이다.

연애와 사랑을 금기시하고 그건 알아서 본인이 해결하라는 것은 매우 위험하다. 무책임하게 방치하는 사이 학생들은 실수를 하게 되고 돌이킬 수 없는 상처를 입게 된다. 그들은 고민하고 해결이 안 되면 자기 생명까지도 던지는 위태로운 상황에 직면하게 된다. 누구든지 첫사랑이라는 솜사탕 같은 달콤한 추억을 간직하고 산다. 되뇌이고 또 생각해도 아쉬움만 남고 다시 돌아올 수 없는 먼 옛날의 첫사랑 이야기들이다. 오래전에 갈무리되어 저 심연의 다락방에서 끊임없이 들락거리며 나를 회상의 길목으로 끌어내곤 한다. 첫사랑은 무의식의 세계에서 큰 자리를 차지하면서 필자를 괴롭히는 괴물과 같은 존재이다.

연애도 삶의 한 과정이다. 바람처럼 날아다니다가 바람처럼 슬그머니 꼬리를 감추는 것이 청년시절의 사랑이라는 설탕물이다.

옛날부터 사람들이 부대껴 사는 세상살이는 늘 희로애락이 따라붙는다. 누군가를 사랑하기도 하고 미워하면서 기쁨과 슬픔을 나누는 것은 얼마나 자연스럽고 정이 넘치는 일이더냐. 나눔의 정신은 그만큼 인간관계를 두텁게 하고 우리나라를 건강하게 하면서 우정으로 살찌우게 하는 신기루 같은 것이다. 그러나 사회가 병들면서 병든 문화가 학교의 담을 여지없이 부숴버리고 나쁜 문화를 전이시키고 있다. 암세포가 림프절을 침투하면 속수무책이 된다.

미성년자들이 숨 쉬는 학교는 병든 일반사회의 축소판이 된 느낌
이다. 개방된 성문화가 학교까지 오염시키는 것을 경계해야 한다고
많은 사람들이 이구동성으로 이야기한다. 비판 능력이 부족한 미성년
자들에게 나쁜 병균이 차단되지 않고 유입되면 그 파급 효과는 아편
전쟁에 버금가는 폐해를 남긴 채 학교가 신음하게 된다. 건강하고 좋
은 문화가 숨 쉴 수 있도록 또 신선하고 상큼한 산소가 공급되도록
제도적 장치가 필요하다.

내가 자주 느끼는 것은 아이들에게 멋있고 아름다우며 뜨겁게 이
성을 사랑하는 방법을 알려줄 필요가 있다는 것이다. 사랑의 시작은
어떻게 하고 그 과정은 어떻게 전개되며 이별이 있다 해도 아름답게
헤어지는 방법도 학교가 가르치자. 상처받지 않는 방법도 조언하고
알려줄 필요가 있다. 사랑의 단계마다 지혜롭고 해맑은 사랑을 이어
가게 하자. 지성과 지성이 부딪치면서 인간미 넘치는 정결한 사랑을
만들도록 가르치자. 클라이맥스를 향해 질주하는 그들에게 관심이 필
요하고 멋진 사랑을 터득하도록 그들을 붙잡아 주어야 된다.

자화상

교육계에 발을 들여놓은 지가 어느새 40년이 흘렀다. 교육이라는
두 글자에 혼신을 쏟고 지금의 자리에서 가식 없이 진짜 내 모습을

그려 본다. 십년이면 강산도 변한다는데 네 번 바뀐 시점에서 나를 스케치한다.

전체적인 윤곽을 잡고 부분 부분을 그리다 보면 어떤 모습이 나타날까 흥미가 더해진다.

활짝 웃는 모습으로 모두가 칭찬하고 박수를 보내줄까 아니면 일그러진 모습으로 별 볼품없어 비난하고 저주하는 모습이 나타날까 기대도 되지만 두려움이 앞선다. 이것이 내 인생에 보람된 일이었다고 자신 있게 말할 수 있는지 생각해본다. 마이웨이였다고 강력하게 드러낼 수 있는 것인지 부끄럼은 없었는지 거듭 생각해본다.

어린아이 때는 선생님이 되겠다고 고집 부리다가 커가면서 그 꿈은 변화되어 의사로 가더니 성직인 가톨릭 사제가 되어 목회를 하겠다던 꿈은 갈수록 변화무쌍했나 보다.

거울 앞에 서면 태초의 내 모습 그대로가 가감 없이 그대로 반추된다. 더함과 뺌 없이, 있고 없음도 없이 신기하게 내 자화상은 나타난다.

감추거나 숨길 수도 없이 그대로 보이는 내 자화상에 전율을 느낀다.

아무런 거리낌 없이 솔직한 내 모습 그대로를 비춰본다. 날카롭고 이기적이고 딱딱한 모습이 안쓰럽기도 하다. 부드럽고 덕이 넘치는 모습이 더 보기 좋았을 텐데 난 그렇지 못하다. 겉볼안이라 하지만 난 겉도 속도 자랑할 것이 없는 평범한 사람이다. 평범 속에 비범이 있으면 좋으련만 그렇지 못한 것에 부담을 느낀다. 때때로 거울 속의 내 모습을 확인하는 것은 삶의 중요한 과정이다. 내 모습을 확인하면서 궤도를 수정하고 삶의 모습을 닦아 나가는 것도 필요하다.

누구나 우리의 몸은 조상과 부모로부터 받은 유산이다. 잘생겼든지 못생겼든지, 멋있든지 초라하든지, 이목구비가 뚜렷하든지 두루뭉술 멋대로 생겼든지, 피부가 희든지 검든지 탓할 바가 아니다.

선천적으로 육체를 대여 받은 우리에겐 선택의 여지가 없는 것이다. 자화상은 내가 그리고 다듬으면서 예쁘게 만들어 가는 것이다. 요즘은 성형수술이 발달해서 경제적 부담만 하면 원하는 모습을 내 맘대로 만들 수 있다. 비록 의사의 손을 빌어 조형화하지만 그 바람은 거세게 분다. 외형을 중시하는 유행이 지배하는 사회가 이 부분에도 인간심리를 교묘하게 이용하고 있는 것이다.

그러나 외모가 그리 중요한 것인가 반문해 본다. 오히려 그 사람만이 가지는 향기가 더 아름다운 것이 아닐까? 적당한 카리스마와 만남을 거듭할수록 또한 바라보면 바라볼수록 왠지 설레고 빨려 들어가는 특유의 매력이 아름다움을 짙게 함을 느낀다.

탄생의 기쁨이 함께 했던 날부터 오늘에 이르기까지 내 자화상을 바꾸고 또 바꾸고 진화의 진리를 실천해 온 것에 만족을 느낀다. 그러나 중요한 것은 나만이 가지는 독특한 내 브랜드의 자화상을 만드는 일을 게을리 하지 말아야 한다.

교육의 평가절하

오늘날의 교육수준에 대해 우려의 단계를 넘어 개탄하는 목소리가 여기저기서 들리고 있다. 최고의 상아탑이라고 자타가 공인하는 대학교육에 의문을 제기하고 변화를 촉구하고 있다. 교육받기 전과 교육

받은 후의 대학생의 능력의 차이에 시비를 걸고 있다. 고등학교 교육은 대학입시에 매달리다 보니 고교교육이 노리는 목표에 교육이 따라 오지 못하고 겉돌고 있다고 가혹하게 비판한다. 고등학교와 초등학교 교육의 징검다리 역할을 하는 중학교 교육도 정체성을 상실하고 특목고나 특성화고로 아이들을 몰아가고 있다고 질책한다. 그에 비해 입시와 무관한 초등학교 교육은 교육의 내용이나 방법이 높은 수준에 오른 것으로 평가한다. 국민학교에서 초등학교로 이름을 바꾸고 사회의 변화를 빠르게 수용하여 겉과 안을 과감하게 교체한 결과이다. 어쩌다가 초등학교를 방문하여 교육활동 장면을 지켜보면 학교의 모습이 이런 것이라고 쉽게 동의하게 된다. 이들의 말을 요약하면 대학교 교육은 예전의 고등학교 교육 수준이고 고교는 중학 수준이고 중학은 초등학교 수준이라고 흔히들 비유한다. 예전에 고등학교를 졸업하면 개인이나 사회에서 공부를 많이 한 것으로 생각했다. 실제로 사회 여러 방면에 진출하여 직업을 얻고 돈도 벌고 윤택한 생활을 하면서 자아실현의 꿈을 키워갈 수 있었다. 그러나 지금은 고졸자를 직원으로 채용하려는 회사는 눈 씻고 찾아보아도 거의 없다.

근대화 초기에는 초·중학교를 졸업해도 삶을 꾸려나가는 데 지장이 없었는데 요즘은 군 생활 면제자로 분류된다. 지금은 고등학교 전문계 학생들도 거의 대부분이 대학을 진학하며 학업을 계속한다. 학력 인플레 현상이 우리 곁에 슬며시 파고들어 자리를 잡고 있다. 대학생은 대학원으로 더 나아가 외국으로 유학을 떠나 신기루를 쫓고 있다. 학력이 부풀려지다보니 학사, 석사, 박사 학위를 받아도 일할 곳이 없다. 그러다 보니 대학원 졸업자는 대학 졸업자가 할 일을, 대학 졸업자는 고등학교 졸업자가 할 일을, 고등학교 졸업자는 중학교 졸업자가 할 일을, 중학교 졸업자는 초등학교 졸업자가 해야 할 일을 하는 직업의 하위직 이동이 일어나고 있는 것이다. 직업의 하위직 이동은 학력 인플레현상이 낳은 결과로 해석된다. 직업의 하위직 이동은 직업세계를 왜곡하면서 문제점을 노출시킨다. 그중 가장 큰 문제는 긴 교육기간에 비해 하는 일은 단순하고 급여도 낮아 윤택한 생활은 희망사항일 뿐이다. 자아실현은 뒤로 젖혀둔 채 먹고사는 문제에 매달리게 되는 모순을 겪게 된다. 또 다른 문제는 학교교육과 직업교육의 괴리감을 지적 할 수밖에 없다. 학교교육은 이상을 추구하는 데 비해 직업교육은 현실에 더 가깝기 때문에 이러한 다른 점을 접목시키는 연구가 필요하다. 교육활동에 대한 평가는 정당하게 인정받아야 학교교육도 활력을 되찾게 된다. 교육의 평가절하는 학교의 고민이고 우리 모두가 해결해야 할 과제이다.

언론의 마력

언론은 우리의 다정한 친구이고 이웃이다. 여름날 한줄기 시원한 소나기가 메마른 대지를 적시듯이 언론은 우리들의 정보갈증을 해소시키는 역할을 한다. 언론은 언제부터인가 우리 곁에 다가와서 우리를 지배하고 몰입하게 만든다. 흥미와 재미를 같이 주는 마력이 있기 때문이다. 언론의 보도내용이 긍정적이든 부정적이든 있는 그대로를 받아들이게 되고 사실여부와 관계없이 독자들의 선택권은 없다. 우리는 때때로 언론의 마력에 대해 의구심을 갖지만 자신도 모르는 사이에 대중성에 빠져들게 되고 더 나아가 탐닉하게도 된다.

마치 마술을 보면서 그 기법을 인식하지 못하는 것과 같은 것이리라. 언론은 국민의 알 권리를 전면에 내세우고 보도활동을 한다. 그렇기 때문에 언론은 큰 힘을 발휘하고 그 위세는 하늘을 찌를 정도이다. 순식간에 유명한 스타를 탄생시킬 수도 있고 반대로 무장해제도 할 수 있다.

이제는 언론의 힘이 강성해져서 어느 누구도 제어할 수는 없다. 언론은 정론정필에 그 생명력이 있다. 어떤 문제든지 사실에 기초해야 하며 픽션화해서는 아니된다. 사안마다 중립을 유지하며 흥분하지 않고 민족의 저변을 면면히 흐르는 큰 물줄기를 볼 수 있어야 한다. 언론이 여론을 너무 의식하는 것은 자가당착에 빠지기 쉽다. 좋은 것은 부각시켜서 더 좋게 하고 나쁜 것은 질책해서 쇄신하도록 해야 한다.

연애오락 프로그램을 보면 얼마나 우스꽝스럽고 우리 국민을 우습게 보는지 쉽게 알 수 있다. 문화예술 프로그램, 연속극 등을 보면 또 어떤가, 언론은 이런 것을 꾸짖고 바르게 잡아주는 역할이 필요하다.

언론이 학교를 바라보는 것은 사랑이 밑바탕에 있어야 한다. 학교는 아직 성숙하지 않은 미성년자들이 미래를 바라보고 자기를 다듬는 아이들이 생활하는 곳이기에 학교에 대한 부정적 시각에서의 보도는 선생님들보다 어린 학생들이 받는 상처가 더 커진다.

우리의 언론이 국가발전에 커다란 지렛대 역할을 한 것은 누구나 인정한다. 사회의 어느 부분이 썩어 문드러져 갈 때 메스를 가해 새살을 돋게 하고 바르지 못한 것은 바로 잡아주고 문제점을 이슈화해서 예방은 물론 미래를 열어 주는 열쇠역할도 하는 것은 사실이다.

또한 민족혼을 일깨워서 국력을 집중하고 나라발전을 유도한다.

언론은 면책특권이 있는 것은 아니다. 언론에 대해 불만이 단 한 건이라도 드러나서는 안 된다. 언론은 국민을 계도하는 최고의 지성인 집단이기에 국민의 크나큰 사랑을 받아야 한다.

학교는 언론과 대적할 수 있는 힘이 없다. 다른 국가 기관도 언론 앞에서는 허약한 모습을 보인다.

그렇다고 언론이 칼을 함부로 휘둘러서는 안 된다. 언론이 학교에 옐로카드를 내밀기보다는 변화를 이끌어내고 상생의 길을 모색하며 민족중흥의 길로 같이 가야 한다.

신임교사에게

신임교사! 말하지 않고 듣기만 해도 가슴이 설레는 말이다. 첫 발령장을 받고 근무할 학교를 향해 떠나는 마음과 몸은 한결 가뿐하다. 숨 막히는 임용고시 전쟁 준비 때는 까맣게 잊고 설레는 마음에 가슴이 콩콩 뛴다.

한국의 학교 어디를 가나 학교 시설은 거의 비슷하다. 학생 수가 많고 적음에 따라 시설상의 가감의 차이는 있어도 하드웨어는 유사하다.

다만 학교를 이끌 교장, 교감, 교사들의 전문성과 힘의 차이는 늘 존재한다. 그것은 보이지 않는 자산이다. 신임교사에게 아이들이 '선생님'이라고 호칭할 때 선생님이 된 것을 실감하게 된다. 마음도 뿌듯하고 잘해야 한다는 심리적 압박감이 눈 녹듯 가슴에 스며든다.

신임교사가 제일 먼저 벽에 부딪쳐서 고심하게 되는 것은 학교에서 배운 전공이론과 학교 현장과는 거리감이 있고 차이가 많이 있다는 것을 실감할 때이다.

그러나 차근차근 생각을 정리하면서 대학에서 배운 여러 가지 카드를 교체 적용해보면 문제는 어렵지 않게 풀리게 된다. 좀 더 난해하면 선배교사에게 도움을 청하고 경륜이 풍부한 교장과 교감도 큰 도움을 줄 수 있다. 학교생활의 큰 흐름은 전공분야의 수업과 생활지도, 담임업무, 부서업무인데 늘 시간에 쪼들리고 큰 부담을 느끼게 된다. 예전에는 수업 차시마다 학습지도안을 편성하여 결재를 득하고 담임 업무도 학급 경영록을 매일 기재하여 어마어마한 부담을 안겼던 시절도 있었다.

지금은 많이 간소화하고 생략된 것이 이렇게 바쁘니 예전 생각을 하면 아찔한 느낌이 든다. 그날의 학급 경영록을 작성하기 위해 등교부터 하교까지 한 학급 70명의 학생들의 움직임을 관찰하고 메모하고 주말에 가방에 미결서류를 집에 가지고 와서 밤이 새도록 경영록의 빈칸을 채워 넣으며 새벽닭이 울었던 시절은 호랑이 담배피던 때이다. 특히 매일매일 작성해야 지도안을 보고 수업을 진행하는 것이 여간 부담스러운 일이 아니었다. 지금처럼 인터넷의 보급은 생각할 수도 없고, 어림잡아 짐작할 수도 없던 시절이다. 모든 것이 책에서 본 것과 보유하고 있는 지식을 바탕으로 손과 머리에 의존해서 해결했던 믿기 어려웠던 시절이다.

지금은 한 학급 학생 수가 30여 명으로 줄었지만 70년대는 베이비

붐 시절로 60~70명의 학생들이 좁은 교실공간에서 생활했다. 담임은 손발은 물론 머리와 등 그리고 온몸이 땀으로 뒤범벅되었던 애처로운 모습 그대로이다.

교원급여는 지금과는 비교가 되지 않을 정도로 박봉에 시달렸다. 내 월급이 월 15,700원이었는데 그때 쌀 한 가마니가 4,300원이었다. 큰 아이의 분유 값과 병원비가 늘 걱정되어 노심초사하고 차량과 주택구입은 그림의 떡이었다.

그러한 헌신적 노력은 학교뿐 아니라 사회의 여러 곳에서 민족중흥의 요란한 함성이 상승작용을 일으켜 오늘의 한국이 탄생한 것은 참으로 크게 칭찬해야 한다. 신임교사는 초심을 잃어서는 안 된다. 눈 깜짝할 사이에 기존 교사들에 동화되어 잘못된 것을 답습해서도 곤란하다. 학교에서 새바람을 일으키고 시행착오가 있더라도 학교의 큰 물줄기를 바꿀 수 있는 리더가 돼야 한다. 그리고 교육의 달인이 되어야 한다. 어느 결혼 중매 사이트에 들어가 보아도 최고의 신랑, 신부 감으로 교사가 높은 인기를 누리고 있다. 거기에 걸맞게 우리의 생각과 행동을 다듬어야 한다. 이 나라의 교육을 책임지고 있다는 것은 얼마나 자랑스러운 일인가!

운동장 예찬

운동장은 이른 새벽부터 잠을 깨야 한다. 부시시 눈을 비비며 새벽

운동에 나선 사람부터 엷은 미소로 맞이한다. 운동장은 산책길 단골 코스여서 이른 아침부터 사람들로 북적인다. 아이들은 운동장을 옆에 끼고 등굣길에 오른다. 아이들에게 있어서 운동장은 교실 중에서도 가장 큰 교실이다. 여름에는 뜨거운 태양아래 작열하는 열기가 있고, 겨울에는 꽁꽁 언 손과 발을 호호 불며 동토의 계절을 이겨내야 한다. 운동장은 승리도 있고 패배도 있지만 무승부는 좀처럼 존재하지 않는다.

조회단에서 명연설이라고 자칭하며 폼을 잡고 훈화하는 교장님에게 아이들은 환성과 비아냥거림을 소리 없이 통신으로 교신한다.

운동장은 애환이 담겨 있는 우리 모두의 커다란 공간이다. 걷고 뛰고 달리고 때론 벌도 받고, 소리도 지르고, 웃고, 떠들다보면 하루해가 뉘엿뉘엿 지고 운동장도 저녁엔 지쳐간다.

운동장에서 소곤대는 소리는 보기 힘들다. 너무 크게 열려 있는 공간이기 때문에 작은 소리는 살지 못하고 죽는다. 운동장은 역사의 현장이다. 많은 것을 기억하고 또 밤새도록 이야기를 토론하는 친근한 장소이다. 끝이 없는 이야기보따리를 풀어놓을 수 있는 큰 힘도 가지고 있다. 여자애들에게 운동장은 버거운 상대이다. 남자애들은 종횡무진 이리저리 섭렵하지만 여자애들은 밤이 되면 달갑지 않은 장소이기도 하다. 운동장에선 아이들의 함성이 살아 있다.

그러나 곧 운동장에는 긴 침묵이 흐른다. 체육시간이면 온갖 것 다 잊고 이리 뛰고 저리 뛰며 스트레스를 날려버리던, 부딪치고 넘어지고 떠나갈 듯 우렁찼던 아이들의 함성도 숨어버렸다.

체육시간에 웃음꽃을 피우며 조잘대던 아이들이 어디에서 숨바꼭질을 하고 있는 것일까?

예전의 운동장은 바쁘고 분주하게 아이들이 들락거려서 쉴 틈조차
도 없었는데 요즘은 한가하다. 학년 초에 교육과정 시간표를 짜면서
운동장 사용학급을 지정하고 통제하느라 애를 먹었던 때가 엊그제
같은데 학교마다 체육관이 들어서면서부터 운동장이 마르고 닳도록
쓰이는 일이 줄어들었다.

지역사회에는 학교 운동장만큼 규모가 큰 공간이 없기 때문에 지
역의 큰 행사나 체육행사는 학교 운동장을 이용한다.

이럴 때 운동장은 가슴을 활짝 열고 마을 사람들을 맞이한다. 운동
장 가장자리 그늘에 옹기종기 모여 담소하고 묵은 소식, 새 소식 서
로 나누며 모두친구가 된다. 먹을거리도 풍성하게 차려지고 운동장은
좋은 친구나 나쁜 친구나 모두 수용하고 함께 한다. 우리나라 경제가
번창하면서 운동장도 진화를 거듭하고 있다. 천연잔디나 인조잔디 구
장으로 탈바꿈 하면서 특성화 되어가고 있다.

오늘의 운동장은 예전만큼 돈독한 정이 넘실거리지는 않지만 푸념
한 마디 없이 우리 모두에게 사랑을 선물하는 운동장에게 박수를 보
내자.

교육 안테나

안테나는 방송국에서 나오는 전파를 시시각각으로 인지해서 수신
한다. 수신된 전파는 선로를 따라 이동하여 기기 본체의 비디오와 오

디오로 연결된다. 드디어 안테나에 실린 정보는 시청자의 몫이 된다. 안테나도 기기발전에 편승하여 예전처럼 건물 위를 어지럽게 점령하던 모습도 자취를 감추었다. 대부분의 분야에서 생활이 진화를 거듭하다 보니 경박대소의 상품을 만들어 시장에 내놓아야 소비자의 사랑을 받게 된다. 교사의 정보능력의 활로를 여는 문제는 교육활동에서 매우 중요하다. 교사는 안테나를 휴대폰처럼 늘 가지고 다니면서 정보수수를 위한 교육안테나를 가동시켜야 한다. 각종 교육정보가 쏟아져 들어오는 통로의 확보가 중요하기 때문이다. 시시각각으로 진화돼가는 세상의 이야기를 받아들이고 분석해보고 나아갈 방향과 활로를 모색해야 한다.

폐쇄적이고 안이한 생각으로는 너무 빠르게 변화를 거듭하는 세상에 적응할 수 없다. 교육정보에 소홀한 선생님의 범주에 있는 아이들은 눈먼 소경을 만드는 것과 마찬가지이다. 그런 아이들을 무지와 부적응 상태로 빠져들게 한다. 눈은 멀리 아주 멀리 응시하고, 또렷하게 변화를 감지해야 한다. 귀는 열고 아주 활짝 열어, 무차별적으로 들어오는 이야기를 선별해서 저장하고 제자들에게 대처방안을 전수해 주어야 한다.

입은 불필요한 이야기를 삼가고 생각과 지혜를 알아들을 수 있게 쉽게 풀이해서 설명해 주어야 한다.

평범함보다는 교사의 비범함이 돋보이게 이끌어야 한다. 마음이 닫혀 있어 폐쇄적이어서는 인간다움이 상실되고 주변의 사람들이 하나 둘 떠나서 없어지게 된다. 마음과 마음을 이어주는 것은 교육의 힘을 돋우는 조미료와 같은 것이다.

이제는 안테나가 있는 둥 없는 둥 하지만 전파를 인지한다는 면에서 그 역할은 예전보다도 더 큰 힘을 발휘한다.

세상이 빠르게 진화하면서 우리는 정보의 홍수 속에서 정신을 차릴 수 없을 정도로 혼돈상태에 빠져 든다.

신이 아닌 이상, 갖가지 정보를 전부 흡수할 수는 없다. 교육과 관련된 소중한 정보, 변화를 거듭하는 미래의 교육 세계, 세상의 흐름, 지금의 아이들이 살아가야할 미래의 모습, 세계경제의 흐름과 한국경제의 움직임, 직업과 관련된 정보, 사람다움의 모습, 예체능과 관련된 상식 등은 꼼꼼히 챙겨야 할 값진 것들이다.

어차피 우리는 정보의 전쟁 한가운데 존재한다. 전쟁의 승리는 적을 알고 나를 알아야 손자병법이 통한다. 그것은 쉽지 않고 끊임없이 교육안테나를 가동시켜 지혜롭게 대처할 때 가능하다. 새로운 정보에 목말라 하는 우리 아이들에게 사막의 오아시스와 같은 시원하고 달디 단 물을 먹이자.

자아비판

5월이 오면 스승의 날을 맞이하고 행복을 느끼는 그 날, 단골메뉴는 아이들이 불러주는 스승의 날 노래이다.'스승의 은혜는 하늘같아서 우러러 볼수록 높아만 지네'매년 같은 음정으로 불러주는 노래지만 들을 때마다 가슴이 뭉클하고 몸에는 전율이 흐른다.

선생님으로서 닮고 싶은 모델이 되고, 선한 목자로서 감동의 메시지를 주었는가? 아이들이 상담의 갈증을 느낄 때 충분히 감로수를 공급하고 마음과 몸이 괴롭고 아플 때 따뜻한 사랑의 약을 제조해서 전달했는가? 가정이 가난한 집의 아이들이 경제적으로 힘들어할 때 용기를 북돋아 주고 행동이 모질고 말썽을 일으킨다고 구박하기보다 머리를 쓰다듬고 희망을 싹틔우길 권했는가? 교사의 하루 일과가 힘들고 험난하다는 푸념을 늘어놓고 박봉에 분노를 나타내지는 않았는가? 교사의 권위에 돌팔매질을 하고 가르치는 신성함에 도전한다고 얼굴을 붉힌 적은 없는가? 나를 향해 끊임없이 질문을 던지지만 메아리 되어 돌아오는 것은 묵묵부답이다. 침묵만이 내 마음에 요동치게 할 뿐이다.

Elva Zachrison은 교사예찬에서 교사는 아이들의 삶을 두드리고 그들의 기억 속에 그림을 그리며 영혼 위에 흔적을 남기고 아이들의 마음의 줄을 가지고 연주하는 것이 기쁘다고 말한다.

또한 교사는 손으로 만들 수 있는 마음의 성전과 운명을 만들고 아이들의 마음을 탐험하며 숨어 있는 보물섬과 신대륙을 발견해서 기쁘다고 노래한다.

Henry Van Dyke는 무명교사 예찬론에서 그가 사는 곳은 어두운 그늘 가난을 달게 받고 그를 위해 부는 나팔은 없다. 그를 태울 황금마차 없으며 훈장이 그의 가슴에 장식하지 않는다고 말한다. 학문의 즐거움을 옮겨주고 그가 켜는 수많은 촛불이 그에게 되돌아와 그를 기쁘게 한다.

부끄럽다. 알량한 지식을 가지고 꽤나 많이 아는 양 아이들 앞에서 위선자 역할을 한 것을 참회한다. 대단한 준비도 하지 않았으면서 지식 보따리에 풀어 놓을 것이 많은 양 으스댄 것을 참회한다. 긍정적인 칭찬보다는 부정적인 질책을 많이 하고 귀가 따갑게 잔소리 해댄 것을 참회한다. 수업시간에 도입, 전개, 정리, 형성평가의 단계로 제 맘대로 섞어서 가르친 것을 참회한다. 관리자 모르게 공문서 작성하느라 이이들을 자습시킨 것을 참회한다. 선배교사의 노릇도 제대로 하지 못하면서 후배교사들에서 군림했던 것을 참회한다. 교사는 나물 먹고 물마시고 하늘을 보는 선인이라고 허위주장 한 것을 참회한다. 교사 초년병 시절부터 돈과는 거리가 먼 직업이라고 말하고 실제는 재산증식에 관심을 가진 것을 참회한다. 몸이 아프고 고통스럽다는 핑계를 대고 학교 일에 소홀히 한 날이 있었음을 참회한다. 나보다는 너, 그리고 우리를 중요시하고 우선 고려해야 하는데 어길 때가 있었음을 참회한다. 작은 선물도 받지 않고 반환하게 하는데 정성이 깃든 것은 괜찮다고 일반적으로 해석한 것을 참회한다. 나는 스승으로 너희들의 우상이니 내 말에 무조건 따르라고 강요한 것을 참회한다. 거울에 비친 내 모습이 고기압과 저기압을 오가며 극과 극을 달려 부담을 준 것을 참회한다. 동료교사 중 친한 사람만이 가까이 하고 그렇지 않은 사람은 소, 닭 보듯 한 것을 참회한다. 수업을 유언처럼 해서 존경받는 스승의 상을 창조하라고 강요한 것을 참회한다.

그러나 교사는 지나치게 과거에 집착하거나 매달려서는 발전도 없고 성과도 기대하기 어렵다. 과거는 죽은 시간이다. 과거가 밀알이 되어 새 싹을 틔우도록 정성을 기울여 건사해야 한다. 오염되지 않은 신선한 물도 공급하고 비료도 뿌리고 잡초도 발을 붙이지 못하게 김매기도 해야 한다. 과거는 현실로 이어지고 새로운 미래로 연결된다. 교사는 누구나 평균적으로 35년은 교육활동을 한다. 그렇다면 아직 태어나지 않은 아이들도 우리들의 손에 의해 교육을 받게 된다. 교사는 끊임없는 자아비판 속에 진화를 거듭하는 것이다.

앨범에서 묻어나는

인생은 정처 없이 떠도는 구름이던가, 계곡을 이리저리 부대끼며 흐르는 물이던가. 허공을 쏜살같이 나는 화살이던가, 불경에서 이야기하는 찰나이던가, 눈 깜짝할 사이에 내가 만들었던 시간들은 과거로 묻혀 버린다. 오는 시간 남은 시간을 새롭게 설계해야할 시점이다.

교육을 한다고 깝죽대던 시절이 어언 40년의 세월이 흐르고 연륜을 쌓고, 마지막 종점을 눈앞에 두고 있다. 그때 더 잘할 걸 왜 그랬을까 되뇌이며 내게 질문을 던져보지만 무언의 침묵만 메아리 되어 가슴을 파고 들 뿐이다.

마라톤의 출발선상에서 반환점까지 달릴 때는 마치 시간이 멈춘 듯 하고 이것저것 참견하며 여유 있게 간다. 볼 것, 들을 것, 느낄 것, 즐길 것 참견하면서 조잘대던 시절이다. 어느새 하늘에 구름 조각이 떨어져 나와 이리저리 뒹굴며 나이 먹어 그만하라는 명령에 마침표를 찍어야 한다.

반환점을 돌고 나면 그 속도감에 나도 모르게 소스라쳐 놀라게 된다. 발원하는 산정에 작은 물방울이 모여 샘터의 진원이 되고 샘터는 계곡을 만들고 계곡은 냇가를 만든다. 넓이와 폭을 더한 냇가는 온갖 생물들의 서식지인 하천을 꾸민다. 어류들이 먹고 먹히는 치열한 삶의 다툼의 장을 연출한다.

불경에 보면 찰나라는 말이 있다. 교육의 길에 들어서서 이제 매듭을 짓고 교육의 울타리를 벗어나 궤도를 이탈할 준비를 한다. 인생의 절반을 교육과 같이 살았는데 이제 돌아보니 찰나이었음에 깜짝 놀라 잠을 깬 기분이다.

그러나 제도권 교육의 길을 벗어나지만 이제 제2의 인생을 살면서 역시 교육과 관련된 일을 하게 될 것 같다.

그동안 선후배, 동료들, 제자들에게 누만 끼치고 학교를 나가게 됨이 죄인 된 느낌이고 그 은혜 어찌 갚아야 할지 난감하기만 하다. 잘못한 일 모두 속죄 하면서 아름다웠던 교육자의 길을 오랜 추억으로 간직하고 무덤까지도 가져가리라.

내게는 강한 승부근성이라는 것이 숨어 있어 필요할 때엔 그 카드를 꺼내어 나를 지배하게 만든다. 나와 교육을 같이 했던 사람들이 힘들어한 까닭이리라. 내게는 정년이 오리라고 생각 안했는데 퇴임을 준비하고 남길 글을 다듬고 교육이 이것이라고 강변할 것을 생각하면 실감이 난다. 이제는 실리를 챙기고 앞세우기보다는 사회를 밝고 환하게 하는 자원 봉사활동에 전념하고 보람도 찾으리라.

석양을 바라보며

내 교직 40년, 박수도 받았지만 동시에 질책도 많았다. 시행착오도 거듭하면서 밖을 바꾸고 안을 바꾸고 집념을 갖고 도전 정신이 살아 움직였던 것 같다.

건강의 적신호로 죽음을 극복하고 병원에 돈도 많이 가져다 줬다. 그래도 죽음을 이기고 살아남았고 가족들 맘도 많이 아프게 했던 것을 잊을 수 없다. 저 산에 지는 해를 바라보며 고개 숙여 감사의 기도 드린다. 여기까지 오기까지 수많은 애환이 함께 했지만 그래도 40고개를 넘을 수 있었음은 하늘의 축복이리라. 이제는 베푸는 삶을 살아가야 한다.

인생은 어차피 구름에 달 가듯이 조각배를 타고 저 머언 또 다른 세상을 향해 가는 것이다. 슈베르트의 세레나데가 떠오르는 휘영청 밝은 달밤에 도서관 뒤뜰에 앉아 이렇게 읊조리고 있었다.

앞을 향해 달음박질 하는 거야. 천상병 시인도 귀천을 노래했잖아. 유치환도 '내 죽으면 바위가 되라고 했어.'

내 안에 무의식 세계에 묻혀 있는 이야기들을 끄집어내서 읊조리고 싶었던 것이다. 그냥 두면 없어져버릴 이야기들을 소란스럽게 사이렌 울리지 말고 소리 없는 함성이 되길 바랄 뿐이다. 필자의 생각은 이 책이 아주 오래전 우리 조상들이 사용하던 부싯돌의 작은 불빛이 되어 학교를 환하게 밝혀주는 불빛이 되었으면 하는 바람이다.

교육문제는 우리나라뿐만 아니라 외국에서도 사회의 가장 중요한 이슈이고 관심사이다. 교육은 늘 뜨거운 감자로 등장하고 활화산처럼 저 깊숙한 곳에서 들끓다가 언제 폭발하여 논란에 휩싸일지 모르는 우리들의 중심과제이다. 말도 많고 탈도 많은 교육문제에 대한 정답은 물론 없다. 카멜레온처럼 보는 각도에 따라 다르게 보이기 때문에 논란도 백가쟁명식이다.

그렇다고 교육문제에 소극적 대응은 금물이다. 무엇이 문제이고 무엇을 이야기하고 어떤 방향으로 진행하는지 예의주시해야 한다. 교육자는 눈을 크게 떠야 한다. 멀리 아주 멀리 시야를 넓혀야 한다. 듣는 귀도 활짝 열고 경청하는 연습도 해야 한다. 내 몸에 전율이 흐르는 고독과 씨름하면서 외로움도 훌훌 털고 힘차게 일어설 줄 알아야 한다. 현실과 이상의 세계를 넘나들면서 명상에 잠기고 꿈의 세계를 향해 나를 가다듬어 나가야 한다. 미래를 지향하는 용기가 필요하고 높은 데서 아래를 내려다보며 어루만지는 지혜도 가져야 한다.

다른 사람과 따뜻한 체온도 교환해야 한다. 이익이 나건 손해가 나건 계산해서는 아니 된다. 상담의 대가인 칼 로저스도 무조건적 수용을 강조하지 않았는가.

첫사랑! 제린

누구에게나 솜사탕처럼 달디 단 첫사랑의 추억이 있다. 지금에 와서 학창시절의 작은 사건을 동네방네 떠드는 것이 부담스럽기도 하다. 하지만 풍선을 달고 하늘을 날았던 젊음의 계절을 지울 수가 없다.

남자는 첫사랑의 추억을 가슴에 담고 평생을 살아간다. 여자와는 사뭇 다르다. 여자는 마지막 사랑만을 기억하고 큰 비중을 두지 않는다. 시집가기 전에 첫사랑의 흔적을 전부 지워버리는 것은 정설인 것 같다. 나는 첫사랑을 찻잔 속의 미풍으로 간주하지 못하고 늘 집착하고 그리워하며 잊지 못한다. 제린과 나는 마음도 몸도 작았던 고교시절에 우연히, 우발적 사건으로 만났다. 대입에 올인했던 나는 서산으로 해가 넘어가면 모교에서 운동으로 전신을 풀곤 했다. 특히 철봉과 평행봉 실력은 꽤나 인정받았다. 같은 시간 제린은 조카에게 그녀를 태워주는 장면이 눈에 들어왔다. 순간 제린에게 멋진 장면을 연출하고 싶은 욕망이 화를 불러 왔다. 철봉에서 회전수가 늘어나면서 끈이 끊어지게 되었고 철봉 후면 철조망에 떨어지면서 정신을 잃었다. 제린의 울음 섞인 음성에 실눈을 떴을 때는 응급차가 곁에 있었다. 나는 병원으로 이송되어 여기저기 찢긴 부위를 꿰매기 위해 수술대에 올랐다. 제린은 내 생명의 은인이다. 우리는 서로를 격려하는 친구로 발전하였고 마음속에는 작고 아름다운 사랑이 꿈틀거리기 시작했다.

그러나 대학입시의 중압감은 우리를 한시적으로 갈라놓을 수밖에 없었다. 그녀가 준 사진과 편지를 앨범에 갈무리하고 흔들렸던 마음도 가다듬었다. 잠시 소홀했던 학업도 가속도를 내기 시작했다. 제린과의 짧은 이별은 아픈 만큼 성숙해진다는 것도, 사랑의 크기가 늘어나는 계기가 됨도 알았다. 봄의 서곡이 들리더니 해수욕장의 계절인 여름이 오고 가을의 색조화장이 대지를 물들인다. 곧이어 단풍이 힘없이 떨어지면 긴 겨울잠을 자는 동토로 숨죽이는 계절이 다가온다. 대학입시에서 의사의 꿈은 여지없이 물거품이 되었다. 새로운 시작을 모색하면서 가슴이 아프고 방황하고 절망감이 내 몸과 마음을 짓눌렀다.

나는 충청도의 작은 사찰을 물색하여 무거운 마음으로 재수의 길에 들어섰다. 제린에게는 한 마디 말도 못하고 전기도 없는 등잔불 밑에서 내 인생의 암흑기를 보내고 있었다.

처음에는 생소하고 적응이 되지 않아 고통스러웠지만 이런 경험도 내 인생의 자산으로 남을 수 있다는 확신이 서니 편해졌다. 제린은 감쪽같이 사라진 나를 찾으려 동분서주하다가 우연히 알아내어 그 먼 길을 단숨에 달려 왔다. 제린이 심장판막증으로 대수술을 받고 회복되어 간다는 사실도 그때서야 알게 되었다. 우리는 재회의 기쁨을 나누기보다는 마음에 쌓인 울분으로 침묵이 흘렀다. 뜨거운 눈물도 서로 닦아 주었다.

어둠이 깔리면서 운담사 사찰 주변 산책길에 올랐다. 쉴 곳을 찾아 귀소에 바쁜 새들의 지저귐이 둔탁하게 들렸지만 휘영청 밝은 보름달은 동반자가 되어 주었다.

고교시절 음악시간에 배운 슈베르트의 세레나데를 제린에게 막 울면서 불러주었다.

명랑한 저 달빛 아래 들리는 소리 무슨 사연 여기 있어 소곤거리나 만날 언약 맺은 우리 달 밝은 오늘'우리 서로 잠시라도 잊지 못하여'

우리들의 순수하고 아름다운 사랑이 보름달보다 더 찬란하게 빛나는 밤이었다. 밤이 새도록 끝없이 펼쳐지는 이야기가 지루하게 느껴지지 않는 달콤한 밤이었다. 색종이를 접어 예쁜 바지저고리를 만들어 웃음꽃을 피우듯 젊음의 밤은 화려하기만 했다.

사람은 누구나 감성과 이성을 동시에 가지고 있다. 연애나 사랑을 하게 되면 감성은 이성에 앞서기 마련이다. 그러나 냉정을 잃지 않고 현실을 인식하면 이성은 감성의 진행을 방해하고 브레이크 작동하듯 자기제어를 하게 된다. 미래를 위해 이성이 앞에서 제어를 하면 둘은 모두가 승리자가 되어 환의의 기쁨을 만끽할 수 있다는 것을 알게 한 날이었다.

뜬눈으로 밤을 지새운 제린은 새벽닭의 울음소리가 들리자마자 고향을 향해 떠났다. 이별의 아픔을 남겨둔 채 제린의 소식은 완전히 끊겼다. 제린이 중매로 좋은 사람을 만나 결혼을 하고 북미로 이민을 떠났다는 소식이 들려왔다. 아연실색했지만 운명으로 받아들이기로 미어지는 나의 가슴을 달랬다. 지금도 제린은 내 가슴에 각인되어 살아 움직인다.

Part 7

교육 연수 보고

일본 방문 소고

한일 청소년 교류를 통한 양국의 이해증진과 우호협력으로 미래의 동반자 관계 구축을 목적으로 일본을 방문했다. 우리 일행은 설레는 마음으로 동경 하네다 공항에 안착해서 입국 과정부터 하나하나 꼼꼼히 살펴보기로 했다. 화사한 미소와 따뜻한 환영으로 우리 일행을 맞이하는 가이드의 유창한 언어 구사능력은 물론 그 전문성이 놀라웠다.

야마나시 현으로 출발하는 관광버스는 고층건물이 즐비한 동경 시내 중심가를 관통하여 고속도로로 접어든다. 우리나라보다 대도시로의 진행이 빠른 탓인지 도시 전체를 거미줄처럼 고속 도로화하여 우리 일행이 지날 때는 교통 체증이 심하지 않아 의아한 느낌도 들었다.

고속도로나 일반도로의 도로 폭이 우리나라에 비해 좁아 의아한 느낌이 들었다. 운전자가 규정 속도를 준수하고 양보운전이 일상화하여 교통사고의 빈도는 매우 낮다고 가이드는 귀띔해 준다. 깨끗하고 잘 정비된 도로와 활기찬 시민들의 모습, 광고물이 도시를 점령하거나 압박을 주지 않은 모습에서 우리 보다 많이 앞서 있음을 직감하게 된다.

신선한 공기와 물 맑기로 이름난 호쿠토시까지는 2시간이 좀 안되어 도착했다. 동경에 비해 폐부를 파고드는 공기가 상쾌하게 느껴진다. 음료와 주류 부문에서 세계인의 사랑을 받는 산도리 회사가 여기에 위치하고 공장내부도 둘러보니 완전 자동화로 제품이 생산되어 출하하는 모습도 이상적으로 느껴진다.

환영식에 이은 저녁 만찬은 일본인의 친절함과 소박함, 손님을 크게 배려하는 모습을 엿볼 수 있었다. 갖가지 음식 준비에서 정성이 가득했지만 그 지역의 민속 단원의 춤 공연도 곁들이는 색다른 장면도 연출하였다.

이튿날 고후공고 방문은 그야말로 설렘 속에 이루어졌는데 말로만 듣던 일본 학교를 내부까지 접할 수 있는 기회가 처음이어서 더 흥분과 기대가 같이 있었다. 학교는 호텔을 연상케 하는 고급스런 외양에서 안의 모습은 화사하기보다는 소박함 아니 실용주의가 압도하는 것이 눈에 띄었다. 마침 방학기간이라 특기적성에 몰두하는 일부 학생만 학업 중이었고 학교는 텅 빈 상태였다. 1층부터 6층까지 학교시설을 돌아보면서 하드웨어에서 우리보다 많이 앞서 있음을 알 수 있었다. 안내는 영어를 사용하는 것이 특이하게 느껴졌다. 학교식당에서의 점심식사는 메뉴가 일본식 계란덮밥이고, 손님대접이라 하기에는 너무 소박하게 느껴졌다.

점심식사 후 별관에서 학교응원단의 응원시연은 많은 것이 가슴에

와 닿았다. 패기와 열정, 절도 있고 단합된 모습, 학교를 사랑하는 자부심 등 한국학생들과 비교하면서 응원시연에 빠져 들었다. 일본 차(茶)동아리 학생들의 차 대접 시연도 우리 일행에게 많은 시사점을 던져 주었다. 직접 정성들여 다린 차를 일본전통 화과자와 함께 남녀학생들이 혼성이 되서 활동하는 모습이 이채로웠다. 홈스테이 학생들과 그 부모들과의 미팅을 위해 강당을 향해 걷고 있을 때 우연히 일본학생 헌장이 눈에 들어왔다.

　　학생다움의 자각을 기초로 늘 학생다움을 잊어서는 안 된다. 근면과 규율이 늘 우리와 함께 하며 태만과 방종을 부단히 경계한다. 우리는 페어플레이를 체득하여 행동에 교만하지 않고 불운에 굴복하지 않는다. 명랑하고 강건한 정신을 함양하여 어떤 어려움도 극복해 나간다.

필자는 한국 청소년 헌장과 비교하면서 갖가지 생각에 사로 잡혔다. 이해를 돕기 위해 한국 청소년 헌장을 소개해본다.

　　청소년은 자기 삶의 주인이다. 청소년은 인격체로서 존중받을 권리와 시민으로서 미래를 열어 갈 권리를 가진다. 청소년은 스스로 생각하고 선택하며 활동하는 삶의 주체로서 자율과 참여의 기회를 누린다. 청소년은 생명의 가치를 존중하며 정의로운 공동체의 성원으로 책임 있는 삶을 살아간다. 가정, 학교, 사회, 그리고 국가는 위의 정신에 따라 청소년의 인간다운 삶을 보장하고 청소년 스스로 행복을 가꾸며 살아갈 수 있도록 여건과 환경을 조성한다.

오래전 일본 초등학생들이 배우는 일본어 교과서를 접할 기회가 있었다. 그 당시에는 우리 학생들이 배우는 교과서의 내용이나 겉모양인 종이의 질에서 삽화에 이르기까지 많은 문제점을 안고 있었다. 그러나 일본은 우리보다 많이 앞서가는 나라로 교과서 수준이 미국정도는 아니더라도 부러움을 살 정도로 발전된 형태였다.

일본 국어 교과서의 첫 페이지를 열었을 때의 심적 충격은 아주 컸다. 우리학생들 교과서에는 나, 너, 우리, 우리나라 이런 식으로 교과서가 전개 되는데 그들은 바닷가 해수욕장 모래밭에서 어린 두 학생이 스모를 하는 장면이 그려져 있는데 '이겨라 이겨라'가 쓰여 있는 것을 보고 많은 생각과 전율이 느껴졌다. 이렇게 상이한 두 장면을 두고는 많은 논쟁과 토론이 있어야 하겠지만 어린아이들에게 승부근성을 맨 먼저 가르치는 것에 대해서는 착잡한 마음이 든다.

필자는 우연한 기회에 두 분의 일본 어머니와 대화를 나눌 기회가 있었다. 첫 번째 어머니와는 아이들의 양육 문제에 대한 의견 교환할 때의 이야기이다. 한국의 어머니는 아이들에게 사랑을 넘치게 주고 맺고 끊음이 일본에 비해 분명치 않다는 지적을 해주었다. 일본의 어머니는 딸아이가 자는 모습을 옆에서 지켜보며 잠자는 모습의 과정을 끊임없이 참견한다는 것이다. 엎어져서 자거나 다리를 벌리고 자면 바르게 뉘이고 무릎과 무릎을 붙이고 자는 모습을 교정해 준다는 것이다.무릎을 붙이는 것이 안 되면 될 때까지 때리거나 아니면 묶어놓기까지 한다는 극단적인 표현도 하는 것을 들었다. 그렇게까지 할 필요가 있을까 의아하게 생각했지만 이 또한 많은 시사점도 주는 것이라고 생각했다. 일본에 가면 남녀 학생들이 자전거를 타고 등하교 하는 모습이 자주 눈에 띈다. 여학생들도 자연스럽고 편안한 자세로 자전거에 익숙한 느낌이다. 교복을 변형시켜 입는 학생들은 눈에 띄지 않았다. 자유를 만끽하고 어느 누구의 간섭도 싫고 통제받는 것도 거부하는 것이 한국 학생의 모습이다. 내 맘대로 내가 하고 싶은 대로 내 버려두라는 우리 아이들과는 대조적이었다. 이런 학생의 모습도 옐로카드의 대상이다.

그들은 우리나라처럼 중학교 성적을 바탕으로 외고, 과학고, 인문계열, 전문계열로 확연히 구분해서 나누기 식으로 사람을 평가하는 것이 아니다.

자신의 특기, 적성, 취미를 바탕으로 진학계열을 결정하고 상고를 가든 공고를 가든 조금도 위축되지 않는 모습에서 많이 배워야함을 느끼게 된다.

그들은 학력보다는 능력을 우선시 한다. 급여도 능력을 반영한다. 이제 선진국에 진입했다고 자부하는 우리 모습을 거울에 비춰보고 우리의 자화상을 재설정해서 묵은 것, 낡은 것, 불필요한 것, 형식적인 것을 과감하게 버리고 뜯어고쳐서 교육의 유토피아를 건설해 나가야 한다.

캐나다 · 미국 교육 연수보고

세계 교육의 리더 국가이면서 흔히 교육의 천국이라고 일컫는 캐나다 · 미국 교육 연수단에 참여하니 기쁨이 앞선다. 우리 교육과 캐나다·미국 교육을 비교해 보고 장점과 단점, 상이점과 유사점을 발견하고 싶었다. 그리고 세계적인 선풍을 일으키고 있는 교육 혁신을 위해 그들은 어느 만큼의 심혈을 기울이고 있을까 등 많은 것을 보고 듣고 느끼고 오리라고 다짐하였다.

출국을 위해 인천공항을 향해 외곽순환도로와 국제공항고속도로를 달리면서 문득 학교를 비운다는 것이 부담스러웠지만, 이내 모든 걸 접고 연수에서 더 큰 소득을 얻으리라 다짐했다.

공항을 오가는 사람들 모두 어딘가 목적지를 가슴에 담고 분주하게 오가는 모습, 그들의 표정은 밝고 환하게 느껴졌다. 한국의 5월 하순 기온이 30도에 접근하다 보니 우리가 가서 머물 두 나라의 날씨가 궁금했고 쾌적한 날씨가 우릴 도와주길 기원했다. 긴 여정에 대비해서 꺼진 배를 장터국수로 일단 채우고 탑승시간까지 면세점을 다니며 귀국 전 사냥할 상품을 저울질 하며 부푼 마음을 누그러뜨렸다.

토론토행 비행기는 예정대로 만석인 상태로 장거리 비행을 시작하였다. 비좁은 좌석에서 오랜 시간 논스톱 여행은 힘들고 어려움이 따랐지만 모두들 잘 인내했다. 연수단원에게는 기내 독서를 위해 책 한 권씩이 배부되었다.

기내에서 열린음악회 녹화분을 시청하던 중 얼마 전 세상을 떠난 누님과 너무 닮은 가수의 노래 '그대와 영원히 머물고 싶어'노래를 들으며 비몽사몽간 잠이 들기도 했다.

기내식으로 제공된 비빔밥과 찹쌀떡은 수준급이었고, 이를 외국인도 맛있게 먹는 것을 보고 한국 음식의 국제화가 꽤 진행되고 있음을 느꼈다. 익일 아침 식사는 전복죽이 나올 거라는 말에 입안에 군침이 돌았다.

비행기의 속도는 시속 약 970Km, 자다 깨다 반복하다 보니, 어느새 길고 광활한 진남색의 바다 태평양을 건너 로키산맥을 지나고 있었다. 지루함도 가시기 시작하고 미니어 폴리스를 지나 캐나다 토론토 시에 접근하니 모두가 환희에 젖은 듯 했다. 하늘에서 내려다본 토론토시는 숲속에 자리한 아름다운 자태가 빛나는 도시였다. 피얼슨 국제공항에 8시 50분에 도착했는데 북반구라 그런지 아직 어둠이 깔리지 않았고 우리나라의 이른 저녁 같은 분위기였다. 피얼슨 공항은 캐나다인으로 노벨상을 탄 피얼슨 수상자의 이름을 따서 지었다고 한다.

설렘도 잠시 까다로운 통관절차에 짜증이 나고 짧은 영어로 출입국 직원과의 마찰도 있었다. 영어가 경쟁력이라는 생각을 뼈저리게 느꼈다. 어렵게 그리고 간신히 통관절차를 마치고 로얄 투어 캐나다 직원의 환영과 여행 가이드의 안내가 시작되었다.

캐나다는 미국보다 1.15배 큰 나라로 미국과 유사하면서도 꽤 다른 면이 많다는 것, 영국을 그들의 모태인 엄마의 나라로 미국은 그들을 친구의 나라로 생각한다는 것, 영어와 불어를 공용어로 사용하며 토론토는 캐나다 최대의 도시로 차량이 넘쳐나는 도시이고 퀘벡 주에 영불전쟁에서 패한 프랑스인이 많이 거주한다는 것 등의 이야기를 들을 수 있었다. 어둠이 깔리면서 멀리 간간히 보이는 아파트와 자기 업무를 종료한 후 저녁은 가족을 위해 봉사해야 하는 나라가 캐나다임을 거리 풍경을 보고 실감했다.

교민이 경영하는 신라회관에서의 해외 첫 저녁식사는 감회가 깊었다. 이 음식점은 한국인들이 주로 이용하고 교민들의 모임장소로 많이 활용된다고 귀띔한다.

신라회관을 나와 우리들이 묵을 숙소를 향해 고속도로에 진입하였는데 길을 잘못 들어 빙빙 돌아 밤늦게 호텔에 도착하였다. 한적한 거리와 긴 차량 행렬 이국의 첫 밤을 흥분 속에서 맞이하였다. 방 배정을 받았는데 객실 안에는 냉장고가 없고 텔레비전은 유료로 이용할 수 있었다. 한국과 13시간 시차관계로 적응이 안 돼 모두들 고생하는 모습이 역력했지만 교육연수와 관련된 사전 미팅으로 내일을 대비했다.

다음날 아침 세면 후 혼자 호텔 밖으로 나와 주변을 산책하였다. 넓은 부지에 아름다운 호텔에서 새벽의 맑고 깨끗한 공기를 마시며 걷는다는 것이 너무 행복했다. 소나기가 지나고 난 뒤의 화창한 날씨. 가시거리는 눈 닿는 끝까지 무한대였다. 아침기온은 한국보다 쌀쌀하고 도시는 낙엽송으로 아름다움을 더하고 있었다. 가을에는 캐나다 전체가 환상적인 분위기를 연출한다고 하였다. 넓은 땅에서 여유를 갖고 조깅하는 연인들의 행복한 모습과 앞에는 에어 캐나다 공항이 있는 데도 소음에 대해 신경 쓸 일이 없고 도로를 질주하는 차량들도 동적인 가운데서도 질서를 잘 지키는 모습이 아름다웠다.

캐나다는 인디언의 말에서 유래하며 토론토는 만남의 장소라는 뜻을 가진다고 한다. 토론토 시는 총인구 3,300만 명 중 500만 명이 거주하며 다민족 문화를 형성하고 저녁 10시가 되면 대부분의 상점이 문을 닫고 가족과 함께 하루 생활을 마무리 한단다. 가족에서 남자가 100% 만족하고 산다면 아내는 150% 아이들은 200% 만족하며 사는 나라라고 한다.

쇼핑은 세금이 연방세 7%, 부가가치세 8% 합해서 15%를 반드시 납부해야 함을 인지하고 쇼핑을 하라는 말을 듣고 비싼 세금에 대해 다시 생각했다.

외국에서 처음으로 제공되는 아침은 얇게 썬 감자튀김에 계란 노른자 붙임, 토스트 2쪽, 베이컨에 햄, 커피와 밀크가 제공되었다.

호텔 조식 후 연수단 일행은 전용 버스를 타고 필 교육청을 방문하였다. 첫 미팅은 필 교육청 마케팅 담당자의 인사말에 이어 두 명의 전직 교장으로부터 필 교육청 관내의 교육 현황을 청취하였다.

필 교육청은 토론토시 부근에 있으며 미시사가, 브램턴, 칼레든 등 3개시의 200여 개 초중고와 13만여 명의 학생들을 관할하고 산하에 체계화된 영어 연수 프로그램을 운영하는 언어연수 평가원(CLTA)을 두고 있다고 한다.

이 나라 교육제도는 주법에 자치주별로 교육 체계라든지 수업의 방법 등이 조금씩 차이가 날 수 있으며 학생의 적응 또한 이에 따라서 조금씩 달라질 수 있다고 한다. 캐나다의 모든 주는 기본적인 수업의 진행이라든지 학교 내 진행방법, 그리고 교육 시스템이 비슷하며, 다른 교육청 간의 교류가 매우 활발히 이루어지고 있어서 전체적으로 볼 때, 어느 지역을 가더라도 양질의 수업을 제공받을 수 있다고 한다. 학생들은 만 5세가 되면 유치원에 입학할 수 있으며 이때부터 학교를 통해 모든 교육의 준비를 시작하게 된다. 그리고 모든 어린이들은 만 6세에 초등학교 1학년에 입학하는데 우리와 다른 점은 캐나다는 9월 학기에 시작해서 6월에 학기가 끝이 나게 된다. 이 경우 교육청마다 조금씩 차이를 보이지만, 거의 같은 시기에 학교들은 방학에 들어가게 된다고 들었다.

중등교육은 12학년으로 이루어져 있으며, 초등학교, 중학교, 고등학교 과정이 이어서 진행될 수 있게 갖추어져 있으며, 주에 따라 교육과정이 조금씩 다르지만, 거의 비슷한 체계를 가지고 있으며, 특히 퀘벡주의 경우에는 11학년 수료 후 CEGEP(College of General and Vocational Education)이라 불리는 고등교육기관에서 2년간의 교육을 받은 후 종합대학에 입학하거나, 1년간의 기술교육 이후 취업하거나 전문대학으로 진학하게 된다고 한다.

캐나다 내에서의 교육과정을 이수하기 위해서 선택되어야 할 학교는 공립학교와 사립학교로 나눠진다. 공립학교는 각 지역별로 운영되고 있는 교육청의 관할 하에 정부가 관리하는 학교를 말하며 사립학교는 특정재단에 의해 자체적으로 운영되고 있는 학교를 말한다.

공립학교는 대체적으로 규모가 크며 학생 수도 수천 명에 이르는 곳도 있을 만큼 대형화 되어 있는 곳도 있다. 이는 지역과 취학인원에 따라 달라지며 보통 9월 학기와 1월 또는 2월 학기 등 2학기로 나누어져 있다. 공립학교의 경우 모든 진학이나 학교 적응에 대한 부분에서 적극적인 카운슬러의 도움을 학생들에게 제공한다. 학생의 종합적인 능력을 파악해서 관할 교육청 내에서 가장 적합한 학교로 학생들을 선정해주며 이와 별도로 국제 학생을 위한 홈스테이를 따로 선정해 주기도 한다.

명문 사립학교는 말 그대로 가장 인정받고 있는 교육기관이다. 이들 대부분은 오랜 역사와 대학교에 버금가는 완벽한 시설을 갖추고 있으며 학교 강사진들의 대다수가 박사급으로 이루어진 말 그대로 우수한 학생들을 위한 최적 환경을 갖추고 있는 학교를 말한다. 특히 뛰어난 학생들을 위한 전문 코스를 별도로 운영하고 있으며 엄격한 학교규칙과 짜임새 있는 수업방식, 사립학교마다의 특성화되고 차별화 된 프로그램을 운영한다. 사회지도자급의 강력한 리더십과 지식을 가진 인재 양성을 목적으로 한다. 따라서 명문 사립학교의 경우 명문

대 진학률이 상당히 높으며 대학 진학률 또한 98% 이상을 유지하기
도 한다. 단지 학업적인 측면만을 중요시 하는 것이 아니라 각종 특
별활동도 학업 못지않게 적극적으로 참여해야만 하는 등 종합적인
부분에서 최고의 인재를 양성해내는 것이 주목적이다. 학교의 대부분
은 기숙사를 갖추고 있어서 학생들의 모든 생활을 학교 내에서 전체
적으로 관리한다고 한다.

필 교육청 내 초등학교에는 95,769명, 중학교에는 39,285명이 재학
하고 있다는 설명과 함께 필 지역은 인구의 이동 속도가 빨라 매년
학교가 신설되고 있다는 설명과 함께 관계자들의 친절한 설명이 있
었다. 또한 온타리오 주에서 실시되는 EQAO 전체 랭킹에서 상위권
성적을 나타내고 있다는 사실에 자부심을 느끼고 있었으며 우리들이
캐나다 교육에 대해 알고 싶어 하는 사항을 꼼꼼하게 사전 미팅과 협
의를 거쳐 준비한 것이 인상적이었다.

특히 이 나라 교장의 임무를 소개했는데 일과표 협의 결정, 입학이
나 전학에 관한 사항, 학생생활기록부 확인, 학생등교관계 참여, 학생
관찰훈육, 교사지도관찰, 커리큘럼 변경, 교수학습법 제시, 교사지명,
승진, 강등, 직위해제 등 관장, 교육기자재 선정, 교과서 선택 참여 등
우리나라 교장과 하는 일이 비슷했으나, 교육 조력자로서의 역할과
비중이 더 크다는 것과 한국에서 흔히 볼 수 있는 권위적인 면은 전
혀 찾아볼 수 없다는 점이 다르게 느껴졌다.

질의 응답시간에 이어 필 교육청 본부를 찾아 이동하였는데 선도
차를 놓쳐 필 교육청을 찾는데 많은 시간을 소비하였다. 교육국장에
게 기념 선물로 고려청자를 전달하였는데 매우 만족해하는 모습을
보았다. 필 교육청 청사 내에는 관내 학생들의 작품전시회가 열리고

있었는데 태극기를 주제로 한 한국학생의 작품이 인상적이었다.

연수단은 중식을 뒤로 미루고 매리 왈드 가톨릭학교를 방문하였다. 이 학교는 매리 왈드 수녀에 의해서 설립되어 성경에 근거한 신앙 교육을 기반으로 하고 있고, 자기주도적인 학습을 시행하는 대표적인 학교로 유명하다고 한다.

이 학교의 교육적 특징은 다음의 세 가지로 요약할 수 있다.

1) 학생들의 자발적인 학습을 유도하기 위해서 능력 있는 교수진을 통해서 학생들에게 개별화된 교육을 제공하고 있고, 자기주도적인 학습을 도모하기 위한 교사프로그램이 아주 잘 정착되어 시행되고 있었다. 뿐만 아니라 학부모 및 지역 사회와 연계해서 학생들에게 최적의 교육환경을 제공하고 있다. 또한 실제적으로 교육을 통해서 지역 사회 발전에 기여하도록 하며 가족 학습 과정을 제공하고 있었다. 예를 들어 9학년을 대상으로 하는 음식과 영양과정과 11학년을 대상으로 하는 부모역할 과정은 실생활과 미래와 직업준비를 위해 지역 사회에 도움이 될 수 있는 실제적으로 필요한 지식과 기술을 제공하고 있었다.

2) 아주 새롭고 참신한 과학, 수학, 기술과 종교 교육에 초점을 맞추고 최첨단의 기술을 보유한 컴퓨터실을 갖추고 있어서 최상의 기술 교육을 제공하고 있고, 예술 분야에서도 시각 예술, 음악, 전위 예술과 같은 국제적으로 인정받은 프로그램을 시행하고 있었다.

3) 이 학교는 협력교육을 시행하고 있었는데 협력교육이란 교육과 경영, 산업과 노동 분야를 서로 통합하는 것이다. 이러한 교육을 제공하는 목적은 학생들이 중등교육을 마치고 고등교육을 받거나, 수련과정을 거치거나 바로 직장에 들어가려고 선택할 때, 자연스럽게 그 분

야로 나갈 수 있도록 도와주기 위함이라고 한다.

그래서 학생들은 이러한 협력교육을 통해서 자신이 선택한 분야에서 실무를 경험하고, 직접 그 분야의 사람들을 대면함으로써 미래의 직장생활에 필요한 지식과 기술 태도를 갖추게 되고, 그 결과 학생들은 스스로 자신이 미래를 선택하고 결정할 수 있게 된다는 것이다.

우리 연수단 일행은 6명의 한국유학생들과 짧은 만남을 가졌는데, 학생들 각자 자유분방하면서도 대단한 자부심을 갖고 학교의 요구에 충실하고 있음을 발견했다. 학생들은 자신이 수행할 커리큘럼을 짜고 프로젝트를 갖고 세미나 스타일의 수업에 참여하고 있었다. 이 학교 학생들의 용의가 매우 튀는 모습이 많이 보였는데, 그들은 개성적 표현이라는 말로 학교생활과는 별상관이 없다고 답변했다. 복도에서 남녀학생이 입맞춤을 하는 것도 허용되지만 자율 속에 엄격한 자기제어도 동시에 존재한다고 귀띔해 주었다.

젊은 여 교장선생님은 우리 일행을 도서관 미팅 룸으로 안내한 후 학교 소개를 간략하게 한 후 한국 유학생의 얘기를 들려주도록 배려하였다.

그들의 이야기로는 본교가 특이한 커리큘럼으로 국내외에서 학교 견학을 많이 온다는 것과 딜러버리 프로그램, 티칭 어드바이스 프로그램, 봉사활동 프로그램 등의 독특한 교육 활동이 있다고 소개하였다. 특히 자랑스럽게 생각하는 것은 학생 자신이 커리큘럼을 조정해서 조금이라도 자만하면 어려움을 겪게 되어 늘 긴장하며 학교생활을 하고 대학시스템과 유사한 면이 있다고 한다. 학교 내를 순회하면서 우리 유학생의 설명은 값지고 많은 도움이 되었다.

학생에게 주어지는 프로젝트는 136개 정도되는데, 1개의 프로젝트당 5시간정도 소요된다고 한다. 1~5교시까지 자기가 옮겨 다니면서 세미나 스타일로 수업을 받고 보고서를 작성하고 교사는 순회하면서 도움만 주고 본인이 과제를 해결하게 된다. 약 70여 개의 교실에서 교실마다 학생 30여 명 정도가 활동하며 교사는 알림장을 점검하고 필요한 정보만 제공한다고 들었다.

교사와 학생은 벽이 없이 친구처럼 지내며 학생들도 선후배 개념이 없었다. 학생들이 운영하는 매점도 인상적이었고 엄청난 학교 규모와 자유분방한 가운데 질서가 유지되는 모습이 특이하게 느껴졌다.

여학생들의 교복은 겨우 엉덩이를 가릴 정도의 초미니이고 화장도 매우 현란하게 하고 다니는 학생들이 많지만 토론토의 명문고로서의 위치는 확고하다고 한다.

장애인에 대한 높은 관심과 배려에 놀랐는데 장애인 1인에 일반학생 70명분의 예산이 배정되어서 학교마다 장애인 쟁탈전이 벌어지고 장애인 전용학교 통학버스를 타고 내리는 것을 목격하였다. 미술시간 전라의 누드모델을 초청해서 소묘하는 장면은 매우 놀라웠다. 가톨릭 고교 견학을 마치고 늦은 점심을 비빔밥으로 해결한 다음 오후에는 전용차를 타고 토론토 시청 견학에 나섰다.

시청사는 버섯 모양의 돔 한쪽에 20층, 또 한쪽에 20층, 또 한쪽은 27층의 아치형 고급빌딩이 둘러싸인 듯 서있다. 그런 불균형한 모양이 과연 아름다울까 하고 생각되겠지만 자세히 보면 그 불균형이 빚어내는 예술적 감각은 실로 절묘하였다. 시청사는 핀란드의 건축사 빌리오 게벨이 디자인한 작품이라고 한다.

CN타워는 높이 553m로 세계에서 가장 높은 통신탑이다. 온타리오 호반의 철도부지 내에 있으며 시청사와 더불어 토론토의 상징적 건물이다.

토론토 시청 출입문은 나무로 만들어졌는데 한국의 덕수궁 대문과 흡사했다. 현관에 행거무어작의 하늘에서 본 토론토라는 주제로 못 34만 2천14개로 만든 대작을 구경했는데 일행은 모두 감탄을 자아냈다.

토론토 시장을 지나서 토론토 대학구내로 접어들어 그 규모에 놀랐다. 대학을 둘러보는 것도 많은 시간이 소요됐다. 토론토 대학을 뒤로하고 주 의회 의사당을 둘러보고 차이나타운을 지났는데 그곳에는 세 가지 특징이 있다고 한다. 지저분하고, 없는 게 없고, 모두 가짜가 판친다는 코멘트가 있었다.

호텔로 가는 고속도로에는 몰래 카메라는 인권 침해를 이유로 설치되어 있지 않았다. 자율 교통 규제가 시행되고 만약 법규 위반 시 벌금 110~300달러로 엄격하고 보험료가 인상되므로 교통법규를 잘 지킨다고 한다.

토론토 방문 끝날 일정으로 오늘은 문화 체험이 주가 되니 마음이 한결 가벼웠다. 아직도 시차 적응이 되지 않아 자주 잠에서 깨 컨디션이 가볍지 않았다. 오늘도 호텔 내 가든 식당에서 같은 메뉴로 아침 식사를 마친 후 전용 차량에 탑승하고 일행은 호텔을 출발했다. 고속도로를 달려 경비행기를 타고 나이아가라 폭포를 보기 위해 평원에 있는 비행장에 도착하였다. 경비행기 투어와 헬리콥터 투어 중 우리 일행은 경비행기 투어를 선택하였는데 약 20분 탑승료는 100달러로 꽤 비싸지만 하늘에서 보는 나이아가라 폭포의 위용을 떠올리며 기대에 부풀었다. 하늘을 날 경비행기에서는 미국 버펄로, 이리호수, 웰란도 운하 수력발전소, 온타리오호수, 나이아가라 온 더 레이크 등 그 지역의 과수원 지대를 한눈에 내려다 볼 수 있었다. 놀라운 것은 경비행기 내에서 한국어로 된 안내 방송을 틀어주었는데 방송 상태는 맑고 깨끗하지 못했다. 하늘에서 본 나이아가라 폭포는 너무 큰 기대 때문이었는지 모두가 실망한 눈빛이었다.

우리는 다시 전용차를 타고 캐나다와 미국의 국경에 있는 나이아가라로 이동했는데 반대쪽에는 버펄로시가 보이고 아름답고 거대한 나이아가라 폭포를 보기 위해 관광객이 구름처럼 몰려 있었다.

나이아가라 폭포는 세계에서 가장 유명한 자연관광지 중 하나로 미국 북동부의 캐나다와의 국경에 위치하고 있었다. 미국 쪽 폭포의 높이는 56m, 폭은 335m, 캐나다 쪽의 폭포는 높이 54m, 폭 610m의 규모를 자랑하고 있으며 이 두 폭포의 사이에는 고트섬이 있다. 나이아가라 폭포의 발생의 기원은 빙하기 이후 나이아가라 폭포 절벽의 하류 11㎞지점에 있었던 폭포가 연간 30㎝씩 침식해 현재의 모습으로 위용을 갖추게 되었다고 한다.

나이아가라는 연간 세계 각지에서 1,200만 명이 넘는 관광객이 자연의 위대함과 웅장함을 감상하려 방문하는 국제적인 명소라고 한다.

나이아가라 폭포에 접근하는 유람선을 타기 위해 13$를 주고 티켓팅을 한 후 모두들 우의를 지급받고 유람선 3층에 승선하였다. 흐린 날씨에 약간의 비가 오고 있는 미국 쪽 폭포를 거쳐 온타리오호 쪽 나이아가라 폭포로 접근해 갔다. 모두들 탄성을 지르고 쏟아내는 물줄기와 안개 솟는 물기둥을 영원한 추억으로 가슴에 담았다. 저 거대함과 웅장함이 신의 걸작임을 누구도 부정할 수 없는 정경에 놀라움과 경탄을 금하지 못했다.

중식 후 나이아가라 폭포 위쪽에서 폭포를 내려다보는 체험시간을 가졌는데 결혼사진 찍는 예비부부들의 요란한 광경과 들러리들의 행진도 볼거리였다.

수력발전소를 거쳐 내려오면서 월플의 소용돌이 장면에 또 한 번 놀라고 캐나다의 유명한 원예대학 농원에 도착하였다. 거대한 나무들과 희귀식물들이 추운 지방에서도 이렇게 높이 자랄 수 있을까 하는 의문을 품으며 공원 내를 산책하였다.

캐나다와 미국 동부는 산을 볼 수 없다는 것이 아이러니하게 느껴지고 나이아가라 강을 따라 내려오면서 세계에서 가장 작은 교회를 보고 전설도 들었다. 왼쪽으로 아이스와인 농장이 끝없이 펼쳐지고 영국 왕실 후손들이 집단 거주한다는 지역은 나이아가라 강의 멋진 풍경과 잘 어울렸다. 교민이 운영하는 그린 백화점에 들렀는데 구입할 상품이 없어 옆집의 교민이 레스토랑으로 성공한 이야기를 나누며 박수를 보냈다.

저녁은 신라회관에서 바닷가재의 원조라는 캐나다산 바닷가재 요리 회식이 있었는데 교민 모임이 동시에 있어 식당은 매우 혼잡하였다. 바닷가재는 대서양 노바스코사주 할리 팩스의 특산물이라고 하며 우리가 먹는 바닷가재는 살아있는 3년생으로 육질이 단단해 식감이 쫄깃쫄깃하고 싱싱한 자연 그대로의 맛을 느낄 수 있었다.

연수단은 호텔로 이동하여 오늘도 당일 평가회를 하면서 캐나다에서의 일정을 모두 소화하고 내일은 미국으로 갈 준비에 분주한 밤을 보냈다.

토론토에서 미국 시카고로 가는 날은 공연스레 마음이 흥분되었다.

연수단은 캐나다 호텔 생활을 마감하고 짐을 꾸려 현관 로비에서 대기하며 환담을 나누었는데 가이드 얘기로는 캐나다의 교원은 여름, 겨울방학에 급여가 미지급되어 학부모님 집 잔디 깎는 선생님들이 부업으로 생계 해결을 강구한다고 한다. 교원에게 20달러 이상 주면 뇌물로 간주하고 2년에 한 번은 교원평가를 받도록 규정되어 있다고 한다.

공항으로 가기 전 제임스가든 공원을 산책하였는데 갑부가 공원을 조성하여 기증했는데 연못이 있고 꽃이 있고 산책로가 있고 비둘기, 오리, 잉어가 있고 숲속에 별장 같은 주택들이 평화를 만끽하고 사람들도 모두들 친절했다.

캐나다는 큰길가 보다 안에 들어와 있는 집이 주택가격이 높고 상가와 민가가 확연히 구분되어 있으며 네온사인 간판은 허용이 안 된다고 한다.

카사로마성은 영국인 핸리경이 전기산업 발전소로 큰돈을 벌어 지은 것이라고 한다. 현지식인 양식도 좋으련만 동경 음식점에서 또 한국 음식인 육개장을 먹고 에어 캐나다 공항으로 이동하였다. 가는 도중 강력한 소나기를 만나 전용차량의 시야가 매우 불투명했다. 에어 토론토 공항은 2시에 도착하였는데 면세점이 매우 빈약하고 먹는 것 위주였다.

시카고행 비행기를 기다리기 위해 면세 구역에서 대기하는 것도 지루하지 않았다. 시카고행 아메리칸 항공기는 소형으로 깨끗하지 않은 기내에 시트도 불결하고, 무표정이고 예쁘지도 않은 스튜어디스는 친절함도 결여되었다. 시카고 오혜오 공항에 도착하여 활주로에서 게이트로 빠져 나오니 한국인 가이드가 반갑게 맞이해주었다.

미국의 국가 목표는 견제와 균형이라고 한다. 최근 약자보호 조항을 철폐했는데 한국, 중국 등 이민자들이 학구열과 생활력이 높아 하류계층 일을 안 하기 때문에 우대조항을 삭제했다고 한다.

시카고는 북미 오대호 미시간호로부터 남서부에 위치하며 현재 인구는 300만 명이고 미국 제3의 대도시라 한다. 1871년 대 화재로 시 대부분의 건물이 소실되었으나 시민이 힘을 합쳐 재정비 건설에 나섰으며 대륙횡단철도의 대부분과 애팔레치아 산맥의 서쪽 모든 노선이 집중되어 23개 철도의 기점이 된다고 한다. 한인은 약 15만 명으로 로렌스지역에 한인 타운을 형성하고 있다고 한다.

한국인의 저력은 대단하여 중국인들과 상권을 다투며 빈손으로 와서 1~2년 안에 돈을 모아 집 장만하고, 이제는 흑인지역을 떠나 안전한 백인지역으로 거주지를 옮기고 있는데 중동사람들이 개미처럼 일해서 치고 나오는 형편이라고 한다.

흑인들은 머리카락에 대한 콤플렉스가 있어 흑인을 상대로 한 가발장사가 잘 된다고 한다. 이는 그들이 수입의 약 30%를 머리 꾸미는 데 사용할 정도로 외모에 관심이 높기 때문이라고 한다.

시얼즈 타워는 110층 건물로 전망대까지 1분 남짓 걸리는 초고속 엘리베이터가 있다. 빌딩 안에 설치된 전화선은 지구를 한 바퀴 돌고도 4분의 1이 남는다고 한다.

한국인은 걸인이 없으며 이민 1세대가 세탁업을 했다면 1.5세대는 회사원 등 전문직으로 진출하고 있다고 한다. 미국은 대학이 한국의 고교분위기 정도로 학구열이 대단하다. 시카고 곡물 거래소 등 중심부를 관광했는데 건축물은 대화재 사건 후 불연성 석조건물로 들어서고 N.S스틸의 철강공급과 현대건축의 거장들이 대거 참여하여 아름답고 멋진 건축물을 창조해내었다고 한다. 수족관이 있는 곳에서 미시간호와 함께 시카고 시내를 보면서 모두들 사진촬영에 열성이었다.

미시간호는 수심 보통 300m로 물 반, 고기 반이라고 한다. 낚시는 신고에 의해서 이루어지며 고기를 잡으면 놓아주는데 즐기는 개념이라고 한다. 한국인들은 미국에서도 부동산 투자에 열을 올린다고 한다.

일행은 경제학 분야의 최고 권위를 자랑하는 시카고대를 방문했는데 시카고대는 다운타운 남쪽에 10Km에 걸친 넓은 부지에 자리 잡고 있는 명문대학으로 1890년 록펠러의 기부금으로 건립되었으며 고풍스런 건물과 시원한 캠퍼스가 인상적이었다. 많은 노벨상 수상자를 배출했으며, 의과대학과 물리학연구소는 세계적 수준이라 한다. 경제학 분야 또한 세계 최고 수준에 있다고 한다. 공부에 너무 찌들려 자살하는 학생도 있고 시간이 없어 씻지도 못하고 대학공부에 몰두하는 학생들이 많다고 한다. 일주일 보고서량이 과대하여 학생들이 학문에 몰입하게 된다는 것이다. 대학 내에는 주차장이 별도로 없고 개인소유의 상업용 건물도 들어와 있으며 인근 흑인들 거주로 문제점도 종종 나타난다고 한다.

미국의 중, 고교 교육이 자아발견에 초점을 둔다면 대학은 자기 결정에 대해 책임을 강조하는 교육을 한다는 것이다.

이 대학에서는 1942년 엔리코 페르미아가 세계 최초로 핵연쇄 반응에 성공한 연구소가 있고 이를 기념한 핸리무이의 조각 뉴클리어 에너지 탑에서 기념촬영을 하였다. 1903년에 지어진 현대적 주택의 아름다운 모습도 둘러보았는데 100년 된 건축물로는 너무 아름다웠다.

시카고를 빠져나와 전용 차량으로 이동하면서 공동묘지가 도심에 종종 보였는데 공원으로 아름답게 조성되어 있고 주변은 한국과 달리 주택가격이 높게 형성된다고 한다. 매장 방법도 매인의 관을 직립으로도 매장한다고 듣고 놀랬으며, 결혼식보다 장례식에 더 많은 돈을 쏟는다고 한다.

미국인들도 이제는 라면이나 우동을 잘 먹어 한국 업체가 라면 공장을 지어 간편한 식사 시장에 적극 뛰어 들고 있다고 한다.

미국에서의 언어소통은 500단어만 알면 회화가 가능하고 한국인 주인이 경상도, 전라도냐에 따라 종업원의 한국말은 그 지방사투리를 따른다고 해서 웃었다. 미국에서 전철이나 버스노선이 잘 되어 있으면 주택가격은 높지 않다고 한다. 빈곤계층이 많이 사는 지역이라 그런 현상이 나타나며 잘사는 부유한 지역은 자체 치안활동도 펼친다고 한다.

시카고 시내로 진입하여 유명한 건축물의 아름다움을 감상하면서 개폐식 다리와 시카고 주청사 건물에서 교육 관련 교사들과 면담이 있었다. 자유 시간을 주어져 백화점에서 티셔츠를 구입하였는데 영어가 짧아 물건 사는 데 두렵기도 했으나 의연하게 임했다. 백화점에는 손님들이 별로 없어 이상하게 느껴졌다.

위풍을 자랑하는 버킹검궁 분수는 시원스런 물줄기를 뿜어대고 많은 사람들이 풍요와 여유를 즐기고 있었는데 세계에서 가장 멋진 분수대는 라스베이거스 호텔 분수대 쇼라고 한다.

오락과 환락의 도시 라스베이거스는 돈 딴 사람에게 공짜로 호텔 방을 주고 200달러를 주면서 유인한다. 이때 중국인은 100~200달러 따면 나가는데 한국인은 끝장을 보는 민족이라 끝까지 대박을 위해 머무른다고 한다.

미국은 사업 파산 시 뱅크 잡숀을 신청하면 신용만 파산하고 나머지는 재기할 수 있는 기회를 준다고 한다.

우리 일행은 시카고 오웨이 공항을 출발하여 워싱턴 레이건 공항에 도착하였다. 한국인 가이드의 환영으로 워싱턴 일정이 시작되었다. 미국의 공항은 크고 작은 것을 합해 약 4,200개라고 한다. 대학도 약 400여 개이고 미국은 다민족 다문화로 구성되어 타민족을 배척하지 않으며 아시아계 민족은 약 10%라고 한다.

한국 부모는 학생에게 공부를 강조하지만 미국 부모들은 '잘 커라, 운동 잘하라'고 한다. 이것이 문화의 차이라고 설명한다.

다음날은 홀매르중학교에서 교육방문 활동이 전개되었다.

시카고 북쪽 놀스브룩에 위치한 이 학교는 친환경적인 산림 보호 지역에 학교가 있었다. 백인이 주류를 이루는 이 동네는 60만 불의 주택 가격이 말해주듯 부촌이고 산속이라 사슴도 가끔 나타난다고 한다.

학교가 매우 안정된 느낌을 주고 가이디언 교사는 학생을 책임지고 보호하고 상담활동을 한다.

학교에 도착하면서 우리 일행을 도서관으로 안내했다. 한국인 입양아로 성공해서 교감에 오른 선생님이 설명하는데 특이한 것을 찾기 어려워 우리 일행은 학교를 둘러보기로 했다.

미국 교육은 학생들의 생애(삶)와 연결된 교육을 하고 모든 것이 자유로우며 책임감을 강조한다. 학교 교육에는 스탭들의 활동이 활발하며 교사는 학생과 매우 친근하였다. 캐나다, 미국 어디를 가도 한국 학생들이 자주 보였다.

학생들 대부분 11살에서 13살 정도되는 850명의 학생이 재학하고 있는데 두뇌가 우수한 학생들이 많고 히스패닉 학생들도 150명 가량 있는데 언어교육을 시킨다고 한다.

학교 건물은 블록으로 지어졌으며 교복은 없고 배꼽이 보이는 셔츠를 입은 학생도 보이고 체육복을 입은 학생들이 예뻐 보이지만 화장실은 소독 냄새로 가득하였다. 학교에 도서실이나 교실에는 각종 구호가 많았으며 예로, You mind is your powerful resource. 등이 눈에 띄었다. 양호실이 있지만 아프면 즉시 조퇴가 되고 음악실, 체육실 등 특별교실이 많았는데 활용하기 좋게 만들었다. 학생들 모두 여유가 있고 빛나는 눈빛. 무언가 탐색하고 얻으려는 의지가 강해보였다. 자유분방한 가운데서도 엄격한 질서를 발견하였다. 출장 후 돌아온 교장과 교장실에서 만나 사진 찍고 기념품을 전달하였는데 소박하고 티 없이 맑은 모습과 아들이 한국 강남에서 원어민 교사로 있다고 한다. 미국의 강력한 힘이 학교에서부터 나오지만 그들의 고민도 같이 존재함도 느꼈다. 서울가든에서 비빔밥으로 중식을 한 후 타게트마트에서 모이스춰를 구입하였다. 잘 짜인 고속도로 망에 기름 값은 한국의 절반 정도이고 자기가 주유하고 자기가 결재하는 것이 미국의 모습니다. 저녁 자유 시간을 이용하여 월마트에서 쇼핑을 했는데 화장품과 선블럭 크림을 구입하였다. 일행모두 밤 9시에는 교포가 운영하는 쌍용노래방에서 모처럼의 장기자랑 시간을 가졌다.

연수단은 아침식사 후 메릴랜드주에 위치한 몽고메리 교육청을 방문하기 위해 전용차량에 탑승하였다. 워싱턴 교육원장이 우리 일행을 반갑게 맞이해주었다.

브리핑 룸에서 닥터 멜 교육국장이 교육청의 일반 현황을 설명했는데 관내는 192개의 학교와 14만 명의 학생이 재학하고 교육위원회가 있고 연방정부의 재정 지원을 받는다고 한다. 교육위원 8명 중 7명은 지방주민이 선출하고 1명은 학생대표가 참여한다. 예산관계도 설명하였다. 몽고메리 교육청 관내 교사 평균 봉급은 6만 3,000불 교사일반 봉급은 4만 불 박사과정 마치면 6만 불, 중서부지방은 2만 불

지역도 있다고 한다. 몽고메리 교육청 관내 주민 평균소득은 9만 불이라고 한다. 우리 일행을 위해 브리핑자료를 치밀하게 준비하고 교육국장의 쇼맨십도 대단했는데 흰 상하의의 캐주얼한 복장에 보라색 넥타이가 인상적이었다.

브리핑 순서는 교육위원회 개괄설명, 교육청 예산현황, 중학교 교육과정 등으로 진행되었다.

교육학을 전공한 가이드의 통역실력이 대단하다는 것에 모두 공감하였다. 다음날은 로버트 프로스트중학교를 방문하였다.

현관에서 교장선생님의 환영인사와 학교현황을 설명 듣고 연수단을 위해 생수와 빵을 준비했는데 학교 이름으로 생산한다고 한다. 학교는 7시 55분에 시작하여 2시 40분에 일과가 끝나고 1,200명의 학생이 재학하고 있으며 수학, 영어, 세계사, 과학, 체육을 공부하고 과정은 월요일에 시작해서 계속 로테이션이 된다고 한다. 보통 1시간은 47분이고 이동시간은 4분이다. 116명의 교직원 중 80명이 티칭교사이고 나머지는 보조교사로 구성된다. 이 학교는 1971년에 개교했는데 60%가 백인이고 30%는 아시아계, 5%는 흑인, 5%는 스페니쉬계 학생이다. 학업성취도가 높고 우든 하이스쿨에 거의 진학하며 전국 랭킹 20위 안에 있는 명문 학교라 한다. 교장의 기대 수준이라는 것이 눈에 띄었는데 대문자 FISH였다.

F(Fresh)

I(Ideas)

S(Start)

H(Here)

이 학교는 20여 개의 방과 후 과외활동이 있고 수학, 볼링, 스크랩

북, 맨토링(개별지도) 기타 음악활동 등이며 매학기에 20달러 정도를 내고 배운다고 한다.

중식시간에 좁은 식당에 많은 학생들이 자기가 준비한 음식이나 학교제공 식사를 하였다. 학교부지는 3만평정도의 쾌적하고 여유가 있었다. 음악시간에 아일랜드 민속음악 연주를 보여주는데 전 학급 학생이 1인 1악기로 수준급 연주를 하였다. 30명 중 한국 이민 학생도 8명 있었다. 학교 내 헬스룸에는 헬스기구들로 가득하고 대형 사물함이 복도에 설치되어 있었다. 각 교실에는 명언이 걸려 있고 복도나 교실에는 학생작품으로 가득하고 미술실 안에는 암실도 설치되어 있었다.

날씨, 습도, 구름량, 온도의 계기판이 디지털로 설치 중계되고 있으며 학교 자체로 측정한다고 한다. 상담실은 작은 여러 개의 방으로 일반적 상담이 많고 실제적인 도움을 주고 교장선생님이 1,200명의 학생의 이름은 다 못 외워도 거의 기억한다고 한다.

수업시간에 배운 내용을 잘 모르면 선생님을 찾아가서 친절히 다시 설명을 듣고 학생들에게 나가는 숙제가 많아 학원 다닐 시간이 없다고 한다. 과제는 그날 배운 것을 심화학습이나 일주일동안 배울 과정에 대한 프로젝트를 제시하고 과제를 하다 막히면 교사의 도움을 요청하고 교사는 아이디어만 제공하는 것이다.

점심은 중국식 뷔페로 모처럼 특이하게 식사를 했는데 중국음식의 세계화 노력이 엿보였다. 한국음식도 이제는 외국인들이 좋아하나 아직도 많은 연구가 필요하다고 한다. 김치 냄새나 맛을 내는 문제가 연구 과제이다. 피자와 간단한 떡 종류만 골라서 먹었는데 중국뷔페가 한국 설렁탕보다 2달러 정도만 비싸고 아주 저렴하게 공급한다고 한다.

미국은 겉치레를 배제하고 모든 것을 실용성에 초점을 맞추는 듯하다. 미국 인구는 2억 8,000명인데 3억 대의 차량이 있고 이 중 일본차가 약 30%, 즉 1억 대가 넘는다는데 일본인들의 상술을 알 것 같았다.

미국에서는 모든 것을 전문가에 맡기고 유흥문화는 제한적 장소에서만 가능하다고 한다. 남자 개가 여자 개를 강간한 사건은 5,500달러 변상으로 해결했다는 조크도 있었다. 형식을 거부하고 자유와 책임을 강조하는 교육, 전 국민이 질서가 있는 가운데 개성을 창조하고 조화를 이루는 나라, 남에게 피해를 주지 않고 자기 삶을 맘껏 즐길 줄 아는 높은 시민정신. 동네주민이 모여 잔디밭에서 축구와 야구를 하며 정을 돈독히 하는 모습. 학교를 방문하면 뭔가 살아 움직이는 역동적인 모습, 개별학습과 협동학습이 공존하는 모습이 감동적이었다.

우리 교육 연수단은 워싱턴 문화 탐방에 나섰다.

노예해방을 주도한 링컨 기념관에는 많은 시민과 학생들이 오가고 우측면 한국전 참전용사 기념탑에도 5만 4,000명의 젊은 전사자를 위한 추모 행렬이 줄지어 있었다. 한국인이 반미를 외치고 성조기를 불태우는 모습에 미국인들은 상당히 흥분된 상태로 비난하고 있다고 한다.

워싱턴주와 버지니아주의 경계를 이루는 포토맥강의 아름다운 모습을 보면서 토마스 제퍼슨 기념관과 조지 워싱턴 기념탑을 거쳐 그 유명한 스미노니언 박물관을 1시간 30분가량 둘러보았다. 박물관, 미술관, 항공관 등 그 위용은 대단하고 입장료 한 푼 받지 않는 저들의 문화정책이 부러웠다.

미의회의사당을 거쳐 백악관 앞을 방문했는데 경비 강화로 백악관 출입은 금지였다. 10년 동안 백악관 앞에서 반핵, 반전 투쟁하는 할머니에게 격려금 5달러를 주었다. 조지 워싱턴 대학을 전용 차량을 타고 둘러보고 저녁은 비원에서 한국음식으로 해결하였다.

캐나다에는 교통체증이 없었으나 미국은 교통체증이 있다. 미국의 중, 고등학교는 겉모습은 보잘 것 없었으나 안에는 교육 자료가 가득하고 교사, 학생이 생동감 넘치는 교육활동을 하고 있었다. 미국에서의 아파트는 월세를 내고 거주하며 콘도가 한국의 아파트 개념과 같다고 한다.

다음날은 성존스 가톨릭학교를 방문하였다.

정년이 8월인 연로한 여 교장선생님의 환영과 친절함에 감탄하고 우리는 교무회의가 열리는 연수실에서 교장선생님의 학교 현황 설명을 들었다.

유치원, 초, 중학교가 함께 공부하는 학교인데 한국 학생들도 만났다. 현관에는 이달에 생일을 맞이한 학생들 사진이 걸려 있고 학교는 깨끗하고 정리 정돈이 잘되어 있었고 복도, 교실 모두 학생들 작품으로 가득 차 있었고 학생들 표정도 매우 밝았다. 학교에서 나가는 숙제가 많아 머리가 아프다고 한다. 초등학교 1학년 간식시간을 참관했는데 아이들이 준비한 간식을 먹으며 보조교사가 왼손으로 자기 아이 흔들의자를 저으면서 오른손으로 동화책을 읽어주는 것이 인상적이었다. 1대1 개인 상담하는 모습도 보기 좋았다. 특별교실은 두 교실에 여러 개의 보조교실이 있어 심화학습, 보충학습을 할 수 있게 만들었다.

미국 교육은 개인의 자유와 창의성을 매우 중시한다고 한다.

넓은 잔디 운동장에서 체육활동을 하는 모습이 부러웠고 SAT 준비를 위해 많은 고교생들이 열심히 공부한다고 한다. 별실에서 유치원 교육 장면을 목격했는데 한국인 입양아가 몹시 수줍음을 타는 것을 보고 만감이 교차되었다. 미국에서는 연애를 하되 안전하게 하라고 교육시키는데 뉴욕 일부 고교는 교내에서 콘돔도 판매한다고 한다. 교장선생님과 기념촬영을 하고 학교에서 준비한 햄버거와 과일을 중식으로 해결하였다.

길지 않은 제한된 시간이지만 내가 보고 듣고 느낀 미국 교육의 공통점을 다음과 같이 요약해본다.

미국학생의 학교생활은 자유가 무한정 주어지는 것으로 착각하기 쉬우나 오히려 우리보다 더 짜임새 있고 규범의 틀에 맞추어져 있음을 곧 발견하게 된다. 자유와 풍요가 함께 주어지지만 자율과 사회적 원리원칙을 철저하게 학습한다. 아침 일찍 등교를 해야 하고 수업시간을 소홀히 하는 일은 절대 허용되지 않는다. 각 수업의 시간마다 자신의 강의실로 5분 이내에 이동해야 하며 서둘러야만 강의실에 입실할 수 있다.

미국 학교는 여름방학을 기점으로 구 학기가 마감되고 매년 9월 초에 새 학기를 시작하며 그때 Back to school night날을 정하여 학부모를 초청한다. 이날은 어떻게 한 학년 동안 교과를 지도할 것인지에 대해 설명을 하고 의견을 교환하는 시간을 갖게 된다.

성적순서도 학생들을 줄세우기 하는 우리나라와는 달리 특기적성의 예체능 활동을 적극 지원하고 참여케 하며 자발적이고 창의적인 능력 개발을 늘려나가는 데 교육의 초점이 모아지고 있었다.

세계 각국의 이민자들이 모여 국가를 형성한 미국은 교육도 민족이나 종교를 뛰어 넘어 누구에게나 평등하고 균등한 교육의 기회를 부여하고 있었다. 연방정부가 교육을 각 주 정부에 일임하고 있으며 공립학교의 가장 큰 권한을 가지는 것도 교육행정의 단위인 교육구이다. 학교 구를 운영하는 교육위원회는 커리큘럼, 교과목, 교과서의 선정, 교육 예산편성과 교원의 고용, 해임 인사권 등 거의 모든 결정권을 갖는다.

학교의 재원은 주 정부로부터 학교 구에 주어지는 보조금과 주민이 납부하는 세금으로 충당하며 교육열이 높은 지역의 주민은 교육위원회의 운영에 참석하거나 협력하여 학교의 명성을 높이는 데 주력하고 있었다.

사립학교는 주소에 관계없이 학교를 선택할 수 있는데 교육계통학교와 개인지도와 소수인원 교육을 하는 진학지도교 그리고 기숙사설비가 갖추어진 기숙학교 등이 있다.

사립학교의 교육은 그 학교 나름의 독자적인 교육이념과 방침에 따라 교육이 행해지고 학생 수가 적고 엄격한 규제아래 학생들이 교육을 받고 있었다. 수업료가 높아 부모의 경제적 부담이 커지고 있으며 교회계 학교는 교회의 지원으로 교육여건도 높고 수업료도 싼 편이다.

중학교와 고등학교는 학생에게 자신의 메인교실과 담임선생님들이 배정하고 수업 개시 전 혹은 종료 후에는 정해진 교실에 모여 연락사항을 청취하고 일과 계획을 점검한다고 한다.

수업은 각 교과가 능력별로 편성되는 시스템을 취하며 본인의 능력에 맞게 교과마다 진급정도를 달리하기 때문에 과목을 빠르게 마치면 진학을 앞당길 수 있다. 수학의 경우 중학교 수학을 끝마치면 중학교 교과 이외의 수학 수업을 받을 수 있다. 시간표는 학기 시작 시 학생이 스스로 과목을 선택해서 만드는데 영어, 수학, 사회는 졸업할 때의 필수과목임으로 고교를 졸업할 때까지 필수과목에 합격해야 하고 졸업에 필요한 단위수를 취득해야 한다고 한다.

대학입시는 고교의 내신성적이 큰 비율을 차지하지만 학생들은 스포츠와 자원봉사활동 등에 참가하거나 사회성과 리더십 과정도 익혀 두어야 한다.

입학에 필요한 시험은

SAT Ⅰ : Reasoning Test

SAT Ⅱ : Subject Test

ACT : American College Testing Program 등이 있다고 들었다.

중요한 것은 고교과정을 어렵게 이수해서 원하는 대학에 들어가게 되는데 대학에 입학해서는 학부과정이 머리 감고 세수할 시간마저도 절약하지 않으면 안 될 정도로 학문세계에 몰입해야 한다는 데서 큰 시사점을 발견할 수 있었다.

남은 시간에 스미소니언박물관을 다시 관람한 후 오후에 뉴욕을 향해 전용차량으로 고속도로에 진입하였다. 델라웨이주 휴게소에서 휴식을 취했는데 구역 전체가 면세구역이고 이는 듀퐁회사가 기증했 다고 한다.

거침없이 고속도로를 달려 5시간 만에 뉴욕에 도착했다. 일행은 일단 뉴욕 중심부 맨해튼으로 이동했는데 교통체증과 무질서 속에 질서가 담겨있는 곳이었다. 최고 좋은 것과 최고 나쁜 것이 상존하는 곳. 1931년에 뉴욕건설이 완성되어 지금은 수많은 건물과 좁은 도로 많은 인구로 체중이 심각하다는 얘기를 들었다. 허드슨 강과 엠파이어 스테이트 빌딩이 보였다.

링컨터널에 진입하기 전 파나소닉과 도요다의 광고판을 보면서 일본인의 상술이 대단했음을 직감했다. 링컨터널은 맨해튼의 아름다운 모습을 보존하기 위해 풍선 공법을 이용해서 1940년에 만들어졌으며 그 길이는 4km에 달한다고 한다.

뉴욕에서도 한국이름의 이삿짐 차량을 발견하고 감회에 젖었으나 한국인이 50만 명 정도 거주한다는 데 또 놀랐다. 한국인 간판이 여기저기 보였는데, 호동각, 한별, 토담골, 해와 달 룸사롱, 미친 잠수함과 알바네 등이 보였다. 도시 전체가 거대한 빌딩 숲으로 이루어져 있으며 땅 한 평에 3억 원 이라 한다. 지하철은 겨우 두 사람이 지날 정도로 좁으며 쥐도 다닌다고 한다. 치안을 담당하는 뉴욕경찰의 연봉은 4만불 정도이고 치안 유지에 어려움을 겪는다고 한다. 뉴욕은 범죄와 불법이 난무해서 택시도 방탄유리를 쓸 정도이고, 불법주차와 쓰레기 등 문제투성이지만 'This is Newyork'이라는 말로 넘어간다고 한다. 연수단은 한밭식당에서 도가니탕으로 저녁 식사 후 호텔에서 짐을 풀고 휴식에 들어갔다.

호텔을 출발해서 다시 뉴욕의 맨해튼으로 연수단의 마지막 일정을 시작하였다.

엠파이어 스테이트 빌딩에서 티켓팅을 하고 고속 엘리베이터를 타고 80층 전망대에 올라 뉴욕 시내를 한눈에 볼 수 있었다.

어디를 가나 검문검색은 매우 심하고 때론 모욕적이기도 했다. 그러나 유태인의 전유물이었던 보석상들의 대열에 한국인도 가세하고 있음에 자랑스러웠다. 록펠러 재단의 재산이 밀집되어 있는 지역을 지나 콜롬비아 대학을 거쳐 슬럼가에 갔는데 흑인들이 집결되어 있고 백인은 거의 없었다. 그곳은 위험해서 내리지 못했다.

맨해튼은 화강암으로 지반이 구성되어 고층건물 짓기에 알맞다고 한다. 맨해튼에 산소를 공급하는 센트럴파크 공원을 지나 메트로폴리탄에서 자유 시간을 가졌다.

다시 연수단은 자유의 여신상을 보기 위해 티켓팅을 했다. 많은 사람들이 유람선에 승선하여 자유의 여신상이 있는 공원에서 하선했다. 자유의 여신상은 본체 길이가 50m라고 한다. 자유의 여신상 관광을 마치고 오는 길에 중간 기착점에서 내리는 실수를 범했다. 하선 후 이슬비를 맞으며 9·11테러 현장을 방문하여 추모기도를 드렸다. 주변 높은 빌딩들은 무사하고 신축하기 위해 설계 중이라는 설명을 들었다. 뉴욕은 부와 빈이 함께 존재하며 미국 내 또 다른 미국을 보는 아이러니한 도시라고 느꼈다.

저녁식사는 한국음식점 우촌에서 먹고 뮤지컬 맘마미아를 보기 위해 연극 장소에 입장했다.

다음날은 아침식사를 마치고 짐 꾸리느라고 모두들 분주했다. 존 에프 케네디 공항으로 이동하여 한국행 비행기를 기다렸다. 13시간만의 긴 여정을 마감하고 인천공항에 도착하니 피로가 밀려왔다. 이번 해외 체험연수는 많은 것을 보고 듣고 느낄 수 있는 소중한 기회였다고 자평해본다. 물론 캐나다와 미국의 교육도 장점도 있고 그들 나름대로 고민도 엿볼 수 있었다.

이번 연수를 통해 늘 한국 교육에만 익숙했던 편협한 생각에서 벗어나 또 다른 시각에서 교육을 보고 자신을 조명해보고 긍정적인 면을 과감하게 수용하고 부정적인 면을 미련 없이 버릴 수 있는 용기를 갖게 한 것으로 평가한다.

우리나라 교육도 미국, 캐나다의 교육처럼 개인의 경쟁력을 배양하고 사회적 힘을 가득 실어주며 삶의 질 향상을 위해 개인이 할 수 있는 모멘트를 제시해 주는 방향으로 보완해 가야 한다.

교육은 학생이 생각하지 못하는 것을 생각하게 하고, 보지 못하는 것을 보게 하고, 듣지 못하는 것을 듣게 하고, 느끼지 못하는 것을 느끼게 하고, 행동하지 못하는 것을 행동하게 하는 위대한 힘을 가지고 있기 때문이다.

옐로카드 받는 학교

초판발행 | 2010년 8월 20일
중   쇄 | 2012년 12월 1일

지 은 이 | 엄대용
펴 낸 이 | 채종준
펴 낸 곳 | 한국학술정보㈜
주   소 | 경기도 파주시 교하읍 문발리 파주출판문화정보산업단지 513-5
전   화 | 031) 908-3181(대표)
팩   스 | 031) 908-3189
홈페이지 | http://ebook.kstudy.com
E - m a i l | 출판사업부 publish@kstudy.com
등   록 | 제일산-115호(2000. 6. 19)

ISBN   978-89-268-1304-1 93810 (Paper Book)
       978-89-268-1305-8 98810 (e-Book)